MAUVAIS TIMING

Mary Calmes

MAUVAIS TIMING

Mary Calmes

REAMSPINNER
PRESS

Publié par
DREAMSPINNER PRESS

5032 Capital Circle SW, Suite 2, PMB# 279, Tallahassee, FL 32305-7886 USA
www.dreamspinnerpress.com

Mauvais timing
Copyright de l'édition française © 2016 Dreamspinner Press.
Titre original : Timing
© 2010 Mary Calmes
Première édition : mars 2010
Traduit de l'anglais par Anne Solo.

Illustration de la couverture :
© 2016 Reese Dante.
http://www.reesedante.com
Les éléments de la couverture ne sont utilisés qu'à des fins d'illustration et toute personne qui y est représentée est un modèle

Édition imprimée en français : 978-1-63533-080-9
Première édition française en papier : novembre 2016
Édition e-book en français : 978-1-62380-186-1
Première édition française : juillet 2013
v 1.1

Édité aux Etats-Unis d'Amérique.

À ma mère qui croit en la Grâce,
À Élisabeth et Lynn, qui la représentent.

I

JE TROUVAIS très injuste cet ordre de mon patron. Je n'avais aucune envie d'y aller.

— Je ne vois pas où est le problème, déclara Knox. Ça ne te prendra qu'une matinée, n'importe laquelle. Je ne te demande pas de tout laisser tomber… Dis, tu pourrais me regarder ?

Non, je n'en avais pas le temps, parce que je triais la paperasse sur mon bureau. Après tout, je m'en allais quelques jours et plusieurs personnes devraient se charger des tâches que je laissais en cours, aussi je leur préparais des piles séparées.

— Ma meilleure amie est sur le point de se marier, Knox. Je ne veux penser qu'à…

— J'ai besoin de toi, Stef. Il faut que tu voies cette femme. Tu es le seul à pouvoir m'obtenir ce contrat. Je veux que tu t'en charges.

— Très bien, je le ferai à mon retour.

J'avais répondu d'un ton absent tout en vérifiant mes e-mails.

Peut-être Knox allait-il comprendre que j'étais occupé ? J'espérais qu'il s'en aille sans plus insister.

— Regarde-moi.

Non. Parce que j'avais du travail à terminer avant de pouvoir quitter mon bureau l'esprit tranquille. Même si j'avais une assistante efficace, pas question de tout lui laisser sur le dos. Elle me le ferait payer au retour.

— Stefan.

Mon regard quitta mon écran d'ordinateur pour croiser le sien.

— Tu as compris ce que je voulais, n'est-ce pas ? Tu vas prendre un avion pour Amarillo…

— Quoi ?

— Stefan !

Knox prit un air irrité quand il réalisa que je ne l'écoutais plus.

— Pourquoi insister ? soupirai-je.

— Tu vas aller à Amarillo pour…

— À Lubbock, corrigeai-je. Je prends un avion pour Lubbock.

— Je m'en fiche. Tu veux vraiment payer un avion pour Lubbock, louer ensuite une voiture jusqu'à ce patelin où ton amie se marie – et je te signale que c'est à deux pas de l'endroit où vit Mme Freeman – et revenir à Chicago pour retourner illico faire le même voyage ? Ça te parait logique ?

Pas du tout. Et si je n'avais pas l'intention de l'avouer à Knox, ma meilleure amie, Charlotte Holloway, qui allait bientôt devenir Charlotte Cantwell, m'avait tenu le même discours quand je lui avais expliqué ce que mijotait mon patron.

— *Accepte ce rendez-vous,* m'avait-elle déclaré au téléphone, avec un rire amusé. *Bon sang, Stef, ça ne te prendra que la matinée du mercredi. Les préparatifs du mariage ne commenceront pas avant ce même soir. Ça ne me pose aucun problème, je te le jure.*

— *Tu vas m'en vouloir si ton mariage devient un voyage d'affaires.*

— *Je ne t'en voudrais que si tu n'es pas là quand j'ai besoin de toi. À part ça, aucun problème.*

— *Mais...*

— *Stef, je vis à Winston. Et tu dois aller à Hillman. Franchement, c'est à une heure de route, à peine.*

— *C'est pour toi que je viens au Texas, je veux que tu le saches.*

— *Je le sais déjà.*

— Stefan !

Le hurlement de Knox me ramena vite fait au présent.

— Est-ce que tu m'écoutes ?

Vu que je rêvassais, la réponse était non, je n'écoutais pas mon patron, Knox Bishop, directeur des ventes, du marketing & des opérations.

— Va voir Mme Freeman. Je t'ai déjà dit que je paierai ton billet, que veux-tu de plus ?

— Je ne m'occupe pas des ventes, répétai-je pour ce qu'il me sembla être la millionième fois. Tu sais très bien que ce n'est pas mon truc. Je m'occupe des acquisitions, pas des ventes.

— Tu joues sur les mots, Stef. Tu es un commercial, crois-moi.

Je le fixai avec attention.

— Non. J'évalue les propriétés pour savoir si nous devons ou non les acheter, et je détermine éventuellement le prix que nous devons en offrir. Une fois que l'offre est faite et le marché, conclu, je...

— C'est important.

— Alors envoie un de tes commerciaux...

— Il faut que ce soit toi qui y ailles.

— Pourquoi ?

Mon patron s'installa dans un fauteuil, en face de mon bureau.

— Parce que nous gagnerons beaucoup d'argent si nous obtenons ce contrat, expliqua-t-il.

Knox Bishop était l'un de ces puissants hommes d'affaires qui paraissait toujours sortir d'un magazine de mode. Il était le mannequin idéal : toujours bien vêtu, des yeux bleu acier qui remarquaient tout, d'épais cheveux gris avec une touche d'argent aux tempes. Plus impressionnant encore que la façon dont il mettait ses costumes en valeur, ou l'étonnante largeur de ses épaules, ou l'éclat pétillant de ses yeux quand il était content, il possédait un cerveau toujours actif. Stratège de premier ordre, cet homme n'arrêtait jamais ses manigances. Aussi, le fait qu'il veuille m'envoyer au Texas, moi plutôt qu'un autre, était sans nul doute un mouvement délibérément calculé. Il me fallait juste comprendre ce qui le motivait. Je travaillais pour lui depuis quatre ans, aussi je devais pouvoir décrypter la situation.

— Est-ce que tu m'écoutes ? insista Knox.

— Je ne comprends pas. Alors, explique-moi.

— Il *faut* que ce soit toi.

— Pourquoi ?

— Considère ça comme un service que je te demande.

Un service ?

— Il y a quelque chose qui ne va pas, dis-je.

— Laisse tomber ! Occupe-toi simplement d'aller voir Mme Freeman à Winston, au Texas, pour la convaincre de vendre.

— Pourquoi est-ce si important ?

— Il nous faut ce terrain.

— Il y en a d'autres.

— Plus maintenant.

— Je te signale que j'ai déjà lu le dossier.

— Alors, tu as tout compris.

Je lui jetai à nouveau un regard attentif.

— Ce que j'ai compris, c'est que cette femme, Grace Freeman, est le dernier obstacle d'une opération compliquée. Tous les ranchers alentour ont déjà signé une promesse de vente. Elle est la seule qui hésite encore et tu ne sais pas trop ce qui la motive. Attend-t-elle une meilleure offre ou refuse-t-elle simplement de se séparer de son ranch ?

— C'est bien pour ça qu'il te faut…

3

— Le frère de mon amie Charlotte possède lui aussi un ranch, et je sais qu'il ne le vendrait pour rien au monde. Comment diable espères-tu que je convainque cette femme d'accepter ?

— Stef...

— Il faut qu'un vrai commercial aille lui parler, pas moi.

— Mais as-tu au moins compris le...

— J'ai compris qu'une personne a promis, quelques mois plus tôt, cette terre à Armor South [1], en pensant que les autres ranchers signeraient rapidement les promesses de vente. Aussi, nous avons touché un acompte... qui a déjà dû être utilisé sur différents projets. Et maintenant, Armor South réclame son terrain pour y bâtir un nouveau supermarché. J'ai compris, Knox. Nous sommes sur la sellette parce que, si ce ranch nous empêche de conclure le marché, il faudra rembourser Armor South. J'imagine qu'il s'agit de millions de dollars ?

— C'est ça, répondit-il avec un sourire.

— Alors, je te suggère d'envoyer le meilleur de tes commerciaux pour...

Knox m'interrompit avec un soupir.

— Je l'ai déjà fait. Mme Freeman l'a fichu dehors.

Quand je levai un sourcil surpris, il insista :

— Oui, je sais.

— Tout ça me semble limpide, déclarai-je avec un gloussement. Le marché est caduc. Rembourse Armor South et cherche plutôt un autre...

— Non, il n'y en a pas d'autre.

— Alors pourquoi ne pas...

— Stef...

— Ça ne marchera jamais, Knox. Même si je vais la voir, elle me fichera dehors moi aussi.

— Si c'est le cas, nous rembourserons Armor South, mais je suis prêt à parier qu'avec toi, elle acceptera de vendre.

— C'est un travail de financier. Parle-lui d'argent et regarde où ça te mène.

— Nous l'avons déjà fait. Ça n'a pas marché.

Je soupirai, sentant venir la défaite. Il n'allait pas céder.

— Knox... Que veux-tu que je dise à cette femme, pour la pousser à te vendre ses terres, qui n'ait pas déjà été dit ?

_____

1 Sud Armure (NDT).

4

— Tu pourrais lui expliquer les avantages qu'apporterait un supermarché Green Light [2] à la communauté.

Cette idée me fit gémir.

— Nous n'en avons aucun à Chicago, je n'ai jamais mis les pieds dans ce genre de magasin. De plus, je ne travaille pas pour Armor South et encore moins pour Green Light. Je travaille pour Chaney & Putnam Acquisitions – comme toi.

— Je sais, Stef, mais il faut que ce soit toi.

Je poussai un autre soupir, plus ennuyé encore. Knox insista :

— Tu ne peux pas toujours apprécier les missions qui te sont confiées. Il est normal que certaines te déplaisent.

— Comme celle-ci.

— Stef.

— Je dois aller à un mariage et toi, tu veux profiter de l'occasion pour me coller du travail et un rendez-vous. Tu n'as pas l'impression d'abuser ?

— Il s'agit d'une occasion unique de prouver tes capacités.

À qui avais-je besoin de les prouver ?

— Je n'ai pas besoin de *prouver* quoi que ce soit ! Ma réputation dans cette boite…

Knox leva les yeux au ciel, manifestement exaspéré par mon entêtement.

— Je sais, Stef. Bordel, je sais ! Tout le monde le sait. Ils veulent que ce soit toi, Stef – donc, tu y vas. Point final.

— C'est *toi* qui veux m'envoyer là-bas. N'en rejette pas la responsabilité sur les autres.

— Très bien, si tu y tiens : je veux que tu y ailles.

— Tu n'as pas besoin de moi, il te faut un commercial.

— J'ai besoin de toi, et de toi seul. Tu fais exprès de ne rien comprendre parce que tu n'as pas envie d'y aller. En plus, tu es braqué contre moi. Si tu réfléchissais une minute, tu comprendrais ma logique.

— Absolument pas.

— Stef, personne ne peut te remplacer. C'est ton point fort de faire accepter un marché à toutes les parties en présence. Je n'ai jamais vu un taux de réussite comparable au tien.

— Je ne fais pas accepter les marchés, ce n'est pas mon rôle. Je me contente d'obtenir des signatures.

---

2 Feu Vert (NDT).

Je n'étais pas idiot, je savais bien que j'avais le contact facile, mais je ne voyais pas le rapport avec notre discussion. N'ayant effectué aucune recherche préliminaire, je ne pouvais pas déterminer ce qui était le mieux pour la communauté d'Hillman, et je me refusais à mentir en prétendant le contraire. J'opérais toujours avec la conviction de proposer un marché équitable, pour les acheteurs aussi bien que pour les vendeurs. Dans ce cas, c'était impossible.

— Stef.

— Sincèrement, je ne pense pas que ce soit une bonne idée.

Knox eut un grand sourire, tout en poussant un profond soupir.

— Je t'assure que c'est la meilleure idée que j'aie jamais eue.

Quand je le regardai fixement, il se contenta de hausser les sourcils.

— Je te déteste, vraiment.

Il se pencha en arrière dans son fauteuil pour mieux m'examiner.

— Non, affirma-t-il. Dans une situation dangereuse, tu prendrais probablement une balle pour moi. Tu es l'être le plus loyal que je connaisse.

Je laissai ma tête retomber avec un gémissement et me passai les doigts dans les cheveux.

— Tu ne crois pas que c'est quasiment du suicide pour un gay de se rendre au Texas ?

— Tu y seras déjà, c'est ce qui m'a fait penser à toi. Tu es la réponse à mes prières.

— J'y vais pour un mariage, pas pour parler à des ranchers.

— Tu dis que le frère de ta copine est un rancher.

— Oui, et nous ne nous adressons pas la parole. En fait, il me déteste, et je le lui rends bien.

— Eh bien, arrête de le détester, suggéra Knox, parce que tu risques d'avoir besoin de son aide.

Je gémis plus fort encore.

— Je ne crois pas que ce soit possible.

Knox m'adressa un grand sourire.

— À mon avis, il te plaît bien.

— Bon, ça suffit ! Je n'irai pas. Tu peux me virer, mais je n'irai pas.

— Ça n'est pas croyable à quel point les gens comme toi adorent faire du cinéma !

— Les gens comme moi ? répétai-je, sidéré.

Il soupira lourdement. Je lui jetai un regard appuyé, ce qui le fit ricaner.

6

— Un gay au Texas, c'est littéralement un oxymore.

— Évite juste la Gay Pride [3] et autres manifestations du même genre.

— Bon sang !

— Et ne t'avise pas d'emporter ton drapeau arc-en-ciel.

— Je n'ai pas de drapeau arc-en-ciel ! aboyai-je en montrant les dents.

Knox se mit à rire.

— Merde, dis-je, est-ce que le Klan [4] ne sévit pas encore là-bas ?

Il riait de plus en plus fort, et de plus en plus bruyamment.

— Je n'ai pas les vêtements qu'il faut, insistai-je.

Knox s'étrangla et laissa retomber sa tête en arrière, il n'arrivait plus à respirer. Tant mieux pour lui s'il trouvait la situation comique. Ce n'était pas mon cas.

---

3 Manifestation qui prône la liberté et l'égalité pour toutes les orientations sexuelles (NDT).

4 Ku-Klux Klan, organisation créée en 1865 aux États-Unis, devenue un symbole d'intolérance (NDT).

II

Durant dix minutes, je profitai sans arrière-pensées de ma visite, l'après-midi précédant les quatre jours de fête prévus pour le mariage de ma meilleure amie. Puis je vis son frère, qui paraissait mal à l'aise et pas du tout à sa place. Appuyé contre le bar, il parlait au futur marié.

À côté de moi, Tina Jacobs s'exclama tout à coup :

— Char, c'est incroyable ! Comment as-tu réussi à faire quitter son ranch à ton frère un mardi ?

Je me retournai pour fixer Charlotte Holloway, mon amie.

— Oh ! dit-elle avec un sourire forcé. Voilà Rand. Génial, non ?

Je me contentai de la regarder en silence.

Son sourire s'élargit.

Cette fois, je fronçai les sourcils.

— D'accord, très bien. Je t'ai menti.

Elle s'exprimait d'une voix sèche parce qu'elle se sentait coupable. Et nous le savions tous les deux. Elle s'agrippa fermement à mon biceps, comme pour s'assurer que je n'allais pas filer, avant d'ajouter :

— Mon frère assistera à mon mariage. Point final. Ce week-end n'est pas pour toi, il est pour Ben et moi. Tu n'es pas venu pour t'amuser, tu es venu pour nous aider tous les deux à ne pas craquer.

Je lui jetai un regard entendu.

— Stefan Michael Joss ! aboya-t-elle, utilisant mon nom tout entier, ce qui ne lui arrivait jamais. Arrête immédiatement ton cinéma. Je te rappelle qu'il s'agit de mon mariage !

D'accord, mais elle m'avait juré et archi-juré que son frère et moi n'aurions plus à nous rencontrer. Si elle m'avait prévenu de sa présence, j'aurais au moins pu me préparer. En fait, j'avais cru qu'il resterait sur son ranch, occupé à marquer son bétail ou à flinguer je ne sais quoi.

— Il n'a jamais été question que je me marie sans Rand, Stef. C'est lui le chef de la famille.

Depuis quand s'en préoccupait-elle ?

— Stef, réfléchis un peu. Toi et moi savons très bien que tu n'as jamais vraiment cru pouvoir éviter de le revoir.

C'était faux. Je l'avais cru. Parce qu'elle me l'avait promis.

— Il vit ici, dit-elle encore, à moins d'une heure de route. Comment as-tu pu penser qu'il ne viendrait pas ?

— Tu m'as promis qu'il était trop occupé pour quitter son ranch.

Je ne faisais que répéter ce qu'elle m'avait dit un mois plus tôt, quand je lui avais posé la question.

— Eh bien je t'ai menti. C'est évident.

Je levai un sourcil inquisiteur.

— J'en suis désolée, mais il n'est pas question que tu t'en ailles. Ton nom est déjà inscrit sur le programme de mon mariage.

Elle avait raison. En plus, les deux cents exemplaires commandés dudit programme étaient hors de prix. Je le savais, parce qu'elle me l'avait dit et répété au moins un millier de fois, en insistant sur la qualité des rubans et du papier « feuille de bananier ».

— De plus, tu as aussi ce rendez-vous prévu demain.

Cette fois, je ne pus m'empêcher de grogner. Charlotte s'emporta aussitôt :

— Arrête ! Je compte sur Rand et toi pour vous tenir à carreau pendant quatre jours. Ça ne vous tuera pas.

Je n'en étais pas certain.

Dix ans plus tôt, Charlotte Holloway était entrée dans ma chambre, dans les dortoirs de l'Université d'État de l'Arizona, pour m'annoncer qu'elle était désormais ma colocataire. Vu qu'elle était une fille, et moi un garçon, j'avais fortement douté de la véracité de ses dires. Les dortoirs étaient mixtes, d'accord, mais pas les chambres. Pourtant, en vérifiant nos dossiers respectifs, nous étions bel et bien dans la même chambre. Cette erreur provenait du fait que son prénom était inscrit comme Charles, et non Charlotte. Après une heure passée ensemble, nous avions tous les deux décidé que le sort était avec nous. Nous étions « destinés » à devenir les meilleurs amis du monde. Nous nous accordions parfaitement. Chacun de nous avait la sensation de connaître l'autre depuis toujours. Quand j'expliquai à Charlotte que j'étais gay, elle m'indiqua que rien ne pouvait mieux lui convenir.

Lorsque le bureau des admissions finit par découvrir son erreur, Charlotte et moi avions déjà quitté le campus pour nous installer ensemble dans un appartement, à fonds communs. Tout se déroula parfaitement jusqu'au jour où le frère aîné de Charlotte passa lui rendre visite.

Rand Holloway avait fait le voyage depuis un patelin proche de Lubbock, au Texas, jusqu'à Tempe, en Arizona, pour s'assurer que tout allait bien pour sa petite sœur, un mois après son installation. Le père de Charlotte ayant bien trop à faire sur son ranch, il avait envoyé Rand à sa place. En tant que futur chef de la famille, il donnerait à Charlotte son approbation, ou bien il la ramènerait *manu militari* à la maison. Charlotte m'ayant demandé de bien me tenir, je comptais jouer au petit saint.

Mais je ne m'attendais pas à rencontrer Rand Holloway.

Il pénétra dans notre appartement sans se donner la peine de frapper à la porte pour indiquer son arrivée. En relevant les yeux, je ne pus retenir un cri étouffé. J'étais jeune alors, à peine dix-huit ans, et devant moi se dressait l'homme le plus splendide qu'on puisse imaginer.

Très grand, dans les un mètre quatre-vingt-dix, il était bâti comme un nageur : puissantes épaules, large poitrine, hanches minces. Ses vêtements le moulant, je vis qu'il était bardé de muscles, de la tête aux pieds. Avec en plus des cheveux noirs aux reflets bleus et des yeux turquoise, comme le ciel en plein été, le mec était à tomber. Je scrutai ses traits ciselés, ses biceps gonflés et la façon dont son jean mettait en valeur de longues jambes musclées et un cul d'enfer. Devant une telle vision, je perdis toute faculté de parler.

Malheureusement, ce ne fut pas son cas.

— J'imagine que c'est toi le pédé.

Les premiers mots émergeant de la bouche de cet homme avaient donné le ton de tous nos échanges depuis lors.

Charlotte avait indiqué à sa famille que j'étais gay, pour que personne ne s'inquiète de la voir cohabiter avec un homme. D'accord, Rand était venu vérifier la façon dont sa sœur était installée, mais surtout, il voulait me rencontrer. En personne.

Tournant la tête vers ma colocataire, je devinai qu'elle aurait voulu se cacher derrière un rocher et disparaître. Mais je n'étais pas en colère contre elle. Charlotte n'avait fait que transmettre une information, comme elle aurait indiqué la couleur de ma peau, noire, rouge – bleue ou verte… Par contre son frère, ce cowboy homophobe à l'esprit étroit, ce bouseux à peine sorti de son trou, ce minable bardé de préjugés, son frère me prenait pour l'Antéchrist. C'était écrit sur toute sa personne. De sa grimace furieuse à ses bras croisés, je sentais le dédain émaner de lui. Il me détestait pour les hommes que je mettais dans mon lit ? C'était ridicule. Rand Holloway était ridicule. Aussi, je récupérai mes affaires et quittai l'appartement, décidé à ne pas y revenir avant son départ.

À mes yeux, le pire de tout était qu'il soit aussi superbe. S'il avait été affreux, si je ne l'avais pas admiré avant de découvrir que c'était un abruti, je n'aurais pas été aussi mal. Je me sentais coupable d'avoir, dès le premier abord, trouvé l'ennemi aussi parfait… et d'en avoir été à ce point troublé.

Un an plus tard, le père de Charlotte mourut subitement d'un arrêt cardiaque. Je fis le voyage avec mon amie jusqu'au Texas pour lui tenir la main, alléger l'atmosphère, et l'empêcher de sombrer. Rand demanda à sa sœur de rester au ranch, mais Charlotte et sa mère pensaient qu'il valait mieux pour elle terminer ses études. Au final, ce fut moi qui dus rembarrer Rand, et lui expliquer que tout le monde se foutait de ses préférences. Leur père, James Holloway, avait envoyé sa fille à l'université parce qu'il pensait à un meilleur avenir pour elle. Et si Rand trouvait plus pratique que sa sœur rentre à la maison, rien ne la forçait à obéir.

Quand il se mit à beugler et menaça de ne plus envoyer d'argent à Charlotte, je lui répondis de ne pas s'inquiéter. J'aiderais mon amie à financer ses études. Je prendrais tous les boulots nécessaires afin d'éviter à sa sœur de devoir vivre avec un être aussi étroit d'esprit. Pendant que Charlotte et sa mère m'étreignaient et m'embrassaient, Rand quitta la pièce, furibard, comme un animal blessé. De toute évidence, le frère de Charlotte ne rejetait pas seulement les homosexuels, il avait aussi un problème envers les femmes émancipées, qui espéraient davantage de la vie que devenir des femmes au foyer et des mères de famille. Bien que Charlotte souhaite avoir un jour un mari et plein d'adorables bambins, elle désirait également travailler, ce que lui permettrait son diplôme universitaire.

À notre retour à Tempe, ma meilleure amie se dégota deux emplois. Pour ma part, j'en pris un nouveau, en plus de celui qui m'occupait déjà cinq nuits par semaine. Ce fut une période difficile. Les heures de sommeil devinrent un luxe et non une habitude, mais Charlotte et moi réussîmes à payer aussi bien ses études que nos autres frais. Quand nous eûmes tous les deux une promotion, la vie devint plus facile, et nous nous accordâmes quelques sorties, des soirées passées à boire et à danser, ou à aller au cinéma.

Un an plus tard, Rand offrit à sa sœur de financer à nouveau ses études. Il avait remis le ranch sur pied et dégageait quelques profits. Je pris un grand plaisir à entendre Charlotte refuser sa proposition, avec un remerciement poli. Il m'appela sur mon portable et me traita de connard arrogant, m'accusant de pousser sa petite sœur à des décisions qu'elle ne désirait pas prendre. Charlotte était à mes côtés quand j'envoyai Rand se faire foutre. Elle était parfaitement capable de prendre seule ses décisions et, si elle avait davantage confiance en moi qu'en lui, peut-être était-ce davantage dû à ses carences qu'à mes manipulations. Ce fut pour moi un grand moment de lui raccrocher au nez et de ne pas répondre à ses nombreux rappels. Charlotte éclata de rire en me voyant exécuter une danse de la victoire dans l'appartement.

Durant les deux années suivantes, notre antipathie ne fit que s'aggraver. Quand Charlotte et moi reçûmes nos diplômes, je fus attristé à l'idée de la quitter. Elle allait me manquer. D'un autre côté, je n'aurais plus à subir Rand Holloway, puisque je ne remettrais jamais les pieds au Texas.

Je n'avais rien à faire dans l'État à l'étoile solitaire [5] et Rand ne quittait jamais son ranch, aussi mes vacances avec mon amie seraient-elles libérées de son influence néfaste. Je ne fus pas surpris le jour où Charlotte me téléphona pour m'apprendre que Rand avait été abandonné par sa femme, un an à peine après leur mariage. En fait, j'avais surtout trouvé étrange qu'il ait trouvé quelqu'un pour l'épouser. Si Charlotte n'apprécia pas ma remarque, son nouveau copain, Benjamin Cantwell, se montra du même avis que moi. Lui non plus n'appréciait pas Rand Holloway.

Six mois plus tôt, Charlotte m'avait demandé d'assister à la soirée organisée pour les soixante ans de sa mère. Le lendemain, nous étions tous les trois, Char, Ben et moi, dans un avion pour Cancun afin d'y retrouver des amis.

Quand Charlotte m'avait annoncé que nous passerions au ranch, j'avais eu un moment d'inquiétude, mais il ne s'agissait que d'un seul jour après tout. Que pouvait-il arriver de catastrophique ?

Je conversais agréablement avec l'oncle de Charlotte, Tyler, qui s'occupait du barbecue, quand Rand s'interposa. Il conseilla au frère aîné de son père ne de ne pas perdre son temps à me parler, parce que je n'écoutais jamais rien.

— Ce n'est pas vrai ! aboyai-je.

Rand s'éloignait déjà mais il se retourna pour m'affronter.

— Foutaises ! Stefan Ross ne s'intéresse pas à l'avis des autres.

Je soutins son regard et répliquai froidement :

— Non. Je n'ignore que le tien.

---

5 Le drapeau du Texas – surnommé *Lone Star Flag* aux États-Unis – est bleu, blanc, rouge avec une étoile blanche (NDT).

Quand il serra les dents, je vis les veines sur son cou gonfler. Puis il me jeta un regard mauvais avant de dire :

— C'est bon à savoir.

Je haussai les épaules et il s'en alla sans rien ajouter.

Tyler se mit à glousser, ce qui attira vers lui mon attention.

— Tu sais, je n'ai jamais vu personne hérisser Rand à ce point.

— Désolé.

Je m'apprêtai à m'éloigner, mais, avec un grand sourire, il m'en empêcha en posant gentiment une main sur mon bras.

— Pas vraiment. C'était plutôt rigolo.

— C'est vrai.

Je ricanai, et lui aussi se mit à rire. Ainsi, je n'étais pas le seul à trouver stupide le grand frère de Charlotte.

Plus tard, cette même nuit, Rand s'arrêta en revenant vers la maison pour souhaiter le bonsoir à sa famille. Il me trouva assis entre deux de ses oncles, buvant une bière avec eux tout en papotant. Nous étions tous les trois confortablement installés sous le porche, les pieds posés sur la rambarde. Plusieurs cousins s'agglutinaient autour de nous, l'ambiance était gaie et détendue. J'étais le seul à ne pas avoir un chapeau de cowboy sur la tête.

Rand indiqua qu'il allait se coucher, puisque lui devait se lever tôt pour travailler.

— Tout va bien pour toi ? me demanda-t-il d'un ton sarcastique. Tu penses que tout se passerait aussi bien s'ils étaient au courant ?

— De quoi ? Que je suis gay ? demandai-je, avec un sourire béat. Je n'en ai aucune idée. Peut-être.

Son visage abasourdi me fit un grand plaisir.

— Stef nous l'a déjà dit, indiqua à Rand son oncle Lincoln. Ce qu'un homme fait dans son lit ne regarde que lui. Tu ne crois pas ?

— Après tout, il y a bien des hommes qui aiment les femmes obèses, déclara l'oncle Tyler en haussant les épaules. Moi je dis, chacun ses goûts !

— Tyler aime les grosses, clama Lincoln à la cantonade, au cas où vous ne l'auriez pas déjà compris.

Ses yeux bleus fixés sur moi, Rand marmonna à mi-voix :

— Tu as de la chance que ma famille soit accueillante et ouverte d'esprit…

— Tu es l'exception, coupai-je, et je souris en le voyant serrer les dents. Personne ne t'a jamais accusé d'être aimable.

Il pointa un doigt dans ma direction.

— Espèce de petit…

— Oh, serais-tu fatigué ? Nous nous donnons des petits noms maintenant ?

Si un regard pouvait tuer, je serais mort sur le champ.

— Tu devrais aller te coucher, M. Holloway. Ce serait vraiment dommage que tu sois fatigué demain, ça pourrait te mettre de mauvaise humeur.

— Un de ces jours, tu vas finir dans de sales draps si tu…

— Oh, le coupai-je en remuant les sourcils. J'adore me trouver dans de sales draps.

Quand tout le monde se mit à rire, Rand quitta le porche, les poings serrés.

— Stefan Joss, tu ne peux pas me laisser tomber !

À cette supplique murmurée, je quittai mon évocation du passé et reportai mon attention sur mon amie.

— Je t'en prie, insista-t-elle.

De quoi parlait-elle ? Jamais je ne la laisserais tomber. Jamais !

Je levai les yeux au ciel. Elle se jeta dans mes bras et me serra aussi fort qu'elle le pouvait.

— Oh-oh, regarde un peu, voilà ton homme qui arrive, dis-je, en la remettant sur ses pieds.

Ensemble, nous nous tournâmes pour voir Benjamin Cantwell traverser la pièce et venir nous rejoindre. Sans se laisser intercepter, il contourna plusieurs personnes qui désiraient lui parler et accéléra même le pas pour arriver plus vite. À ses yeux brillants et son sourire amusé, il était facile de voir que cet homme m'appréciait sincèrement. Quand je lui ouvris les bras, il accepta l'invitation. Son étreinte fut énergique au point d'en être presque douloureuse, mais je savais que le sentiment qui l'animait était authentique.

Il me relâcha enfin et m'écarta de lui pour m'examiner.

— Tu es en retard. J'ai eu peur que tu ne puisses pas arriver avant jeudi. Ma future femme serait devenue un zombie.

Charlotte le frappa sur le bras avant de se coller à moi.

— Tais-toi ! Je vais très bien.

J'embrassai Charlotte sur la tête tout en la serrant très fort.

— Ah, Char, tu savais bien que je serais là. Après tout, c'est moi qui vais devoir surveiller ton mec dans tous ces clubs de strip-tease.

Elle se mit à rire – ce son rauque et profond était l'une des nombreuses qualités que j'appréciais chez elle. Je la serrai une dernière fois avant de la lâcher. Une fois dans les bras de Ben, elle le prit par la taille, tandis qu'il l'ancrait à ses côtés.

— Désolé que ton copain n'ait pas pu venir, Stef, murmura-t-il.

Je le regardai avec étonnement.

— Quel copain ?

Il parut surpris.

— Oh. Eh bien… euh, Cody. Je crois que c'est son nom.

— Ben, se moqua Charlotte, Cody est de l'histoire ancienne. Il date d'au moins six mois.

— Un peu moins, corrigeai-je. Mais en effet, c'est terminé.

— Stef, tu changes de mec si souvent qu'il faut un aide-mémoire pour se tenir à jour.

Je haussai les épaules.

— Il est juste un peu difficile ! s'exclama Charlotte pour me défendre.

— Alors, dis-je en la regardant attentivement, tous ces problèmes que tu m'as annoncés au téléphone, c'était une plaisanterie ?

Quand elle prit un air affligé, Ben lui serra l'épaule en signe de sympathie.

— C'est horrible, dit-elle, en me fixant. La robe, les tenues des demoiselles d'honneur, les smokings… c'est trop, trop…

Elle s'interrompit et se tourna vers Ben. Il s'adressa à moi :

— Elle a raison. Attends un peu de voir le costume que tu vas devoir porter !

Au téléphone, à moitié hystérique, Charlotte avait prétendu que tous ses préparatifs de mariage avaient été modifiés par sa mère, ses tantes et ses cousines. Je m'étais mis à rire. Quelle importance ? Rien ne me paraissait irrémédiable.

Mais à présent, alors que je me tenais à ses côtés dans sa chambre, je restai sans voix devant l'atrocité suspendue à son armoire vitrée. J'ignorais qu'une robe pouvait avoir autant de perles, de dentelles, de…

— C'est quoi au juste, des cristaux ?

— Oui, j'imagine.

— Hum.

— Tu vois, indiqua-t-elle, désignant la robe de la main.

— Hum, grognai-je une fois encore.

— Oh mon Dieu !

15

Dans un élan dramatique, Charlotte se jeta à plat ventre sur son lit.

— Peut-être pourrions-nous enlever le superflu ? proposai-je.

Je soulevai une dentelle lourdement brocardée. Charlotte garda le visage caché dans sa couette.

— Heureusement que tu es là, marmonna-t-elle. Je ne saurais pas quoi faire sans toi. Personne d'autre que toi ne me comprend.

— Je sais.

D'abord, c'était la vérité, ensuite, c'était une réponse facile et j'avais l'esprit ailleurs. Les yeux toujours fixés sur la robe, je fis remarquer :

— Si tu passes au soleil avec un truc pareil, tu risques d'aveugler tes invités.

Elle poussa un gémissement sonore.

— À qui appartient cette robe ? demandai-je.

— À la mère de Ben.

— Hum.

— Il y a aussi un voile.

— Non, sans blague ?

Toujours à plat ventre sur le lit, elle releva la tête pour me regarder.

— Je suis désolée de t'imposer cette histoire de premier témoin [6], mais je ne voulais pas que tu fasses partie des garçons d'honneur de Ben. Ça aurait tout faussé. Je sais bien que Ben est ton ami, mais Stef... tu es à moi.

— Bien sûr, sombre andouille !

Elle m'adressa un sourire lumineux qui fit apparaître ses fossettes.

Peu après, alors que nous descendions jusqu'au salon de l'imposante auberge à deux étages où résidaient les invités, Charlotte s'accrocha à mon bras comme à une bouée de sauvetage. Je sentis ses doigts se planter dans ma chair lorsqu'un couple d'âge mûr fit irruption en face de nous, suivi par un autre, plus jeune.

— Charlotte, est-ce là cet ami dont tu nous as tant parlé ?

— Oui, Linda, répondit-elle doucement, appuyée contre moi. Voici Stefan.

J'offris à la mère de Ben un grand sourire et un regard appuyé.

Elle en eut le souffle coupé.

Je lui tendis la main en disant :

---

6 Aux États-Unis, il est d'usage que la mariée ait un cortège de demoiselles d'honneur, avec un « premier témoin » féminin, et le marié, des garçons d'honneur et un témoin masculin (NDT).

— Waouh ! Char, tu ne m'avais pas prévenu qu'elle était aussi charmante.

J'entendis le cri étouffé de Charlotte quand je pris dans mes bras sa future belle-mère et l'embrassai sur la joue avant de la serrer contre moi.

Elle se plaqua à moi, les mains crispées dans mon dos.

— Hé ! protesta le père de Ben avec un petit rire. Rendez-moi ma femme !

Je m'écartai d'elle, un bras toujours posé sur ses épaules, puis je baissai les yeux sur son visage.

— Que diriez-vous, chère madame, si nous remettions votre robe au goût du jour ?

Je parlais doucement, mettant à contribution tout mon arsenal : ma voix et mon visage. Depuis mon plus jeune âge, on m'avait dit et répété que j'étais à tomber, et je savais que c'était vrai. Je possède des cheveux blonds, des yeux vert jade, et une peau naturellement hâlée. Souvent, les gens s'arrêtaient dans la rue pour me dévisager. Je n'en tirais pas de vanité – après tout, il ne s'agissait que de génétique –, mais je savais en user quand il le fallait. Et cette robe avait réellement besoin d'être modifiée.

La mère de Ben se mit à rire et resserra son bras sur ma taille.

— Mon chou, faites tout ce que vous voulez.

— Merci Seigneur ! murmura Charlotte derrière moi.

— Bonjour quand même, déclara M. Cantwell en me tendant la main. Stefan, c'est un plaisir de vous rencontrer. La petite a le visage qui s'éclaire chaque fois qu'elle prononce votre nom.

— Merci monsieur, j'en suis conscient.

Avec un sourire, j'acceptai sa main et la serrai fermement. J'appréciais qu'il appelle sa future belle-fille 'la petite'.

— Charlotte prétend que vous feriez n'importe quoi pour Ben, dit-il, le regard chaleureux.

— Oui monsieur, absolument.

Il m'aimait bien. Cela se voyait à ses yeux brillants et à la fermeté de sa poignée de main. Il paraissait satisfait que j'aie remarqué la beauté de sa femme et que son fils puisse compter sur moi.

— Parlez-moi un peu de vous, Stefan. Que faites-vous dans la vie ?

Avant que je ne puisse répondre, Charlotte s'en chargea à ma place :

— Stef est responsable des acquisitions chez Chaney Putnam, une boite importante, qui travaille dans l'immobilier.

17

— Vraiment ? fit M. Cantwell avec un petit rire. Dans ce cas… peut-être pourrions-nous discuter d'un terrain que j'envisage d'acheter. J'aimerais que vous me donniez votre avis.

— Bien entendu, répondis-je.

Il eut un hochement de tête, puis poussa un profond soupir avant de se détourner pour dire :

— Laissez-moi vous présenter le reste de ma famille.

Je fis ainsi connaissance de la sœur de Ben, Renée, et de son mari, Stuart. Ensemble, nous sortîmes dans le grand patio où je fus présenté aux grands-parents et au reste de la famille : oncles, tantes, cousins et cousines… La mère de Ben, Linda, n'avait pas lâché ma main. De l'autre côté, Charlotte restait accrochée à moi, son pas s'accordant au mien. Quand la musique commença, j'entraînai la future mariée sur la piste de danse et la fis tournoyer jusqu'à ce qu'elle éclate de rire.

Quelques minutes plus tard, elle gémit tout à coup :

— Oh mon Dieu !

— Quoi ?

— Regarde, voilà l'ange de la mort.

Suivant son regard, je vis Ben encadré de Nick et Clarissa Towne.

— C'est son meilleur ami, continua Charlotte. Et j'ai hésité à épouser Ben à cause de lui.

— Pourquoi ?

Elle me regarda, horrifiée

— Tu plaisantes ? Tu sais très bien pourquoi. Ce mec est complètement abruti.

— Char, ton meilleur ami est gay, et Ben n'a rien dit.

— Il s'en fiche. Et tu sais pourquoi ?

— La réponse m'inquiète déjà.

— Parce qu'il n'est pas crétin – contrairement à Nick Towne.

— Tu exagères sûrement…

Elle me fixa, les yeux écarquillés.

— J'hésite à te demander des explications, continuai-je.

— Il a demandé à Ben s'il était obligé de m'épouser. Obligé, Stef… *obligé* de m'épouser.

Je me contentai de sourire.

— Comme si la seule raison qui pouvait pousser Ben à se marier avec moi était de m'avoir mise enceinte ! insista Charlotte.

— Eh bien, je sais que la famille Cantwell est très riche…

Charlotte m'envoya un coup plutôt violent en guise de réponse.

— Et merde ! grognai-je, en me frottant le bras.

— C'est un vrai con.

— Arrête !

— Quant à sa femme, gémit-elle, je t'assure que mon bureau est plus animé qu'elle.

— Charlotte, tu deviens méchante.

Je la pris par la main et quittai avec elle la piste de danse. Je fis un signe pour attirer l'attention de Clarissa. Dès qu'elle me vit, elle percha la tête avec un sourire qui fit briller ses yeux.

— Ben merde alors ! haleta Charlotte.

Je la regardai par-dessus mon épaule

— Tu vois, dis-je. Clarissa n'est pas si terne.

— Elle ne réagit qu'en ta présence, Stef, comme tout le monde.

Relâchant Charlotte, je m'approchai de Clarissa qui se précipita sur moi. Quand je la serrai contre moi, elle enfouit son visage contre mon épaule et inspira profondément mon parfum.

— Que c'est bon de te voir !

— Mon cœur, je pensais la même chose, répondis-je avec un sourire.

Je la laissai me tenir jusqu'à ce qu'elle soit prête à s'écarter. Quand elle le fit, je tendis la main à son mari, le premier témoin de Ben, Nick Towne. Il m'attira contre lui dans une étreinte virile et me donna une claque dans le dos. Son expression indiquait qu'il était parfaitement à l'aise avec moi.

— Hé !

Je me tournai vers Ben.

— Quoi ?

Il se contenta de me fixer.

— Quoi ? insistai-je.

Il mit une bonne minute à me répondre :

— Rien, répondit-il avec un sourire, puis il ajouta avec un geste du menton : Regarde.

J'entendis mon nom avant d'avoir eu le temps de me retourner. La mère de Charlotte, May Holloway, traversait la pièce. Elle me parut très mal à l'aise jusqu'à ce que j'agite la main pour attirer son attention. Quand elle se figea, j'allai à sa rencontre. Elle m'accueillit les bras grand ouverts.

Une demi-heure plus tard, après avoir dansé sans interruption, je décidai de faire une pause et me laissai tomber sur un siège à côté de Ben, au bout de la longue table. Je sentis une main passer dans mes cheveux. Levant les yeux, je découvris Charlotte qui me fixait d'un air étrange.

— Quoi ?

— Tu es vraiment un cas, tu sais.

Quand je levai vers elle un sourcil interrogateur, elle répondit par un ricanement étouffé.

— Très distingué, se moqua Ben en la regardant.

— C'est juste… Stef, tu as obtenu l'accord de la mère de Ben pour retoucher ma robe ; tu m'as fait percevoir un côté complètement différent de Nick et de ma famille. Regarde-les tous, dit-elle, en se tournant vers la foule. On dirait de vieux amis, on ne croirait jamais qu'ils se sont rencontrés aujourd'hui pour la première fois. Tout s'arrange à merveille.

J'en étais heureux.

— Et tout ça grâce à qui ? ajouta Charlotte.

— Je n'en ai aucune idée.

Après un bâillement, je croisai les bras sur la table et y posai la tête. J'avais passé six heures dans un avion après une nuit entière à travailler, j'étais fatigué. De plus, j'avais englouti pas mal d'alcool, ce qui n'arrangeait rien.

Charlotte m'envoya une bourrade.

— Espèce d'idiot ! C'est toi qui as emmené les parents de Ben jusqu'à ma mère, et vu qu'ils sont tous dingues de toi, ça les a rendus accueillants et ouverts. Très impressionnant.

— Bien sûr, dis-je, pour l'amadouer.

Elle me pinça, mais j'étais trop fatigué pour réagir, alors elle me frotta le ventre en passant ses doigts sous ma chemise.

— Bon sang, Stef, regarde un peu ton abdomen ! Il est aussi dur que de la pierre.

Kristin Barnes, une des demoiselles d'honneur assise à table en face de nous, protesta soudain.

— Ce n'est pas juste ! Si tu as le droit de caresser Stef, nous devrions l'avoir aussi, à tour de rôle.

— Bien sûr, viens ici.

— Kris, fiche-lui la paix, ordonna Ben.

Malgré ces belles paroles, il s'écarta pour laisser de la place aux deux filles à mes côtés.

— Merci mec, voilà qui m'aide beaucoup, déclarai-je.

Je sentis des mains dans mes cheveux, sur mon dos, sous ma chemise, sur mes bras et mon ventre. Les doigts de Kristin me lissèrent même les sourcils. J'étais noyé sous les attentions féminines.

— Char, déclara une voix rieuse, ton meilleur ami est adorable.

— Je sais, répondit-elle avec un rire. Je ne cesse de le lui dire depuis notre première année à la fac. Avec des yeux pareils et ce corps à tomber, il pourrait avoir qui il veut.

— Ça, c'est évident, intervint Kristin. Ce garçon est hyper sexy.

Je lui jetai un regard menaçant en relevant la tête – ce qui la fit exploser de rire.

— Stefan, est-ce que tu te teins les cheveux ?

Avant que je puisse répondre, Charlotte le fit pour moi :

— Non, mon chou, c'est un blond naturel. Tout comme cette peau dorée et ces yeux verts, sa blondeur est un cadeau du ciel. En plus, il a la même tête tous les jours en tombant du lit. Il ne fait qu'un seul effort pour s'améliorer : de l'exercice physique – et on ne peut pas dire qu'il se fatigue, je peux vous l'assurer.

— Hé ! protestai-je, je vais régulièrement à la gym.

— Tu parles ! Une heure par jour, ce n'est rien du tout, Joss.

— Je pense qu'il a raison, Char, intervint Kristin. Il a de sacrés abdominaux. Je suis sûre qu'il s'exerce sérieusement.

— C'est vrai ? Laisse-moi vérifier.

— Ça suffit, déclara Ben.

Il se leva en riant et les écarta toutes de moi avant de s'asseoir à mes côtés.

— Les filles, vous devriez avoir honte de tripoter ainsi un homme gay. Le pauvre ne le savoure même pas. Allez vous occuper de Ranc, il est hétéro.

— J'aimerais bien y poser les mains… commença Alison Ford, une autre demoiselle d'honneur.

— Beurk, gémit Charlotte.

— Moi, je verrais plutôt ma bouche sur lui, dit Kristin.

— Arrêtez ! C'est dégoûtant !

— Tu dis ça parce que c'est ton frère, Char. Je t'assure qu'il est à croquer.

— Ouais, mais il est trop sérieux et trop sombre pour jouer avec lui.

— Moi, je le trouve même sinistre.

21

Elles parlaient tout en même temps et je souris en silence. J'aimais beaucoup les filles. Elles étaient drôles, si drôles.

— Il a toujours l'air en colère, dit une autre.

— Mais sexy.

— Tu sais, Char, nous serions toutes d'accord pour le séduire, malheureusement, il a toujours l'air… en colère.

— Oui, vraiment furieux, insista Kristin. Et voilà pourquoi, malgré ses atouts, je ne m'approcherais pas de lui, même pour un pari.

— Moi non plus.

Tout autour de la table, il y eut un assentiment général.

— C'est bien pour ça que nous adorons Stef, intervint une autre demoiselle d'honneur. Il est magnifique, sexy, et c'est le mec le plus gentil que j'aie jamais rencontré.

— Il n'est pas compliqué et rayonne de santé.

— Si tu n'étais pas gay, Stefan Joss, déclara Alison, tu ne m'échapperais pas.

— Ne rêve pas, dit Kristin, je le prendrais avant toi.

— Les filles, vous planez ou quoi ? coupa Charlotte. Si Stef était hétéro, je l'aurais épousé à l'université.

— Qu'est-ce que j'entends ? protesta Ben.

Toute la table explosa de rire.

— Chéri, susurra Charlotte.

Pour l'apaiser, elle se leva et s'installa sur ses genoux.

— Va-t'en, femme indigne ! grogna-t-il, ce qui amusa tout le monde.

Après un dernier baiser, les filles retournèrent se mêler à la foule. Une fois seul, je tournai la tête en direction de Ben. Il eut un ricanement amusé.

— Je n'aimerais vraiment pas être à ta place !

Quand je lui souris, il posa sa main entre mes omoplates.

— Merci d'avoir été sympa avec Nicky. Je sais bien que tu ne l'apprécies pas beaucoup, mais il n'est pas aussi chiant que Rand.

— Je sais.

— Si tu lui donnes une chance, Charlotte le fera aussi, j'en suis sûr.

— Bien sûr, dis-je en bâillant, avant de me frotter les yeux. Je pense que je vais monter, défaire mes valises, et peut-être me reposer un moment avant ton enterrement de vie de garçon. Je ne veux pas m'endormir au milieu.

— C'est pour demain, mon pote. Ce soir, c'est juste pour faire connaissance.

Merci Seigneur !

— Tu as des bottes ? ajouta-t-il.

— Ben.

— Et un chapeau ?

— Ça te pose un problème si je me contente de rester assis et de boire ?

Il secoua la tête avec un grand sourire, et je sentis sa main s'écarter.

— Ça me paraît être un bon plan, admit-il. Je passerai te réveiller, au cas où tu dormirais encore.

J'opinai et me levai, puis je me dirigeai vers le grand escalier. J'y étais presque lorsque je me trouvai tout à coup devant Rand Holloway. J'attendis qu'il passe à l'attaque.

Il fronça les sourcils.

Je croisai les bras.

Les secondes s'écoulèrent une à une.

Ses yeux d'un bleu technicolor foncèrent.

— Bon sang, quoi encore ? demandai-je finalement, déjà exaspéré.

— C'est ta façon de me saluer ?

— C'est toi qui restes planté là sans dire un mot.

Quand il ne fit que hocher la tête en silence, j'abandonnai et le contournai pour accéder aux marches de l'escalier que je montai trois par trois jusqu'au palier. Puis je pris le couloir.

— Joss !

Rand était le genre de gars à toujours appeler quelqu'un par son nom de famille. Et je détestais ça, parce que ça m'avait toujours paru être une de ces conneries de macho. Je tournai la tête devant ma porte et le regardai avancer.

Il s'arrêta devant moi.

— Écoute, dit-il. J'aimerais que nous fassions une trêve durant les prochains jours, d'accord ? J'ai assez de trucs à gérer pour ne pas avoir en plus à me battre…

— Génial, parfait, coupai-je. Tu restes loin de moi, je ferai la même chose.

Ses yeux cherchèrent les miens. Comme d'habitude, je les trouvai sublimes. Quels que soient mes sentiments envers lui, cet homme était magnifique – sans l'ombre d'un doute. Ses yeux bleus comme la mer des Caraïbes suffisaient à me faire fondre sur place. Dire de cet homme-là qu'il était sexy était une vraie litote.

23

— Rien d'autre ? demandai-je.

Il se détourna et s'en alla sans un regard en arrière.

Je lui adressai un doigt d'honneur sur une impulsion. Comme il me tournait le dos, il ne le vit pas, mais c'était sans importance.

Une fois dans ma chambre, j'enlevai ma veste et me laissai tomber sur le grand lit. C'était sympa que l'oncle de Charlotte, Lincoln, ait offert de recevoir les invités dans son auberge pour le mariage. Je détestais les grands hôtels où mon boulot m'obligeait bien trop souvent à résider. Me retrouver dans une telle demeure, à la fois accueillante, tranquille et désuète, était une véritable aubaine.

Tandis que je fermais les yeux, je me demandai qui avait pu convaincre Rand d'enterrer la hache de guerre. Il faudrait que je pose la question à Charlotte quand je me réveillerai de ma sieste…

Plus tard.

III

Linda Cantwell, la mère de Ben, demanda au futur marié, à ses garçons d'honneur et à moi-même, de descendre au salon en smoking avant le dîner. Sans doute désirait-elle visualiser le problème évoqué par son fils. Elle avait pensé qu'un habit queue-de-pie blanc serait élégant, mais Ben, Charlotte, et tous les autres invités, insistaient sur le côté démodé. Ayant dormi trop tard, je fus le dernier à descendre. Je tombai sur Ben, qui ne put retenir un gémissement.

— Quoi ? dis-je.

Il eut un grand geste dans ma direction.

— Putain ! Sur toi, ça rend vraiment bien !

Linda me prit la main avant de déclarer à Charlotte :

— Regarde. On dirait que Stefan va faire la Une d'un magazine de mode.

— Linda, même s'il était vêtu d'un sac à patates, Stefan serait toujours superbe. Aussi, ça ne compte pas.

Puis Charlotte désigna son fiancé d'un air horrifié.

— Bon sang, regardez plutôt à quoi ressemble votre fils.

— Hé !

Un rire général me suivit tandis que je descendais les escaliers.

Plus tard, cette même nuit, je réalisai que je m'amusais rien qu'en regardant danser les autres. Pour moi, l'absence de Rand améliorait grandement la soirée. Sans trop comprendre comment, j'avais été désigné capitaine de soirée [7], ainsi que Weston, un cousin de Charlotte. Nous avions longuement discuté des émissions de télévision, de football, et de son boulot de conseiller fiscal. Même en somnolant une fois ou deux, j'avais quand même réussi à paraître intéressé. Je laissai faire Charlotte quand elle décida de s'étendre sur moi, la tête posée sur mon épaule. C'est ainsi que Ben nous retrouva au fond de la salle, dans notre position favorite : moi

---

7 Le conducteur, c'est-à-dire celui qui restera sobre pour raccompagner ses amis en toute sécurité (NDT).

étalé de tout mon long, les pieds relevés, et elle sur mes genoux, les jambes entre les miennes.

— On dirait que c'est vous, les futurs mariés.

Je lui adressai un sourire. Je savais, au souffle calme qui me caressait le cou, que sa fiancée s'était endormie. Quand elle s'agita tout à coup, je sentis ses lèvres s'entrouvrir contre ma gorge.

— Si elle te mord, je la frappe, grommela Ben. Je n'aime pas son attitude.

— Elle dort, lui rappelai-je.

— Qu'elle dorme ou pas, elle est folle de toi.

— Et je le lui rends bien.

Il grogna.

— D'accord, alors porte-la, parce que nous rentrons. Certains d'entre nous pourront s'offrir une grasse matinée, mais je crois que toi, tu as un rendez-vous demain matin.

— Oui, ne m'en parle pas.

— Tu veux que je t'accompagne ?

C'était une proposition tout à fait sympathique.

— Non, mais je te remercie. Sincèrement.

De retour à l'auberge, je portai Charlotte jusqu'à sa chambre. Ben me suivit. Quand elle fut au lit, je dus accompagner le futur marié dans sa chambre. Là, étendu à ses côtés sur son lit, je l'écoutai discourir jusqu'à deux heures du matin.

LE LENDEMAIN, n'ayant pu dormir que cinq heures, je cachai mes yeux fatigués derrière d'énormes lunettes de soleil Prada en descendant prendre un café.

— Il est un peu tôt pour jouer les rock-stars, tu ne crois pas ?

Relevant les yeux, je vis Rand Holloway assis à table dans la cuisine.

— Alors ? insista-t-il. Aucune réponse hargneuse ?

La bête étant lâchée, même l'odeur alléchante du café ne réussit pas à m'attirer dans la cuisine. Tournant les talons, je m'éloignai en direction de la sortie.

— Joss !

Sans ralentir le pas, je claquai violemment la porte derrière moi. Ma voiture était garée devant la maison, à l'extrémité du rond-point gravillonné.

J'y étais presque quand une main se posa sur mon biceps. Je me sentis virevolter si brusquement que je faillis en perdre l'équilibre.

— Bon sang, pourquoi as-tu filé comme ça ? hurla Rand.

Réalisant qu'il s'agissait de lui, j'arrachai mon bras de sa poigne et m'étalai presque dans ma hâte.

Il m'attrapa de nouveau le bras et m'attira contre lui. Déséquilibré par son geste brutal, je dus poser la main sur sa poitrine pour ne pas lui tomber dessus. Je me libérai d'un bond, et reculai de quelques pas.

— C'est quoi ton problème ? aboyai-je.

— Tu ne m'écoutes jamais.

— Fiche-moi la paix.

Je soupirai et le regardai, avant de réaliser à quel point il était proche. Comme il se penchait vers moi, nous étions quasiment nez à nez.

Je vis les muscles de sa mâchoire se crisper.

— Où vas-tu ? demanda-t-il.

— Je ne vois pas en quoi ça te regarde.

Il inspira profondément par le nez, en gonflant les narines.

— Réponds.

Sur ce, il repoussa en arrière le chapeau de cowboy qui lui couvrait le front, affirmant en silence qu'il attendrait toute la journée s'il le fallait, jusqu'à ce que je lui cède.

— J'ai un rendez-vous avec une cliente, au sujet de son ranch.

— Bordel, mais qu'est-ce que ça veut dire ?

— Retourne dans la maison, dis-je, en essayant de le contourner.

— Je veux te parler.

— De quoi ?

Il ne répondit pas et se contenta de rester planté là, à me regarder.

— Je dois y aller.

— Et où *dois-tu* aller au juste ? insista-t-il. Tu es en vacances.

— Très bien, est-ce que par hasard tu connaîtrais une femme nommée Grace Freeman ?

Il fronça les sourcils en me fixant.

— Bien sûr. Elle possède le ranch Dancing Horse [8], vers Hillman. Pourquoi ?

Je reculai d'un pas pour mettre un peu de distance entre nous. Sinon, j'allais l'agresser. Cet homme sentait merveilleusement bon, une odeur à la

---

8 Cheval qui danse (NDT).

27

fois propre et épicée. Ses yeux, humides et brûlants, s'étaient assombris. Et voir ses lèvres rouges et enflées me donnait des frissons.

— Je dois… je dois m'assurer qu'elle accepte de vendre.

Son regard devint scrutateur.

— Tu travailles pour Armor South ?

— Non.

Je dus m'éclaircir la voix et reculer encore.

— Je travaille pour Chaney Putnam. Ce sont eux qui interviennent pour Armor South.

Rand avança jusqu'à moi et posa la main sur le toit de la Lexus, me coinçant ainsi contre la carrosserie.

— Peu importe. Grace ne vendra jamais.

— C'est bien naïf de ta part de le croire, alors que les autres ranchers ont déjà accepté.

— Elle n'est pas comme les autres.

— Pourquoi ?

Peut-être savait-il quelque chose qui pourrait m'être utile.

— Elle sait bien que la vie n'est pas toujours facile.

— D'accord, mais ça ne signifie pas qu'elle doive être difficile.

Son froncement de sourcils aurait pu écailler la peinture.

— D'ailleurs, qu'est-ce que ça peut te faire ? demandai-je en levant les yeux sur lui.

Il prit une inspiration rapide.

— Pour moi, chaque ranch est important. Nous sommes tous solidaires.

— Tous les autres ranchers ont déjà signé une promesse de vente. Je ne vois pas bien où est la solidarité.

— Tu ne connais rien aux ranchs ou à la fierté d'un rancher, grogna-t-il. Tu ne peux même pas l'imaginer.

— Je n'en ai aucun besoin, rétorquai-je. Une seule chose m'intéresse : déterminer ce qu'il y a de mieux pour Mme Freeman et sa famille.

— Tu ne connais rien à rien.

— Parfait. Tu peux t'écarter maintenant ?

Il recula d'un pas, aussi j'avançai jusqu'à la voiture et montai à l'intérieur. Je me sentis immédiatement mieux. En me dirigeant vers la voie rapide, je poussai un grand soupir de soulagement. Affronter Rand Holloway nécessitait beaucoup d'énergie et je n'avais même pas eu ma dose de caféine ce matin. Peut-être Mme Freeman m'offrirait-elle à boire ?

Il s'avéra que ce fut le cas. Elle me proposa même un petit-déjeuner.

Assis sous le porche après avoir mangé, alors que je sirotais du thé sucré avec Mme Freeman, je compris que sa décision était un vrai dilemme. Aucun de ses fils ne voulait du ranch, et seul l'un de ses petits-fils s'intéressait à ce genre de vie. D'un autre côté, plusieurs des hommes qui travaillaient pour elle parlaient de réunir leurs économies afin d'acheter les terres, mais aucun de leurs projets n'était encore arrêté. La seule réalité était l'argent proposé par Chaney Putnam, et tous les voisins insistaient pour qu'elle saisisse cette occasion. Si elle refusait, ils devraient retourner à leurs ranchs déficitaires. Qui était-elle pour les condamner à une vie dont ils désiraient se libérer ? Il y avait aussi le fait qu'elle ne voulait pas porter la responsabilité de céder des terres qui se trouvaient dans sa famille depuis plusieurs générations.

Je lui adressai un sourire compréhensif, et serrai ma tasse de thé toute embuée entre mes doigts.

— Je vois. Dans les deux cas, vous êtes dans une position délicate.

Elle eut un grand sourire.

— Votre société est diablement perspicace, M. Joss, de m'avoir envoyé un interlocuteur aussi charmant.

Je haussai les sourcils avec exagération, ce qui la fit rire.

— Je vous en prie, appelez-moi Stefan. D'après ce que j'ai compris, vous n'avez pas réussi à vous entendre avec mon collègue.

— Quel collègue ?

— Le premier représentant de Chaney Putnam. J'ai entendu dire que vous l'aviez jeté dehors.

— Très cher, vous êtes le seul à avoir voulu me rencontrer.

Voilà qui était bien étrange. Soit elle se trompait, soit Knox m'avait menti. Mais pourquoi mon patron m'aurait-il menti ? Quel était son intérêt à le faire ?

— Mon chou ?

Tout à coup, je réalisai la vérité : Knox avait voulu me présenter la situation sous son jour le plus dramatique, afin de me contraindre à agir comme si j'étais son dernier espoir. De nous deux, il avait certainement le meilleur talent d'acteur de mélodrames.

— Stefan ?

Je m'éclaircis la voix.

— Que diriez-vous si je revenais lundi, avant mon départ, pour en discuter à nouveau ? Cela vous conviendrait-il ?

Elle ne chercha pas à dissimuler l'étonnement qu'elle ressentait.

— Comment ? Vous ne comptez pas insister pour obtenir dès à présent ma réponse ?

— Non madame, certifiai-je. Vous avez besoin de réfléchir sérieusement. Vous connaissez mieux que moi les besoins de votre communauté. Après tout, l'ouverture du magasin prévue par Armor South permettra la création d'emplois, et vous devez peser le pour et le contre de cette situation en pensant aux vœux de votre famille et des hommes qui travaillent sur votre ranch.

— Absolument, approuva-t-elle, très solennelle.

Je me penchai vers elle.

— Vous avez mon numéro, aussi téléphonez-moi si vous éprouvez le besoin d'en parler. Vous savez, je sais écouter. Peut-être y a-t-il d'autres options que ni vous ni moi n'avons encore envisagées.

Quand je lui offris ma main, elle l'accepta.

— Je ferai tout ce que je peux, dis-je gentiment.

— Merci Stefan, répondit-elle, avec un grand sourire. Merci du fond du cœur.

JE RENTRAI à l'auberge après le déjeuner. Charlotte voulut que j'aille avec elle choisir la tenue adéquate pour sa nuit de noces. Ses amies se montrèrent enchantées de ma présence – et tout à fait surprises des suggestions intelligentes que j'offris à mon amie.

Au moment du dîner, nous retrouvâmes Ben et le reste des invités. Ne tenant pas à un second affrontement, je fus heureux de voir que Rand n'en faisait pas partie.

Le repas terminé, nous allâmes jusqu'à Lubbock pour l'enterrement de vie de garçon de Ben. Après quatre boîtes de strip-tease et différents verres dans chacune d'elles, tout le monde était plus ou moins ivre. Vers une heure du matin, à la fermeture des bars, nous prîmes le chemin du retour. Je conduisais la dernière des quatre voitures, celle qui ramenait Ben. Il resta éveillé durant les vingt premières minutes du trajet – d'une heure au total – puis il s'endormit, la tête sur mes genoux. Au moins, il n'avait pas vomi comme les deux autres.

Charlotte se mit à rire dès qu'elle me vit, aussi je lui proposai de s'occuper de Ben. Après tout, c'était elle qui l'épousait, pas moi.

— Non, surtout pas ! s'exclama-t-elle.

Elle ne me parut pas dans son état normal.

— Bon sang, Stefan, il n'est pas trop lourd ? demanda Clarissa.

— Putain, si, grommelai-je en avançant vers l'escalier. Il pèse une tonne !

Ma position n'avait rien d'agréable parce que Ben faisait presque dix centimètres de plus que mon mètre soixante-dix-huit, mais je réussis malgré tout à l'emporter.

— Il va bien ? ricana Charlotte.

Je lui répondis d'un ton rassurant, sans la regarder.

— Ouais, il est juste bourré.

— Mets-le au lit et redescends. Il faut que je te parle.

J'adorais Charlotte, mais j'étais épuisé.

— Ça ne peut pas attendre demain matin ?

— Si tu veux, cria-t-elle derrière moi. À demain. Je t'aime.

— Mais oui, mais oui, moi aussi.

À l'étage, je déposai Ben sur son lit aussi délicatement que possible. Après lui avoir enlevé ses chaussures et ses chaussettes, je décidai de m'arrêter là. Je le recouvris d'une couverture et m'éloignai en direction de la porte.

— Tu sais, je n'ai jamais donné un coup de poing – de toute ma vie.

Quelle étrange chose à déclarer de but en blanc ! Comme il était ivre, je n'en fis pas la remarque. Je pivotai face au lit, dans l'obscurité.

— C'est vrai ?

— C'est vrai, éructa-t-il. Et toi, ça t'est arrivé ?

— Oui, bien trop souvent pour que je puisse les compter. Maintenant, dors.

— Attends.

Je fis un pas de plus vers la porte avec un gémissement. Mais Ben s'assit dans son lit et alluma la petite lampe posée sur sa table de nuit.

— Pourquoi as-tu tellement donné de coups de poing, Stef ?

— Aucune idée. C'est juste arrivé.

— Parce que tu es gay ?

— Non, répondis-je dans un bâillement. Je n'ai jamais eu besoin de me battre parce que je suis gay. La plupart du temps, c'était parce que j'étais ivre, ou parce que j'essayais de casser quelque chose. Et une fois, dans un bar, c'était parce que ma putain de colocataire n'avait pas su la fermer.

Il eut un grand sourire. Ses yeux bruns et chaleureux brillaient en me regardant dans la pâle lueur dorée.

— Vraiment ? Tu t'es battu à cause de Charlotte dans un bar ?

— Oui, admis-je.

Et bien entendu, je dus ensuite lui détailler cette dispute d'ivrognes durant une partie de billard quand nous étions encore à l'université. Charlotte n'avait pu s'empêcher d'être sarcastique et d'agresser verbalement quelques étudiants bourrés avec lesquels elle jouait. Quand ils en avaient eu assez, c'est sur moi qu'ils étaient tombés – puisqu'ils ne pouvaient s'en prendre à une fille.

— Combien étaient-ils ?

— Seulement trois, mentis-je, alors que je m'en rappelais au moins cinq.

— Bon sang, Stefan, tu es dangereux alors ?

— Non, j'avais surtout bien moins bu qu'eux.

Il avait les lèvres étirées dans un sourire, les yeux plissés, et les cheveux tout ébouriffés. Il était dans un sale état, mais je ne l'avais jamais trouvé aussi craquant.

— Dors, maintenant.

— Attends.

Cette fois, j'ouvris la porte et fis un pas dans le couloir.

— Quoi encore ?

— Et si j'ai envie de dégueuler ?

— Tu as une corbeille à papier à côté de ton lit.

— Tu penses vraiment à tout, murmura-t-il doucement, les yeux plantés dans les miens.

— Toujours.

— Merci d'être un si bon ami, Stef. Tu n'étais pas obligé de m'apprécier…

Il eut un hoquet puis continua,

— … juste parce que tu es l'ami de Charlotte, mais tu le fais, et ça me plaît.

— Je suis aussi ton ami.

— Oui, je sais. Ce n'est pas ce que je voulais dire.

— Alors quoi ? Tu penses que, si vous divorcez un jour, c'est son parti que je prendrai ?

— Franchement, c'est vraiment pas sympa de dire ça juste avant mon mariage.

— Ce n'était qu'une remarque.

— Merde.

Je lui éclatai de rire au nez.

— Tu devrais dormir.

— Attends.

— Quoi ?

— Au départ j'étais inquiet, tu sais, quand je t'ai rencontré pour la première fois. Je pensais que tu avais peut-être des vues sur moi… et ça me fichait la trouille d'imaginer que tu voulais me baiser.

— Hum.

— Mais maintenant, je sais que tu n'es pas comme ça.

— Parce que tu n'es pas mon genre ? ironisai-je.

— La ferme ! dit-il avant de roter. J'essaie de te dire un truc important.

— Désolé.

— Tu es le seul gay que je connaisse.

— Franchement, ça m'étonnerait, dis-je en toute honnêteté, mais j'apprécie ton intention, Ben. Maintenant, pourrais-tu aller te coucher ?

Après un autre rot sonore, il s'étendit enfin sur son lit.

— Ouais. Je pense que ce serait mieux. Stef ?

— Quoi ?

— Viens m'embrasser pour me dire bonsoir.

Je lui adressai un doigt d'honneur et refermai la porte derrière moi

IV

LE LENDEMAIN matin, Charlotte se chargea de m'occuper.

Déjà, elle fit irruption bien trop tôt dans ma chambre, mais je me retins de la tuer parce qu'elle m'apportait du café. Une fois que je fus douché et habillé, nous prîmes ensemble le petit déjeuner, puis nous allâmes chez une amie de sa famille qui était couturière. Avec un peu de bol, elle pourrait arranger cette affreuse robe de mariée. Au premier abord, elle se montra assez réticente, et je dus lui affirmer que nous avions l'accord de la propriétaire pour modifier cette robe – aussi précieuse et ancienne fut-elle – pour qu'elle se mette enfin au travail. Son premier geste fut de découdre les perles vieillottes et trop nombreuses. Ensuite, Charlotte fit un dessin de ce qu'elle souhaitait, auquel j'ajoutai quelques suggestions personnelles. Le résultat me parut satisfaisant. La couturière était enthousiaste quand nous la quittâmes.

Nous devions retrouver tous les autres pour un déjeuner tardif dans un restaurant local que la famille de Charlotte appréciait.

Quand nous revînmes à la maison, il fut décidé d'organiser un jeu de criquet sur la pelouse, à l'arrière. Je trouvai l'idée surprenante avant de réaliser que les joueurs devaient engloutir un shot de tequila avant chaque coup, et ne jamais lâcher leurs canettes de bière. Sinon, le gage était un autre shot de Patrón [9]. Pareil si la canette se trouvait vide. Très vite, balles et maillets se mettraient à voler. Je décidai d'échapper au massacre et de gérer les e-mails que j'avais repoussés jusque-là. Plus vite j'aurais fini mes tâches professionnelles, plus vite je pourrais moi aussi m'adonner à la boisson.

Quand je redescendis, je vis qu'il y avait plusieurs voitures agglutinées dans la rue et un monde fou devant la maison. Un match de basket se jouait dans l'allée. L'ambiance me parut quelque peu houleuse : beaucoup d'insultes et de coups échangés, peu de paniers marqués. Les filles encourageaient leurs hommes de la voix, tout le monde riait et buvait beaucoup. Bien entendu, l'ambiance ne cessait de s'échauffer. Je retournai dans la maison me chercher une bouteille d'eau. Quand je ressortis, Ben

---

9 Tequila de luxe fabriquée au Mexique (NDT).

s'apprêtait à tirer un lancer franc – du moins c'est que je crus comprendre. Un joueur de l'équipe adverse l'agressait très violemment.

— Tire, connard d'ivrogne !

— Ce n'est pas moi l'ivrogne, enfoiré ! rétorqua Ben, en dribblant. Et si tu voulais fermer ta gueule, peut-être que je pourrais tirer.

— Putain, mais quel con ! dit l'autre en se plaignant à Charlotte. Dis à ton abruti de fiancé d'envoyer ce ballon.

— Envoie le ballon, Ben ! cria-t-elle en riant. Fais-le avant que mon cousin Brandon ne décide de te massacrer.

— Je ne peux pas tirer, Char. Je suis sur la touche.

— Mais tire, bordel, au lieu de bavasser !

La brute avança jusqu'à Ben et lui envoya un coup d'épaule.

— Dégage, protesta le futur marié.

L'autre bouscula Ben plus fort encore pour tenter de récupérer la balle.

— Donne-moi ce ballon, ducon, grogna-t-il.

— Dégage ! hurla Ben qui le poussa à son tour.

Violemment bousculé, l'ivrogne faillit s'étaler. Il ne resta debout qu'en moulinant des bras – ce que tout le monde trouva hilarant. Rires et moqueries s'abattirent sur les deux adversaires. Ben riait aussi en s'écartant. Il cherchait à convaincre un autre joueur de venir sur le terrain, aussi ne remarqua-t-il pas que le gars se jetait sur lui. Il ne fit donc rien pour l'esquiver.

En voyant Ben tourner le dos, je m'étais mis à courir et j'étais déjà assez près pour intervenir et protéger mon ami.

Je m'interposai et reçus à l'épaule l'impact du coup qui aurait atteint Ben à la nuque. L'ivrogne attaquait déjà de plus belle. Son second crochet m'atteignit à la mâchoire. La douleur déclencha en moi une décharge d'adrénaline. Quand je me bats, la lumière devient stroboscopique. Jusqu'à ce que tout soit terminé, je ne perçois que des images séparées. Aussi, je vis le mec se préparer à m'envoyer un autre coup de poing, mais je l'avais déjà empoigné à la gorge, mon bras lui bloquant le cou. S'il était plus lourd et plus musclé que moi, un peu plus grand aussi, j'avais un meilleur équilibre. N'étant pas ivre, mes réflexes étaient plus vifs. J'écartai les jambes pour assurer ma stabilité et resserrai ma prise sur son cou, avant de le projeter violemment contre le mur du garage. Quand le choc lui vida les poumons, je posai mon avant-bras sur sa gorge. Tout en le fixant dans les yeux, j'accentuai délibérément ma pression sur son œsophage, ce qui lui fit relever la tête.

— Tu es débile ou quoi ? demandai-je. Tu aurais pu le blesser.

Il avait déjà les yeux exorbités. Autour de nous, tout le monde parlait en même temps.

— Lâche-le Stefan, dit quelqu'un. Il est ivre.

Ben apparut à mes côtés et posa la main sur mon épaule gauche.

— Stefan ? Tu saignes. Lâche-le pour que je puisse t'examiner. Il faut regarder cette blessure.

— Attention, prévins-je.

Je relâchai ma prise, puis jetai l'homme de côté contre le mur de la maison, aussi fermement que possible. Il grogna sous l'impact. Je lui tordis le bras dans le dos et lui écrasai le visage contre la brique. Je m'approchai pour lui murmurer à l'oreille :

— Dégage. La prochaine fois que je te vois près de Ben, je te brise la mâchoire.

Quand je le lâchai, il glissa le long du mur et s'écroula à mes pieds. Quelqu'un m'attrapa le bras. Je pivotai, prêt à riposter…

Rand leva les mains et s'exclama, moitié riant, moitié hurlant :

— Du calme, du calme ! C'est moi. Ce n'est que moi.

Alors que je fixais ses yeux si brillants et si bleus, je réalisai pour la première fois que depuis toutes ces années où je le connaissais, je ne l'avais jamais vu sourire. L'impact d'un tel sourire avait de quoi faire court-circuiter mon cerveau, surtout quand il m'était adressé. Au milieu du chaos général, je ne vis plus que le petit retroussis au coin de ces lèvres, ces yeux étincelants, et la façon dont il soupira. Du coup, je ne sus absolument plus quoi faire.

Le sourire s'élargit.

— Tu hésites à me frapper aussi, c'est ça ?

Je reculai d'un pas. Puis Charlotte passa devant Rand pour se jeter dans mes bras.

— Est-ce que ça va ? cria-t-elle.

— Bien sûr, répondis-je, tout en inspirant profondément.

— Je n'aurais jamais cru qu'il… Oh mon chou, regarde : tu saignes.

Elle reprit son souffle et s'accrocha férocement à moi, puis elle s'agrippa à ma chemise pour me tirer en avant, loin de la foule.

— Char, je n'ai rien.

Écartant Charlotte, Kristin apparut tout à coup devant moi. Elle posa les mains sur mon visage et passa les doigts dans mes cheveux.

— C'est dingue, Stef, haleta-t-elle. Vraiment impressionnant. Je n'aurais jamais cru que tu puisses…

— Quoi ? Me battre ?

Je la regardai d'un air mauvais avant de m'écarter pour m'essuyer la bouche. Je vis du sang sur ma main. Je sentis tout à coup un vif élancement aux endroits où j'avais reçu des coups : à la lèvre et à la mâchoire. J'arrachai ma chemise bleue et le tee-shirt blanc que je portais dessous. Mes vêtements étant tâchés de sang, je les utilisai pour me nettoyer. Je sentis une main sur mon dos. Quand je me retournai, je vis une autre demoiselle d'honneur, Alison Ford, plantée devant moi.

— Est-ce que ça va ?

Je hochai la tête tandis que sa main courait le long de mon échine dorsale.

— C'est incroyable, dit-elle, en croisant mon regard.

— Quoi ?

— Stefan…, commença-t-elle avant de devoir s'éclaircir la voix. Tu as été génial.

Je me tournai pour jeter mon tee-shirt dans la poubelle la plus proche, puis je demandai :

— Vraiment ? Et ça t'a impressionnée ?

Elle hocha la tête et me jeta un sourire ambigu.

— Je dois dire que oui.

Je lui rendis son sourire. Se sentant ignorée, Charlotte me força à me retourner vers elle.

— Maintenant, je sais que tu peux te défendre, grogna-t-elle. Et tu sais que je le sais. Mais…

Sa tête pivota en direction de son cousin.

— … je vais quand même tuer Brandon Holloway.

Je tentai de la calmer.

— Non, ne tue personne. Ce ne serait pas classe de te marier avec des menottes.

Sur ce, je me dirigeai vers la maison. J'y étais presque quand le père de Ben me fit signe de le rejoindre.

— Je suis profondément désolé de ce qui s'est passé, monsieur, dis-je dès que je fus à portée de voix.

Il secoua la tête et me regarda bien en face.

— Non. C'est lui qui était en tort. Il n'assistera pas au mariage. Tenter de blesser mon fils n'est pas la meilleure façon de me plaire.

J'acquiesçai.

— Je comptais aller me nettoyer et me changer.

— J'aime beaucoup Charlotte, insista-t-il, mais sa famille ne vaut pas tripette. Ce qui vient d'arriver ne fait que me le confirmer.

Je restai figé, sans dire un mot. Les Holloway travaillaient de leurs mains, d'accord, mais n'étaient-ils pas aussi le 'sel de la terre' [10] ? Quant au cousin, il était ivre, rien de plus. Il y avait des canards boiteux dans toutes les familles. Malgré ce que prétendait le proverbe, une pomme pourrie ne gâchait pas tout un panier.

Le père de Ben eut un geste en désignant la maison.

— Je ne veux pas vous retenir, mon garçon.

Dans la salle de bain du couloir, je me lavai la figure et vérifiai l'état de mon visage. Je m'apprêtai à ressortir quand la porte s'ouvrit. Ben entra.

— Hé, murmura-t-il. Est-ce que ça va ?

— Très bien.

— Il aurait vraiment pu me blesser.

— Je sais, dis-je avec un sourire indulgent. C'est bien pour ça que je l'ai arrêté.

— Tout a été si rapide.

— Allez viens. Retournons avec les autres.

— Stefan...

Il m'empêcha de sortir et prit une inspiration, ses yeux se verrouillant aux miens.

— Qu'est-ce qui ne va pas ? m'étonnai-je.

— Sais-tu qu'un choc sur la nuque aurait pu provoquer de gros dégâts ? Franchement, je me demande à quoi j'ai pensé en tournant le dos à un mec dans un état pareil... c'est tellement stupide !

— Tu ne pouvais pas deviner qu'il allait t'attaquer, dis-je pour le rassurer. Pourquoi l'aurais-tu fait ? Tu n'es pas extralucide.

— Je sais, mais personne d'autre n'aurait pu... Si tu n'avais pas été là...

Sa voix s'étouffa. Planté, tout frémissant, Ben me fixait comme s'il attendait de moi quelque chose.

Je l'attrapai par le cou et le serrai fort. Son cri étouffé me fit sourire, mais il se colla davantage à moi, le visage enfoui contre mon épaule. Je lui frottai le dos.

---

10 Allusion à une citation biblique qui honore les travailleurs de la terre (NDT).

— Tout va bien. Tu as eu peur. Ça va passer.

Il posa la main au creux de ma taille et se pressa contre moi. Je sentais son cœur tambouriner contre ma poitrine. Il y eut un coup à la porte, plutôt inattendu. Je fus encore plus surpris en voyant apparaître Rand.

Ses yeux scrutateurs se fixèrent sur son futur beau-frère.

— Ben ? dit-il froidement.

— Je suis juste venu vérifier comment allait Stefan.

— Très bien. Maintenant, va réconforter Charlotte, elle devient hystérique.

Ben acquiesça, mais il parut hésiter à s'en aller.

— Vas-y ! ordonna Rand.

Ben nous quitta sans un mot de plus. Quand j'essayai de le suivre, Rand m'en empêcha, en posant la main sur mon bras. J'essayai aussitôt de me libérer de son emprise.

— Qu'est-ce que tu veux ? aboyai-je.

— S'il te plaît, je veux juste vérifier que tu vas bien, répondit-il calmement, en me lâchant.

— Pourquoi ?

— Tu es vraiment idiot.

Il avança et posa les mains sur mon visage pour me soulever le menton et examiner l'état de mes blessures.

À peine m'avait-il touché que je me figeai, sans trop savoir quoi faire.

— Stefan, j'ignorais que tu savais te battre.

Depuis quand m'appelait-il Stefan ?

— Pourquoi ? Parce que je suis…

Il m'interrompit en écartant mes cheveux de mon visage pour mieux me regarder.

— Arrête, soupira-t-il. Tu es infiniment plus solide que je ne le croyais.

J'aurais voulu rire. J'aurais aussi voulu faire une remarque – sarcastique ou méchante – sur le fait qu'il sous-estimait les homosexuels, mais je n'arrivais pas à retrouver la vivacité habituelle de mes réparties. D'ailleurs, je n'avais plus envie de me disputer avec lui. Je voulais simplement qu'il continue à être aussi doux envers moi.

Planté devant lui, je réalisai tout à coup à quel point Rand Holloway était une montagne par rapport à moi. Il n'avait rien d'un culturiste – il ressemblait plus à un nageur qu'à un *linebacker* [11] –, mais ses épaules étaient immenses et sa poitrine incroyablement large. Pour l'avoir souvent vu torse nu, je savais que ses abdominaux dessinaient sur son ventre un tracé régulier. Son corps en V parfait était une œuvre d'art. Et puis, il était grand : le sommet de ma tête arriverait juste sous son menton si je me trouvais dans ses bras. J'étais conscient de sa haute taille, de la chaleur qui émanait de son corps, de l'odeur de sa peau, de la délicatesse avec laquelle il me touchait. J'avais du mal à respirer.

— Tu vas avoir un sacré coquard demain, assura-t-il, d'une voix rauque.

Je posai les mains sur ses avant-bras avec un sourire – j'avais l'intention de les écarter de moi.

— Ça fera un super effet sur les photos du mariage.

— Tu fais toujours un super effet.

Moi, un super effet ?

Mes doigts se refermèrent sur ses poignets. Sans me lâcher, il continua à serrer mon visage dans ses mains.

Je levai les yeux vers les siens.

— Je peux te poser une question ? dis-je.

— Vas-y.

— Tu es ivre ?

Il eut un sourire qui enflamma ses prunelles et leur donna un glorieux éclat d'eau profonde.

— Non. Et toi ?

J'eus un imperceptible signe de tête.

— Quoi ? insista-t-il.

Je ne pus que le regarder fixement.

Il se mit à rire, un son qui émergeait du plus profond de sa poitrine.

— En fait, tu te demandes pourquoi nous discutons tranquillement, c'est ça ?

Exactement – une question parmi tant d'autres.

Il eut une brève inspiration.

— Quand j'essaie de te parler, tu me sautes systématiquement à la gorge, aussi quand j'en ai l'occasion, je m'arrange toujours pour te balancer la pire réponse que je puisse trouver.

---

11 Joueur de football américain qui opère en défense (NDT).

J'en restai sidéré. Je n'aurais jamais cru avoir le moindre impact sur lui.

Il fit glisser ses doigts dans mes cheveux.

— Je ne dis pas que ce n'est pas mérité. D'après mes souvenirs, mes premiers mots à ton égard justifient ton attitude depuis lors.

Cette fois, j'étais passé dans *La Quatrième Dimension* [12], c'était la seule explication.

— Mais nous comptons tous les deux dans la vie de Charlotte et il me semble que nous allons souvent devoir nous rencontrer.

Je hochai la tête.

— Alors, je me suis dit, pourquoi ne pas faire un essai et arrêter de jouer au con ? En échange, peut-être pourrais-tu me parler d'abord et ne tirer qu'ensuite. Ça me parait jouable.

Mes yeux restèrent rivés aux siens.

— Qu'est-ce que tu en penses ? insista Rand. Nous pourrions tous les deux faire une partie du chemin.

Je souris.

— Ça me paraît être une bonne idée.

En fait, ce serait un vrai soulagement. Détester Rand Holloway chaque fois que je le rencontrais me prenait beaucoup de mon énergie.

Il se mit lentement à sourire après un hochement de tête, puis il baissa enfin les mains et les glissa dans les poches de son jean.

— J'ai apprécié tout ce que tu as fait pour Char, Stefan, même si tu as souvent été un véritable chieur.

— Moi ? dis-je incrédule.

Cette fois, il se mit à rire et je ne pus retenir mon sourire. Cet allégement soudain de l'atmosphère entre nous était incroyable, et j'en remerciai le ciel.

— Et si nous mettions de la glace sur ton œil ? proposa Rand.

J'acquiesçai.

Ensemble, nous marchâmes en silence jusqu'au salon où je m'assis à l'endroit qu'il me désigna. Après tout, j'agissais comme le reste de la famille : ils obéissaient tous quand Rand leur donnait un ordre.

— Stefan, mon chou, est-ce que ça va ?

12 Série télévisée américaine de science-fiction visant à surprendre le spectateur (NDT).

Charlotte se jeta instantanément sur moi ainsi que sa meute de demoiselles d'honneur. Ben revint aussi s'enquérir de mon état. Il était accompagné par la mère de Charlotte. On m'ordonna de rester assis sans bouger – et de manger, bien entendu, comme si c'était la panacée qui guérissait tous les maux.

Tout le monde s'était installé autour de moi lorsque Rand revint avec un pack de glace pour mon œil. Charlotte le lui arracha des mains et le posa sur le côté droit de mon visage. Je fus surpris que Rand ne s'éloigne pas. Au contraire, il s'installa sur le sol, près de moi. La mère de Ben m'apporta une assiette bien garnie. Quand je fus rassasié, je m'étalai dans mon siège pour être plus à mon aise, et j'écoutai les conversations qui se déroulaient autour de moi. Je ne désirai pas bouger parce que Rand appuyait son épaule tout le long de ma jambe gauche. C'était stupide – et je me sentais ridicule –, mais je ne pouvais nier ma réaction. Une seule chose comptait pour moi : ne pas le déranger.

Je dus m'endormir, parce que je me réveillai quand Rand remua. Il n'était plus par terre, mais assis à mes côtés, sur le canapé, épaule contre épaule.

Il se tourna pour regarder mon visage.

— Ça va ? demanda-t-il.

— Quoi ?

Encore assoupi, je n'avais conscience que de sa proximité, de son genou contre le mien, et de la chaleur qui rayonnait en moi. Me réveiller auprès d'un homme aussi magnifique m'incitait aussi à m'imaginer des situations très précises : cet homme enfoui au plus profond de moi.

— Tu as gémi, dit Rand, ses yeux cobalt rivés aux miens. Tu as mal ?

Serait-ce une question piège ?

— Stefan ?

Je tentai de penser à autre chose qu'à me retrouver étalé et offert sous le corps de Rand Holloway. Et cela s'avéra très difficile.

— Ça va, répondis-je, et je dus m'éclaircir la voix. Excuse-moi.

Je me relevai très vite. J'avais besoin d'air – de beaucoup d'air – et d'espace. J'avais chaud, trop chaud. Et mon sexe s'était durci. Il fallait que je m'éloigne au plus vite de Rand. Je n'aurais jamais cru qu'un peu d'attention de sa part provoquerait en moi d'aussi bouleversantes réactions.

— Tu es sûr que ça va ? Tu ne veux pas t'allonger ?

Il allait me tuer.

— Ça va très bien.

Je réussis à peine à cracher ces quelques mots. J'étais certain, à voir la façon dont il me regardait, qu'il n'avait aucune idée des images qui me traversaient la tête.

Alors que Rand se souciait de ma santé, je l'imaginais dans mon lit, nu et transpirant. De l'exercice physique aiderait sans doute mon cerveau à cesser de fantasmer et à retrouver son état normal. Tout à coup, un footing me parut une très bonne idée. Aussi vite que possible, je cavalai dans l'escalier jusqu'à ma chambre. Après avoir enfilé un short, des chaussures et un tee-shirt à manches longues, je réussis à m'échapper sans que personne ne me voie.

Ce fut apaisant d'être au calme, aussi je savourai ma solitude en réfléchissant à tout ce que j'aurais à faire une fois de retour à Chicago. Je me demandai aussi ce que déciderait Mme Freeman, et la façon dont son choix affecterait mon avenir.

Le paysage était superbe : des arbres, des fleurs sauvages, et l'herbe la plus verte que j'aie jamais vue. Et pourtant, je ne pensais qu'à mon travail – du moins jusqu'à ce que Rand Holloway revienne m'obséder. Bordel, mais qu'est-ce qui m'arrivait avec le frère de Charlotte ? Comment avais-je pu passer aussi vite de la haine que j'éprouvais pour lui à un tel désir ? Étais-je à ce point versatile ? Ou plutôt, l'avais-je désiré depuis le tout premier jour, tout en refusant de l'admettre avant qu'il ne décide un cessez-le-feu ? Et qu'en était-il de ces vérités que je connaissais à son sujet ? Comment pouvais-je apprécier un homme aussi homophobe que Rand Holloway ? Avec toutes ces questions qui me tournaient dans la tête, il était sans doute compréhensible que je n'aie pas vu arriver le pick-up.

Un violent coup de klaxon me fit sursauter. En me retournant, j'entendis un rugissement de moteur et réalisai que j'allais être écrasé par une masse bruyante. Je plongeai sur ma droite… mais je ne rencontrai que le vide. Me protégeant la tête à deux mains, je roulai et roulai, sans pouvoir m'arrêter. La colline était bien plus abrupte que je ne l'avais cru, et j'en dévalai la pente avant de m'écraser brutalement dans une mare de boue. La dernière goutte s'envola à plus d'un mètre cinquante. Je ne pouvais plus respirer, j'avais perdu tout l'air de mes poumons.

Je restai couché là, les yeux fixés sur le ciel bleu et pur, admirant la façon dont les branches au-dessus de moi s'agitaient dans la brise. C'était un spectacle magnifique.

— Hé !

43

Même si je l'avais voulu, je n'aurais pu répondre. Après ma chute interminable, je me sentais nauséeux, aussi je préférerais ne pas bouger. J'étais encore en train de déterminer si j'étais blessé. Ou non.

— Hé ! répéta la même voix.

Il dut s'arrêter au-dessus de moi, parce qu'une pluie de feuilles dégringola et me recouvrit.

— Oh mon Dieu ! gémit-il.

Sur ce, il sauta à mes côtés, m'aspergeant à nouveau. De la boue me tomba sur le visage et le cou.

— Pourriez-vous ne pas…, commençai-je sèchement. Et merde !

Ayant retrouvé ma voix, je levai les yeux vers lui et le reconnus. J'étais quasiment certain qu'il était là pour me faire mal.

— Mon Dieu, mon Dieu… Est-ce que ça va ?

C'était l'homme qui avait cherché à frapper Ben : le cousin de Charlotte, Brandon. Il s'agenouilla à mes côtés et posa une main sur ma poitrine, l'autre sur mon épaule.

— Et ce que tu peux bouger ?

— Va-t'en ! Tu as voulu me tuer.

Il parut paniqué.

— Non ! cria-t-il. Je voulais juste te parler et m'excuser. Quand je t'ai vu sortir pour courir, j'ai pensé à te suivre pour te parler en chemin. Et alors, j'ai remarqué que ce pick-up derrière toi se rapprochait dangereusement. C'est là que j'ai klaxonné.

D'un œil incrédule, je le regardai se balancer d'avant en arrière, dans un équilibre précaire.

— La ferme ! dis-je, coupant net sa tirade. Tu conduisais alors que tu es encore ivre mort ? Mais c'est complètement con !

— C'est juste… Je n'ai jamais… Je suis vraiment désolé. Il faut que tu me croies…

Je cherchai à m'asseoir avant de lui demander :

— Tu as tenté de m'écraser ?

Il sembla se recroqueviller.

— Non ! Ce n'était pas moi. Au contraire, je t'ai sauvé la vie en klaxonnant. Laisse-moi t'aider.

Je repoussai ses mains.

— Non ! Ne… Ne me touche pas, aboyai-je. Écarte-toi, d'accord.

Il esquissa un sourire et tendit à nouveau la main vers moi.

— Je t'en prie, laisse-moi t'aider.

Je sentis mes sourcils se froncer.

— Bordel, fiche-moi la paix ! grognai-je.

Relevant les genoux, je pris une grande inspiration, et tentai de retrouver mes esprits. Il s'écarta, les mains dans les poches.

— Waouh, ricana-t-il. Tu as un sacré mauvais caractère, tu sais ?

— Pas du tout.

Je me remis lentement sur mes pieds. Puis je me penchai en avant, les mains sur les genoux.

— Voilà, grommelai-je, demain j'aurai tout d'un infirme.

Brandon haleta, avant de pointer le doigt sur moi.

— Et merde ! Tu saignes.

Je baissai les yeux pour examiner mon tee-shirt. Il avait été blanc. Maintenant, il était couvert de boue et de sang. Pourtant, je n'étais pas blessé. J'en étais certain. Je connaissais bien mon corps.

— Ce sang n'est pas le mien.

Nous vîmes en même temps le bras de Brandon. Il avait une longue entaille qui ne paraissait pas trop profonde. Un morceau de peau pendait. J'avais eu le même genre de blessure lorsque je m'étais écorché sur un massif corallien en faisant du surf à Hawaï, deux ans plus tôt.

— Il va te falloir des agrafes.

— Oh bordel, murmura-t-il.

Relevant les yeux, je le vis vaciller, puis ses yeux roulèrent en arrière dans son crâne. Réagissant d'instinct, je le rattrapai et il s'évanouit dans mes bras.

— Et merde de merde ! hurlai-je d'une voix rauque.

Qui de nos jours s'évanouissait à la vue du sang ?

Je tirai son corps inerte sur quelques mètres sur la droite pour pouvoir jeter un coup d'œil en direction du sommet. C'était abrupt, mais la pente était recouverte d'herbe et de terre. Je devrais pouvoir l'escalader, même si ça ne me tentait guère, surtout avec un poids mort à porter. Et Brandon n'avait rien d'un maigrelet. Il était plus grand que moi, environ un mètre quatre-vingt-cinq, et plus musclé. Mais que pouvais-je faire d'autre ? Le laisser inconscient au fond d'un ravin ne me paraissait pas très sain.

— Bordel !

Personne n'était là pour m'entendre, mais je me sentis mieux après avoir crié.

Je fouillai Brandon pour voir s'il avait sur lui un téléphone portable. Ce n'était pas le cas, aussi je dus me résigner à le porter, parce que je n'en avais pas non plus. Qui emportait un téléphone pour courir ? J'avais l'habitude de faire mon footing en ville, là où il y avait toujours des gens pour m'aider en cas de besoin. Voilà ce qu'on obtenait en voulant courir seul.

On parle sans doute de 'poids mort' parce que porter un corps inerte sur le dos donne la sensation de mourir. Si j'avais mis quelques secondes à dégringoler la colline, il me fallut *des heures* pour la remonter. D'accord, en toute logique, je savais que j'exagérais, mais c'était ce que je ressentis dans chaque muscle de mon pauvre corps quand je finis enfin par arriver devant un énorme pick-up Ford. La portière côté conducteur était ouverte, et le moteur tournait encore. Appuyant le cousin de Charlotte contre le capot, je me reposai une seconde, puis j'ouvris l'autre portière afin de l'installer sur le siège passager. Je fis ensuite le tour et passai derrière le volant. Je vis alors que Brandon s'était écroulé, le nez sur le tableau de bord, et je le redressai contre l'appui-tête avant de serrer sa ceinture. Je refermai ensuite la portière et appuyai mon front sur le volant en fermant les yeux. Épuisé n'était pas suffisant pour exprimer ce que je ressentais. Je n'aurais plus besoin de courir pendant une bonne semaine !

Fort heureusement, il y avait un GPS dans le pick-up, aussi je rentrai les informations dont j'avais besoin et suivis les indications jusqu'au centre médical le plus proche. À mi-chemin, le gars reprit conscience pour s'évanouir illico en voyant l'état de ma chemise. Il était vraiment désespérant. Une demi-heure plus tard, je me garai devant les urgences – ce que je n'étais pas censé faire – et y laissai la voiture pour sortir Brandon. Personne ne vint m'insulter tandis que je le portais jusqu'à l'hôpital.

Puisque je ne savais rien à son sujet – et que je n'étais pas un membre de sa famille –, je dus attendre à l'extérieur. Attendre, attendre, et attendre encore. Une heure plus tard, une infirmière vint me demander les raisons de l'accident. Dès qu'elle vit dans quel état je me trouvais, elle insista pour que je sois également examiné. Couvert d'entailles et de meurtrissures, j'étais plutôt endolori, mais sans rien de grave, j'en étais certain. Ils voulurent cependant s'en assurer. Je dus subir des radios du crâne et je ne fus pas autorisé à retourner dans ma chambre avant trois bonnes heures. J'appris alors que je ne souffrais même pas d'une commotion. Si quelqu'un avait voulu m'écouter, j'aurais économisé beaucoup de temps et d'efforts au personnel hospitalier. Comme je l'ai déjà dit, je connais bien mon corps.

Tandis que je remettais mes habits croupis en abandonnant la charmante chemise d'hôpital que l'on m'avait octroyée, Brandon se glissa dans ma chambre.

J'examinai celui qui avait failli me tuer et lui demandai :

— Et maintenant ? Tu comptes me tirer dessus ?

Il secoua la tête, avant de traverser la pièce pour arriver jusqu'à moi.

— Non. Pourquoi ?

— Oh, je ne sais pas, j'imagine que cette éventualité m'est venue à l'esprit en te voyant. Après tout, tu as déjà tenté de m'écraser... Tu t'en souviens ?

— Stef, il faut bien que tu te rentres ça dans le crâne : ce n'est pas moi qui t'ai fait basculer dans le ravin. Et je te signale que ce pick-up t'aurait écrabouillé si je n'avais pas klaxonné.

— Tu étais saoul, dis-je, d'un ton abrupt. Tu as peut-être cru qu'il y avait un autre véhicule – et je veux bien admettre que tu ne voulais pas vraiment me tuer. Tu te cherches des excuses.

— Exactement. Je veux te présenter mes excuses, mais il y avait quand même deux pick-up. L'autre mec ne s'est même pas arrêté quand tu as basculé. Je te le jure...

— Je m'en fiche, coupai-je.

J'étais trop en colère pour l'écouter davantage.

— Bon sang, tu m'en veux vraiment.

— C'était il y a quelques heures que je ne faisais *que* t'en vouloir, affirmai-je.

Il me tendit la main.

— Je m'appelle Brandon Holloway, mais tu peux m'appeler Bran.

Je le regardai d'un œil mauvais jusqu'à ce qu'il abandonne.

— Je suis vraiment désolé pour ce qui s'est passé durant le match, Stef. J'étais furieux, vraiment furieux. Tu sais, je n'ai jamais agi comme ça, mais il y a ce mariage – et ma copine ne veut même plus m'adresser la parole, alors...

Je pouvais concevoir qu'un amour non partagé soit pénible. Je ressentis même une certaine empathie.

— Tu es en colère contre ta copine, et donc tu t'es défoulé sur Ben ? C'est ça que tu cherches à me dire ?

Il passa les mains dans ses cheveux d'un geste nerveux.

— Bon sang, mec, je suis désolé – tellement désolé. Et j'étais désolé avant que tu ne me sautes à la gorge. J'ai même pensé un truc du genre : bordel, je vais laisser ce gars me massacrer, parce que je le mérite.

Je grognai et lui jetai :

— Ensuite, tu as pris ta voiture et aggravé ton cas en me balançant dans un ravin ? Il n'y a pas à dire, mec, tu vas gagner une auréole.

— Ce n'est pas du tout ce qui s'est passé. Stefan, je suis vraiment désolé pour ce que j'ai fait à Ben.

— Mais pas pour avoir tenté de m'écraser ?

— Ce n'était pas moi ! insista-t-il. Je le jure sur tout ce que tu veux, il y avait un autre pick-up.

Je poussai un profond soupir.

— Peu importe. Tirons un trait là-dessus. Ne t'inquiète pas pour ça.

— Moi, je ne m'inquiète pas, mais peut-être que toi, tu le devrais. Après tout, quelqu'un a cherché à te tuer.

Je lui jetai un regard ulcéré parce que j'étais toujours certain d'avoir failli perdre la vie à cause de lui. Je remarquai alors que ses yeux vert olive avaient foncés. C'était un homme plutôt avenant, avec un menton marqué d'une fossette, des traits burinés et un sourire chaleureux. Il avait des cheveux brun clair, avec des mèches blondies par le soleil.

— Tu sais, déclara Brandon, j'ai la ferme intention de rembourser tous les frais que…

— Ce n'est pas la peine.

Il me regarda dans les yeux.

— Oh, si ! affirma-t-il. Tu m'as sorti du ravin parce que tu as pensé que c'était ton devoir. Tu es un mec bien, Stefan Joss. J'espère que tu me donneras une autre chance de mieux te connaître.

Il me vint à l'idée de lui demander un service.

— Pourrais-tu me ramener à l'auberge ?

Une heure plus tard, dans son pick-up, Brandon poussa un long soupir. J'avais exigé de conduire, parce que je n'étais pas certain qu'il avait cuvé son alcool. C'était presque l'heure du dîner quand je tournai enfin sur le rond-point devant l'auberge. Je remerciai Brandon de m'avoir prêté son véhicule et je descendis prudemment du siège conducteur – malgré ses objections. Il était contrarié que je parte avec ses clés dans la poche. S'il voulait rentrer chez lui, ce serait à pied. Brandon m'assurait encore de sa parfaite sobriété quand je refermai la porte derrière moi.

J'avais besoin de manger quelque chose et de me désaltérer, mais je devais d'abord me doucher et me changer avant qu'on me voie. Je traversai le vestibule et me dirigeai vers les escaliers. Dans ma chambre, il faisait frais et sombre, toutes les lumières étant éteintes. Je fus heureux d'avoir laissé le climatiseur en marche. Sans même y réfléchir, j'enlevai mes chaussures et tombai sur le lit avant de ramper jusqu'à mon oreiller. Les yeux fermés, je m'étirai avec la sensation de couler dans la profondeur du matelas.

— Tu es blessé ?

Je me réveillai en sursaut, sans même réaliser que je m'étais endormi.

— Stefan ?

Une voix profonde me posait des questions. Je relevai la tête et regardai par-dessus mon épaule. Je vis Rand au pied de mon lit. Les bras croisés, il attendait une réponse.

— Je vais très bien, répondis-je. Pourquoi en serait-il autrement ?

Je laissai ma tête retomber avec un soupir.

— Oh, je ne sais pas, mais j'imagine qu'un passage à l'hôpital peut être fatigant.

Je grognai quand le plafonnier s'alluma et qu'une marée humaine s'engouffra par la porte. Charlotte et Ben, suivis de tous les autres invités, envahirent ma chambre. Je roulai sur le dos et posai mon oreiller sur mon visage pour me cacher.

— J'aimerais te taper dessus, mais je ne sais pas trop où se trouvent tes blessures ! hurla Charlotte. Tu me fiches une trouille bleue deux fois dans la même journée ? Ça doit être un nouveau record.

Je gémis dans mon oreiller – qui me fut brutalement arraché.

— Stefan !

Elle était vraiment furieuse, aussi tout le monde cessa de parler pour la regarder. Sa voix avait pris une tonalité aiguë. C'était étrange et perturbant. De plus, son souffle devenait erratique, comme si elle commençait à hyper-ventiler.

— Tu es le meilleur ami que j'aie au monde Stef, je t'aime plus que tout. Tu étais présent durant le pire moment de ma vie. Si quelque chose t'arrivait…

Je me redressai, la pris par le bras et la tirai sur le lit à mes côtés. Elle se serra et se pelotonna contre moi. Je la laissai faire bien que ce soit un peu douloureux. Je l'embrassai sur le front avant de frotter mon nez dans ses cheveux.

— Je ne veux pas te créer de problèmes pendant ton mariage, murmurai-je.

— Le seul problème que tu pourrais créer serait de ne pas être à mes côtés, sombre crétin.

Je la serrai plus fort quand elle se mit à pleurer.

Le lit tressauta parce que tout le monde s'assit autour de nous : Ben en haut du lit, les demoiselles d'honneur au pied. Alors que chacun cherchait à calmer Charlotte, Rand resta debout près de la fenêtre, à fixer le ciel obscurci.

— Il faut que vous alliez vous préparer, dit-il à la cantonade. À ce qu'il me semble, il y a d'autres festivités prévues ce soir.

— Oui, rendez-vous en bas dans une demi-heure, murmura Ben. J'ai à parler à Stefan et à Charlotte, alors, allez-y.

Il s'agissait de son mariage, aussi tout le monde lui obéit – sauf Rand. Mais je savais, tout comme les autres, que Ben n'avait pas réellement pensé voir Rand suivre le mouvement général. Quand la pièce fut plus calme, il demanda à sa future épouse de le regarder.

— Charlotte, parle-moi un peu de ce pire moment de ta vie. Nous allons nous marier. Il me semble que je devrais être au courant.

Elle s'agrippa plus fort à moi et cacha son visage dans mon cou.

— Est-ce un ultimatum ? demandai-je à Ben.

Il me regarda attentivement.

— Qu'est-ce que tu veux dire ?

— Si elle ne répond pas, vas-tu annuler le mariage ?

— Quoi ? Non, bien sûr que non, je l'aime…

— Alors, ne lui pose pas cette question aujourd'hui, dis-je à mi-voix.

Je serrai doucement Charlotte une dernière fois avant de la relâcher en lui murmurant de rejoindre Ben.

Quittant mes bras, elle plongea vers son fiancé qui l'attrapa et la serra contre lui. Elle noua ses deux jambes autour de ses hanches et il l'emporta hors de la pièce. Je poussai un profond soupir et écartai mes cheveux de mes yeux. Quelle journée !

Quittant la fenêtre, Rand avança jusqu'à mon lit.

— Mon cousin Bran affirme qu'il n'a pas tenté de t'écraser. À mon avis, Charlotte n'aurait pas été dans un tel état s'il n'avait pas paniqué en disant que quelqu'un cherchait à te tuer. Je n'ai pas entendu toute l'histoire avant de monter te voir. Raconte-moi ce qui s'est passé.

Je levai les yeux sur lui. En silence.

— Maintenant, insista-t-il.

Pourquoi ai-je obéi ? Je n'en ai aucune idée. En fait, davantage que l'ordre énoncé, j'entendis l'inquiétude qui se cachait derrière. Aussi je lui racontai tout, y compris la façon dont j'avais dû porter son cousin pour sortir du ravin. Pour finir, je lançai à Rand les clés que j'avais confisquées à Brandon.

Quand j'eus terminé, il hocha la tête.

— Je t'ai toujours pris pour un gars fragile, mais je me suis trompé. Tu es solide.

Pour une raison étrange, cette révélation sembla le satisfaire. Il inspira un grand coup et ajouta :

— Maintenant, parle-moi de ce mec… Cody.

Je ne répondis pas. J'étais perplexe, et pas vraiment certain de comprendre ce qu'il me demandait.

— Tu m'as entendu ? insista Rand.

— Je n'en suis pas certain, pourrais-tu répéter la question ?

— Parle-moi de Cody.

— Je suis désolé… quoi ?

— D'après Charlotte, tu fréquentais il y a quelque temps un mec nommé Cody. Il n'est pas venu avec toi, alors je te demande où il est passé.

Je pris une goulée d'air et le regardai avec attention.

— Rand, pourquoi es-tu…

— As-tu rompu avec lui ?

Après un moment, je hochai la tête, de plus en plus troublé par cette étrange conversation.

— Pourquoi ?

Hein, nous étions désormais intimes ou quoi ?

— Rand, je ne sais pas si tu le réalises, mais cette conversation devient de plus en plus…

— Qu'est-ce qui n'allait pas avec Cody ?

Il paraissait vraiment désireux de le savoir. Je m'éclaircis la voix.

— Eh bien, ça s'est terminé il y a un mois.

— Pourquoi ?

Je le fixai à nouveau.

— Dis-le-moi, insista-t-il.

— Il était trop sérieux.

— Qu'est-ce que tu racontes ?

— Rand, tu crois vraiment que je vais…

51

— Dis-moi ce qui s'est passé.

Je finis par comprendre qu'il était prêt à insister le temps qu'il faudrait pour obtenir des réponses. C'était une conversation très bizarre – du moins à mon avis – mais comme j'étais encore sonné, peut-être que mon sens de la normalité n'était pas infaillible.

— Maintenant, Stef.

— Pourquoi ?

— Et pourquoi pas ?

— Ce n'est pas une réponse.

Il me regarda en fronçant les sourcils.

J'abandonnai. *Après tout, qu'avais-je à perdre ?*

— D'accord. Il voulait que nous nous installions ensemble, que nous achetions une maison, un chien, et tout le bordel. Il parlait même d'adopter des gosses et...

— Et ça ne t'intéressait pas ?

— Si, rétorquai-je. Mais pas avec... Il n'était pas...

— ... pas le bon, ajouta doucement Rand.

— C'est ça.

Je soupirai. *Ce n'était pas le bon.*

J'avais toujours trouvé difficile de m'expliquer, aussi je préférais m'esquiver. J'avais même un don pour disparaître avant la conversation fatidique qui marquait la fin d'une relation. Plus que tout au monde, je désirais un foyer où j'appartiendrais à un seul homme, mais tous ceux que j'avais rencontrés jusqu'ici ne voulaient que me dorloter et m'incruster dans leur vie. Moi, je voulais partager ma vie avec quelqu'un, pas être une potiche décorative dans son existence. La plupart de mes amants ne le comprenant pas, je finissais par les quitter. Il existait sans doute quelque part un homme assez fort pour me laisser vivre sans tenter de me modeler – mais je ne l'avais pas encore trouvé.

— Stef.

Je levai les yeux sur Rand.

— Tu l'as quitté parce qu'il n'avait pas assez de caractère pour supporter tes conneries, c'est ça ?

— Quoi ? Contrairement à ce que tu penses, je suis le petit ami dont tout le monde rêve.

— Ah, vraiment ?

C'était la vérité mais à cause de la manière dont il me regardait, comme s'il me défiait de dire le contraire, je perdis mes mots.

Il y eut un long silence.

— Tu devrais prendre une douche, dit enfin le frère de Charlotte. Tu es dans un sale état.

— Excellente idée, admis-je

Je me levai et passai devant lui pour me rendre à la salle de bain. Rand s'arrêta à la porte avant de sortir et se retourna pour me dire :

— Je reviens. Je te rapporterai quelque chose à manger.

— Merci, répondis-je, avant de m'enfermer dans la salle de bain.

Je restai un long moment sous la douche en pensant à Rand, à ses questions, son comportement. S'il avait été gay, j'aurais pu le déchiffrer. *S'il avait été gay, je lui aurais sans doute demandé de poser les mains sur moi.* Mais là, j'étais perdu.

Peut-être agissait-il comme ça envers ses proches ? Charlotte m'avait toujours affirmé que j'avais de la chance que Rand me déteste, parce que, dans le cas contraire, il aurait tenté de diriger ma vie. Maintenant qu'il avait changé d'avis à mon sujet, peut-être essayait-il… Peut-être avait-il un ami gay et célibataire qu'il essayait de caser, et c'était pour ça qu'il voulait savoir si j'étais libre… Ses questions visaient à découvrir si j'étais intéressé par une relation sérieuse ou bien si je ne pensais qu'au sexe…

Non. Tout ceci ne correspondait pas à Rand Holloway, le cowboy texan qui était aussi le frère de Charlotte. À ce que j'en savais, il n'avait aucun ami gay et il ne voulait pas me caser.

J'éclatai de rire tout seul sous le jet bouillant de la douche dans la salle de bain embrumée.

V

UNE FOIS séché, j'enfilai un jean et un tee-shirt avant de m'asseoir sur mon lit pour attendre le retour de Rand avec un plateau. Je dus m'endormir parce qu'en me réveillant, il était sur le lit à côté de moi – sur la couette, et moi en dessous. Il zappait parmi les chaînes de la télévision tout en mangeant un sandwich dans une assiette en carton.

— Je croyais que c'était pour moi, dis-je en me redressant.

Quand je m'appuyai à la tête de lit, comme lui, nous nous retrouvâmes épaule contre épaule.

La bouche pleine, il marmonna quelque chose et agita la télécommande en direction de la table de chevet, de mon côté. Me retournant, je vis une assiette avec un sandwich, des chips, et un grand verre de thé glacé. Il n'était pas là depuis longtemps : les glaçons n'avaient pas fondu.

— Merci.

Je roulai sur moi-même pour récupérer mon repas.

Rand se contenta de grogner.

— N'oublie pas de mâcher, dis-je, avant d'attaquer mon sandwich.

Il m'ignora et continua à zapper, puis il se tourna enfin pour me regarder.

— Quoi ?

Cette fois, c'était moi qui parlais la bouche pleine.

— Pourquoi n'as-tu pas téléphoné de l'hôpital ? Char ou moi serions venus te chercher.

— Je ne voulais pas inquiéter Charlotte. Quant à toi, franchement, je n'ai jamais pensé à t'appeler.

— Pourquoi ?

— Probablement parce que nous ne communiquons que depuis… peu.

Il haussa les épaules.

— C'est vrai, mais tu sais bien que ça ne compte pas en cas d'urgence.

Je le regardai fixement.

Je vis son regard devenir soupçonneux, puis il fronça les sourcils.

— Attends un peu, tu sais bien que si tu as besoin de moi… pour n'importe quoi, je serai là, n'est-ce pas ?

— Quoi ?

— Tu le sais bien !

— Non.

Il parut vraiment surpris.

— Je te connais depuis dix ans, Stefan. Tu es le meilleur ami de ma petite sœur. Comment peux-tu croire que ça ne compte pas ?

— Je ne vois pas le rapport entre toi et ma relation avec Charlotte.

— Tu parles sérieusement ?

Ses yeux s'étaient obscurcis.

— Bien sûr. Ce que Char et moi partageons n'a rien à voir avec ce qui existe entre toi et moi.

— C'est vrai ?

Je pouvais sentir qu'il était blessé. J'aurais voulu pouvoir revenir sur mes paroles. Mais c'était trop tard.

— Va te faire foutre ! s'écria-t-il, en jaillissant du lit.

— Attends, dis-moi au moins pourquoi tu te mets en colère.

Il se retourna et me désigna du doigt.

— C'est vraiment sympa d'apprendre ce que tu penses de moi.

— Rand…

Il marchait déjà vers la porte.

— Attends ! insistai-je.

Mais il sortit et claqua la porte derrière lui. Je n'arrivais pas à comprendre sa réaction.

J'essayai un moment de regarder la télévision, mais, pour une raison étrange, ça m'ennuyait qu'il soit en colère contre moi. En temps normal, j'étais plutôt heureux lorsque cet homme était furieux contre moi. Autrefois, je me serais même réjoui d'avoir réussi à le faire sortir de ses gonds. Mais tout à coup, la situation avait changé.

Sachant que je ne pourrais pas dormir, je descendis le retrouver au rez-de-chaussée.

Je trouvai tout un petit groupe agglutiné dans le salon. Ils étaient occupés à parler, à évoquer des souvenirs, à manger, à boire et à rire. Apparemment, ils étaient revenus des festivités prévues pour la soirée, et je réalisai que j'avais dormi plus longtemps que prévu. Je vis Rand assis entre deux mecs que j'avais rencontrés la veille sans retenir leurs noms. J'avançais vers eux quand Charlotte m'appela.

Changeant de direction, j'allai la rejoindre. Elle glissa sa main dans la mienne et renversa la tête pour me regarder bien en face.

— Viens t'asseoir avec moi.

Je la laissai m'attirer auprès d'elle. Après un interrogatoire concernant mon état de santé, elle se tourna vers ses demoiselles d'honneur et reprit la conversation que j'avais interrompue. Elle leur narrait diverses situations comiques ou délicates de son passé. Je jetai un coup d'œil à Rand qui discutait toujours avec les deux autres. Je compris alors que j'avais eu tort de descendre : il ne voulait pas me parler. En fait, il m'ignorait avec ostentation.

La mère de Charlotte m'apporta un thé – ce dont je la remerciai – puis les filles se mirent à évoquer ce qu'elles avaient accompli de plus outrageant. Certains imaginent que seuls les hommes peuvent échanger des aveux scabreux, mais dans ce cas, ils n'ont jamais vu un groupe de filles se lâcher. D'après moi, les femmes s'attachent davantage aux détails, aussi elles réussissent cent fois mieux à exprimer le côté graphique de la chose. Je sentis quelqu'un me secouer la jambe, j'ouvris les yeux et vis Charlotte qui me souriait.

— Oui ?

Cinq regards adorables étaient fixés sur moi.

— Stef, as-tu déjà été attaché ? s'enquit la future mariée

— Tu le sais très bien.

— Tu as eu peur ? demanda une autre demoiselle d'honneur.

— Non.

— Tu as aussi été menotté ?

— Oui.

Un chœur de cris émoustillés répondit à cet aveu.

— As-tu déjà attaché quelqu'un ?

— Oui.

Avec des gloussements, elles se penchèrent toutes sur moi.

— C'était comment ?

Je les fixai, un sourcil levé, ce qui me dispensa de répondre.

Elles riaient encore quand quelqu'un proposa un jeu collectif. Je m'apprêtais à quitter le salon, mais Charlotte insista pour que je sois le joker de son équipe puisque j'allais mieux. Je faillis la supplier de me libérer, mais Rand vint alors s'installer sur le canapé, à mes côtés. Il comptait jouer ? Je restai à ma place, en silence.

Penché en avant, je suivis le jeu avec attention, j'écoutai les questions posées et étudiai la façon dont les participants tentaient de trouver les réponses. Au bout de trois parties, je levai les yeux et vis le regard de Ben fixé sur moi, dur et fermé. Quand je me tournai vers Charlotte, elle se contenta de secouer la tête. *Bordel, quoi encore ?*

Rand se pencha vers moi et dit :

— Peut-être n'est-il pas très sain d'être le seul à connaître un secret. Qu'est-ce que tu en penses, Stefan ?

— Et merde, grognai-je à mi-voix.

Je fermai les yeux en prenant ma tête dans mes mains.

Je sentis alors sa paume se poser sur ma nuque : ses doigts massèrent un moment mes muscles noués avant de remonter dans mes cheveux. *C'était bon – et plus encore.* Je poussai un profond soupir.

— Tu devrais aller te coucher, dit-il.

— Je veux te parler.

— Pourquoi ?

Je fis rouler ma tête de côté pour le regarder.

— Je n'aurais jamais pensé que tu nous considères comme des amis alors que nous ne pouvions pas nous supporter. Comme je ne l'ai pas fait, ça ne m'est jamais venu à l'idée.

Il scruta mes yeux, plusieurs minutes… avant de hocher la tête

— Très bien.

— Très bien ? Tu en es sûr ?

— Absolument.

Je relâchai enfin le souffle que je n'avais pas eu conscience de retenir.

La main de Rand glissa sur mon épaule puis s'écarta parce que c'était à lui de jeter les dés. Autour de nous, tout le monde parlait. La mère de Ben apporta d'anciens albums et partagea diverses anecdotes : certaines amusantes, d'autres embarrassantes. J'écoutai et appréciai cet échange familial et les plaisanteries qui suivirent.

Tout à coup, la mère de Ben s'adressa à moi :

— Stefan, mon chou, et vous, votre famille ?

Je me tournai vers Charlotte, qui agita négligemment la main.

— Je ne comprends pas, dit Linda.

— Je suis parti de chez moi à quatorze ans, expliquai-je. Je n'y suis jamais retourné.

Elle écarquilla les yeux.

— Comment ça, vous êtes parti à quatorze ans ?

Je haussai les épaules.

— Mes parents ont divorcé quand j'avais trois ans et je n'ai jamais revu mon père. Quand j'ai eu quatorze ans, ma mère s'est remariée avec un mec qui ne pouvait pas m'encadrer. Alors… il m'a jeté dehors, et elle n'a rien fait pour l'en empêcher.

Linda paraissait horrifiée.

— C'était il y a longtemps, ajoutai-je.

— Mais je…

— Il a trouvé du travail, coupa Charlotte. Il a aussi fait des études et rencontré des amis en cours de route. Il s'en est sorti. Et dès sa première année à l'université, il m'a trouvée. *Et voilà* [13]. Une nouvelle famille d'adoption.

Linda me scrutait toujours.

— Avez-vous revu votre mère ?

— Non madame. Elle est décédée. Charlotte m'a accompagné à son enterrement.

— Que tu as payé, ajouta mon amie.

Il y eut un long silence, presque suffocant. J'avais la sensation que tout le monde me regardait.

— Venez ici, dit la mère de Ben en me tendant les bras.

Elle voulait me réconforter ? C'était très gentil de sa part.

Je déclinai ensuite à plusieurs reprises un plateau de pâtisseries qui passait, accompagné de chocolat chaud. Il m'était de plus en plus difficile de cacher mes bâillements ; mes paupières étaient si lourdes que j'avais du mal à garder les yeux ouverts. Cette oisiveté me rendait léthargique. En temps normal, un jeudi soir à vingt-deux heures, j'avais fini de dîner et j'allais en boite pour racoler. Je trouvais toujours un 'plan cul' à ramener chez moi pour la nuit. Au petit matin, je le renvoyais.

— Poussez-vous.

D'autres personnes réclamaient une place sur le canapé. Charlotte se leva et je me glissai tout au bout, dans l'ombre du coin de la pièce. Je commençais à me détendre quand Rand se serra contre moi.

Sa bouche se retrouva tout près de mon oreille et je sentis sa respiration brûlante me caresser la gorge.

— Alors, murmura-t-il, ça te plairait que je t'attache ?

Je frissonnai, surpris aussi bien par ses paroles que par sa proximité.

— C'est bien ce que je pensais, ajouta-t-il.

Ses doigts glissèrent dans mon dos et passèrent sous mon tee-shirt, pour effleurer ma peau nue. Ce qui me donna la chair de poule.

---

13 En français dans le texte (NDT).

Comment un contact aussi léger pouvait-il être aussi érotique ? Je bondis quasiment sur mes pieds, et tout le monde me regarda avec étonnement.

— Mal à la tête, dis-je, une main pressée sur le front.

Je m'empressai de quitter la pièce.

Rand me rattrapa au bas des marches.

— Stef.

Je pivotai pour l'affronter.

— Je ne sais pas pourquoi, mais tu m'emmerdes !

Il me regarda, la mâchoire serrée.

— Fiche-moi la paix ! dis-je encore.

Je montai les escaliers sans un mot de plus.

Une fois dans ma chambre, j'arrachai mon tee-shirt pour me passer du gel dans les cheveux. Ensuite, j'allai jusqu'au placard afin de décider quelle chemise j'allais porter. Il fallait que je sorte, que je trouve un endroit où boire et lever quelqu'un pour la nuit. Si je restais ici, je finirais par grimper aux murs.

— Stefan !

Je ne répondis pas.

Un autre appel suivi de coups de poing sur la porte. Je l'ignorai.

— Stefan ! hurla Rand pour la troisième fois.

— Quoi ?

— Au lieu de dire quoi, brailla-t-il, ouvre-moi cette putain de porte !

— Va te faire foutre, Rand !

Après un moment de silence, il reprit plus calmement juste derrière la porte :

— Je t'en prie, laisse-moi entrer.

— Dans tes rêves !

— Stef... je t'en prie...

— Mais bordel, qu'est-ce qui te prend ? C'est un pari ou quoi ? Tu as décidé de me faire chier ?

— Non.

Sa voix craqua et devint plus grave.

— Je t'en prie, ouvre la porte.

— Je sors. Je te verrai demain matin.

— Il n'est pas question que tu sortes, bordel !

Manifestement, le mec avait perdu la tête. Cette fois, j'ouvris la porte et demandai :

— Tu as bu ?

Collé au panneau, il faillit me tomber dessus. Je dus reculer d'un pas pour lui donner de l'espace. Il m'agrippa le bras et m'immobilisa.

— Mais qu'est-ce que tu fous ? aboyai-je.

— J'ai été con, excuse-moi.

— Quand ça ? hurlai-je avant d'arracher mon bras pour le repousser.

— Tu es vraiment en rogne, on dirait.

Il entra dans la chambre et referma la porte derrière lui.

— Mais qu'est-ce que tu fais, merde ? Je sors, répétai-je.

Je voulus le contourner pour atteindre la porte, mais il m'en empêcha. Il bloquait la sortie, les bras écartés.

— Dégage, dis-je.

— Reste là, Stef. J'ai besoin de toi.

Je connaissais ce regard. Charlotte avait le même de temps à autre : Rand ne comptait pas céder sans se battre.

Levant les mains en signe d'abandon, je pivotai et retournai jusqu'à mon placard.

— Tu es vraiment chiant !

— Oh, j'en suis bien conscient.

Je pris plusieurs inspirations pour me calmer, puis je regardai mes chemises. Laquelle mettre pour être certain de séduire ma proie cette nuit ?

— Pourrais-tu au moins m'indiquer ce qui te chiffonne tellement ? dis-je sans me retourner.

Aucune réponse.

— Tu n'es pas comme d'habitude, insistai-je. Tu n'es pas du genre à passer du froid au chaud. En général, tu n'es que glacé.

— Je sais, admit-il. Je m'y efforce.

Je ne voyais pas du tout ce qu'il voulait dire, mais là n'était pas la question.

— Est-ce que tu as un problème particulier ? suggérai-je. Au ranch peut-être ?

— Non.

Cette fois, je le regardai par-dessus mon épaule.

— Alors quoi ?

Il traversa la pièce pour s'approcher de moi et me demanda :

— Qu'est-ce que tu cherches ?

— Une chemise.

— Pour quoi faire ? Je t'ai déjà dit que tu ne sortirais pas.

Une autre inspiration, puis je me retournai et... trouvai Rand appuyé contre la porte du placard.

— C'est ce mariage qui te prend la tête ? Est-ce que ça t'évoque le tien ?

— Non, mais je dois dire que tu as une sacrée imagination.

Je l'étudiai longuement, les yeux plissés.

— J'aime bien quand tu t'inquiètes à mon sujet, ajouta-t-il.

— Pourquoi ?

— Comme ça.

Je ne pus que soupirer, sans comprendre ce qui se passait.

— Rand, je t'en prie, explique-moi ton problème.

— Je n'ai qu'un seul problème, répondit-il, d'une voix atone. Toi.

Ses yeux devenus presque noirs me fixaient avec attention.

— Tu me rends dingue, grognai-je. Alors, tu t'expliques ou tu dégages !

— Tu n'as pas de cœur, Stefan Joss.

— C'est vrai, admis-je.

Avec un grondement dégoûté, je sortis une chemise noire à manches courtes et m'apprêtai à l'enfiler.

— Non !

Rand m'arracha des mains la chemise qu'il roula en boule et jeta sur le lit. Je relevai la tête pour le dévisager.

— Dis-moi ce qui ne va pas, insistai-je, et je verrai ce que je peux faire.

Un sourire spontané lui réchauffa les yeux, les transformant en véritables pierres précieuses.

— Tu peux tout arranger, pas vrai ? Tu vas régler mon problème ?

— Je peux au moins essayer.

— Très bien.

Heureux de constater qu'il avait fini par s'amadouer, je m'approchai du lit pour récupérer ma chemise. Je ne m'attendais pas à être bousculé par-derrière, ni à me retrouver à plat ventre sur la couette.

— Beaucoup mieux, indiqua Rand.

Je roulai sur le dos pour le regarder.

— Bordel, mais qu'est-ce qui te prend ?

Il déglutit péniblement, tous muscles gonflés. Sa mâchoire se serra.

— Oh, regarde tes yeux !

Mes yeux... Mon esprit s'embrouillait. Rand ne suivait pas le code habituel qui existait entre nous, et je n'arrivais pas à déterminer ce qu'il avait en tête.

Il posa un genou sur le lit et tendit la main vers moi.

— Viens ici, dit-il.

— Oh merde !

Je fis un bond. Le menton de Rand me frappa la poitrine quand je m'extirpai du lit, bien plus vite que je ne l'aurais cru possible.

— Mais qu'est-ce que tu fous ?

Il souriait. Et son expression devint encore plus joviale quand il agita la mâchoire de droite à gauche tout en frottant l'endroit où je l'avais heurté. Je reculai sans le quitter des yeux.

— Rand ?

Ces prunelles turquoise, si foncées qu'elles paraissaient mouillées, ce sourire qui devenait sensuel, la façon dont ce regard me dévorait des pieds à la tête...

Bordel ? Comment avais-je pu ne pas remarquer qu'il était ivre mort ?

— Rand, tu as bu ?

— J'en ai tellement marre de lutter...

Il eut un geste de la main pour m'attirer vers lui.

— Viens ici.

— Tu es bourré ?

Bien sûr qu'il était bourré.

Il secoua la tête.

— Je t'en prie, viens ici.

Je me sentis très nu, ainsi planté devant lui sans rien d'autre qu'un jean.

— Rand. Est-ce que tu sais au moins ce que tu fa...

— Je sais exactement ce que je fais.

Je n'en crus rien.

— Rand, je crois que tu devrais t'asseoir.

— Ce n'est pas du tout mon intention, répondit-il avec un petit rire.

— Tu es sérieux ? bafouillai-je

Je perdis ma voix quand il quitta le lit pour s'avancer vers moi.

— Je ne sais pas, répondit-il. À l'instant présent, je ne suis plus certain de rien. Tout ce que je sais, c'est que j'ai besoin de toi. Je ne veux plus ressentir ce désir qui me ronge. J'en ai marre. Je ne peux plus continuer.

Quoi ? Attends un peu...

— Quoi ? Je ne comprends pas.

Il se mit à nouveau à rire doucement.

— Tu m'as très bien entendu, tu m'as très bien compris.

— Non, je ne crois pas, certifiai-je. D'abord, je te signale que tu es hétéro.

Il acquiesça.

— Oui, je suis hétéro, avec une exception notoire. Manifestement !

Je le niai en secouant la tête de toutes mes forces.

— Écoute, si c'est une expérience que tu veux, je…

— Je ne veux pas d'une expérience.

— Foutaises ! Comment peux-tu envisager autre chose…

— Je sais ce que je ressens.

Il paraissait à la fois malheureux et délirant de joie. Bordel, mais qu'est-ce qui se passait ? Comment avais-je pu ne pas remarquer tout ça ?

— Demande-moi ce que je ressens, chuchota Rand.

— Hein ? Je… D'accord… Qu'est-ce que tu ressens ?

Il approcha, leva la main, et posa sa paume sur mon cœur.

— J'en ai ras le bol, avoua-t-il. Ça me rend malade de croiser chaque nouveau mec que tu baises, de te voir partir avec un autre dès que j'arrive… À chaque fois… ça me tue. Tu te rappelles de cette fête, après la remise des diplômes de Charlotte ? Tu dansais avec ton copain, un mec que tu as jeté un mois plus tard, mais cette nuit-là… Bordel, j'ai été tellement jaloux de lui cette nuit-là, parce que tu te collais à lui. Ça me rendait fou. Tout ça me ronge depuis le premier jour où je suis tombé sur toi… Quand tu m'as regardé, j'ai cru que la foudre me tombait sur la tête.

J'en restai sidéré. Que pouvais-je répondre ? J'avais cru qu'il me détestait. J'avais *toujours* cru qu'il me détestait.

— La façon dont tu m'as souri ce premier jour, c'était… Mais j'ai eu la trouille. J'étais mort de trouille. Tu étais jeune, Stef, mais moi aussi.

Il s'emporta tout à coup, comme si j'étais responsable de son problème.

— Tu as oublié à quel point j'étais jeune !

— Rand, mais qu'est-ce que tu…

— Je n'avais que vingt-et-un ans. Franchement, comment pouvais-je accepter mon désir pour toi et rester moi-même ? Je ne voyais aucune issue.

Mon cerveau enchaîna rapidement.

— Alors, tu m'as insulté.

Il acquiesça.

— C'était plus facile.

C'était plus facile, sans doute, mais la scène restait pour moi toujours aussi vivace – même des années plus tard.

— Je m'énervais plutôt vite, admis-je.

— Tu n'as pas changé.

C'était la vérité.

— Mais ensuite, continua Rand, j'ai voulu arranger les choses entre nous. Et tu as refusé de me parler. Après quelques années, tu ne me voyais même plus. J'avais la sensation d'être devenu un fantôme.

— Je ne faisais que t'ignorer.

— Du moins, c'est ce que tu prétendais.

— J'avoue que c'était difficile.

Il s'était toujours montré odieux envers moi, presque comme si ma présence faisait ressortir le pire chez lui.

— Je faisais de mon mieux, déclara-t-il.

— Qu'est-ce que tu racontes ?

Il resta silencieux, ses yeux verrouillés aux miens.

Et tout à coup, je compris.

— Toutes ces fois, quand nous… quand tu… tu le faisais exprès ? Tu me provoquais délibérément ?

Il haussa les épaules.

— Tant que tu te mettais en colère contre moi, je savais que tu me remarquais. C'était mieux que rien.

Quel aveu sidérant ! Dix ans de guérilla sans merci avec Rand Holloway, et j'avais été manipulé.

— Je ne sais pas quoi…

— Tu sais, chaque fois que Charlotte revenait à la maison, elle nous parlait de toi et de tous les mecs que tu te faisais. Je cherchais à me convaincre que j'avais eu de la chance de ne pas t'avoir approché.

En ce domaine, mon score était plutôt impressionnant, je ne pouvais pas le nier. Je changeais d'homme comme je changeais de chemise. Dès qu'ils devenaient un peu trop collants, j'avais besoin d'air.

— Mais j'ai vu ta loyauté envers Char, reprit Rand. Elle dit que tu agis de la même manière avec tous tes amis. Je connais ta vraie nature, Stef. Tu as du cœur. Ça se voit quand tu es avec elle ou avec ma mère. Je te connais.

Merde.

Rand n'avait pas terminé.

— Chaque fois que tes yeux se posent sur moi, j'ai la sensation de prendre feu.

Je ne savais plus quoi dire. Il eut un sourire timide et passa les doigts dans ses épaisses mèches noires.

— Quand tu es en colère, tes yeux prennent une couleur verte qui...

Il inspira rapidement.

— Tu ne peux pas savoir à quel point c'est... incroyable.

Ce qui était incroyable, c'était de le voir aussi nerveux – et de savoir que j'en étais la cause.

— Tu sais, dit-il encore, me disputer avec toi est tout ce qui me reste.

Il s'était délibérément fâché avec moi, me provoquant et commentant tout ce que je faisais, tout ce que je disais. J'évoquai les querelles qui nous avaient séparés durant les dix dernières années, les insultes échangées... Tant de violence ! Je ne pus que m'interroger au sujet de cet homme. Comment Rand Holloway avait-il réussi à me mettre à ce point hors de moi ? Jamais je n'avais éprouvé autant de colère qu'envers lui. Peut-être y avait-il une explication à mon comportement inhabituel ?

Il se mit à jouer avec mes cheveux, repoussant une de mes mèches derrière mon oreille. Ses doigts effleurèrent ma gorge, sous le menton.

— Je sais bien que j'aurais dû te le dire bien plus tôt, soupira-t-il. Mais tu n'es pas facile à approcher. Je n'ai pas réussi à te parler. Et puis... tu me haïssais.

Je reculai d'un pas et heurtai le mur derrière moi. J'avais cru échapper à son emprise en écartant sa main de moi, mais il ne me laissa pas faire.

Il fixa mon visage avec un sourire.

— Tu as l'air d'avoir chaud.

Une fois encore, j'essayai de m'esquiver, mais il referma le poing dans mes cheveux. Je les portais trop longs, jusqu'aux épaules. À ce moment précis, j'en fus heureux.

— J'ai toujours voulu faire ça, avoua Rand. Mettre les mains dans tes cheveux.

J'avais le cœur si serré que c'en était douloureux.

Rand fit glisser ses doigts jusqu'à ma poitrine avant d'ajouter :

— Je voulais te toucher.

J'essayai de respirer.

— Rand...

— On dirait que tu vas rendre ton dernier soupir.

— C'est juste que...

— Si tu savais à quel point j'en ai marre de voir tous ces gens te toucher.

Je restai muet.

— Il y a Charlotte, et Ben, et toutes ces filles en bas… tout le monde veut te toucher. Tout le temps. Je suis le seul qui n'en a pas le droit, alors que mon rêve est d'être le seul à pouvoir le faire.

Je ne pus retenir le frémissement qui me secoua des pieds à la tête. Rand me buvait des yeux.

— Embrasse-moi. Embrasse-moi au moins une fois. Si ça ne te plaît pas, si ça te pose un problème, eh bien… Nous oublierons tout ça.

Ce n'était pas du tout une bonne idée.

— Allez, insista-t-il, tu n'as rien à perdre.

— Si, toi, confessai-je, terrifié. Et je viens juste de te trouver.

— Tu ne me perdras jamais, je te le jure.

Il posa la main sur ma nuque et ses doigts puissants me massèrent doucement, puis il m'attira vers lui. Sa bouche s'approcha de la mienne. J'entendis l'air siffler entre ses lèvres avant qu'il ne plaque tout son corps contre moi.

— Embrasse-moi.

Son souffle me caressait le visage.

Je cédai. Je collai ma bouche à la sienne, plus sauvagement que je ne l'avais jamais fait avec quiconque. J'essayai de lui démontrer qu'embrasser un homme était un acte violent, rien à voir avec la suavité et la douceur qu'on accordait à une femme. Et il le comprit – quelque part, il comprit ce que je voulais prouver. Son sourire me l'indiqua, tout comme le long soupir satisfait qui lui échappa. Ses lèvres s'ouvrirent sous les miennes, sa langue glissa dans ma bouche, et ses mains se crispèrent dans ma chair. Je sentis presque mes jambes lâcher sous moi. Jamais je n'avais été embrassé avec une telle passion, un tel feu. Son baiser envoya en moi de telles décharges que j'en vacillai dans ses bras.

— Je savais que tu aurais un goût d'enfer, dit-il d'une voix qui vibrait dans sa poitrine. Et je savais que t'embrasser serait aussi parfait.

— Alors, recommence, répondis-je, sans réfléchir.

Notre second baiser fut encore plus intense. J'y participai sans rien retenir. Je léchai, mordais, suçai, sans laisser à Rand la possibilité de s'écarter, sans lui donner le temps de respirer. Je sentis sa main glisser sur mon ventre et passer sous la ceinture de mon jean. Quand ses doigts se refermèrent sur mon sexe douloureux de désir, j'arrachai enfin ma bouche de la sienne. J'étais tellement tendu que j'avais besoin d'air. Et aussi de reprendre mes esprits. Il tenta de me retenir, mais je m'écartai et posai la main sur sa clavicule.

— Arrête ! haletai-je, le souffle rauque.

Il me fixa, les paupières alourdies de désir, la bouche entrouverte et humide.

— Je sens battre ton sang dans ta queue, dit-il. Je veux te savourer.

Il se pencha pour me mordre l'épaule, à l'intersection du cou.

— Arrête !

Je ne pouvais plus respirer. Ses mots m'étaient tombés sur l'estomac comme des pierres.

— Je ne veux pas arrêter, dit-il, d'une voix rauque et profonde. Je veux te toucher.

— Rand…

— Laisse-toi faire.

Ses doigts s'activèrent rapidement pour ouvrir mon pantalon et descendre ma fermeture éclair. Il écarta les pans et fit glisser mon jean le long de mes cuisses en même temps que mon caleçon. Il n'utilisait qu'une seule main. L'autre enserrait toujours mon sexe.

— Je te veux.

Il tomba à genoux et me prit dans sa bouche. J'eus un sourire en le voyant s'étouffer, mais il me jeta un regard brûlant et fit une nouvelle tentative. En quelques secondes, il avait compris comment ne pas tout engloutir. Il utilisa à la fois sa main et ses lèvres pour me caresser. Ma respiration se bloqua. C'était la pire fellation que j'aie reçue… et la meilleure. Je voyais le plaisir que Rand éprouvait, et la façon dont il cédait complètement à son désir pour moi. Sa bouche était si chaude et humide que je faillis basculer.

Quand je le repoussai, il eut l'air aussi choqué que si je l'avais frappé. Mais il se rasséréna quand je le remis sur pieds et le poussai jusqu'au lit. En quelques gestes vifs et précis, je détachai sa ceinture, fis descendre jusqu'à ses genoux son pantalon et son caleçon, puis je tombai à genoux devant le sexe que je venais de libérer. Magnifique. Très long, épais, tout doré et raidi de désir pour moi. Son odeur entêtante et musquée me monta à la tête. Quand je le pris dans ma bouche, Rand poussa un cri rauque

— Bon Dieu !

Il se cambra et resserra les doigts dans mes cheveux. Avec l'aisance de l'habitude, je l'engloutis jusqu'au fond de ma gorge. Je me savais plutôt doué, et à la façon dont il hurla mon nom, je sus qu'il appréciait ma prestation.

— Merde… Stef, arrête. Je ne veux pas… Si tu n'arrêtes pas, je vais jouir.

Je n'avais pas l'intention d'arrêter. Il y avait des années – depuis mes dix-huit ans – que je désirais Rand Holloway et je voyais enfin la ligne d'arrivée. Il était entre mes mains, son sexe soyeux coulissant dans ma bouche. Il n'était pas question que je le laisse filer. Quand j'accélérai le rythme, il ne put me résister. Il rua et me tira les cheveux avant de céder à son orgasme. Je sentis le goût salé de sa jouissance couler au fond de ma gorge. J'avalai tout, savourant le plaisir que je lui octroyais. En relevant la tête, j'eus un sourire machiavélique. Il tendit les bras vers moi, me serra contre lui, et m'embrassa. Quand sa langue s'enroula autour de la mienne, il découvrit son propre goût dans ma bouche et en parut électrifié. Il se cambra à nouveau contre moi.

Je dus m'écarter pour pouvoir respirer. Ma tête et mes poumons étaient sur le point d'exploser.

— Nous devrions arrêter…, dis-je lentement. Comme ça, tu pourrais affirmer être toujours un hétéro.

Il eut un grand sourire.

— Pas question.

— Rand, tu…

— Stef, grogna-t-il.

Il roula sur moi, retirant ses bottes d'un coup de pied avant d'arracher son pantalon puis de me tirer dans tous les sens pour m'épingler sous son corps afin que je ne puisse plus bouger. Exactement comme je le voulais. Je m'amusais beaucoup à le voir aussi frustré par ses vêtements, décoiffé, en nage, en train de baisser la tête toutes les dix secondes pour lécher mon sexe.

— Je veux te prendre et je doute que cela soit une chose qu'un hétéro puisse désirer.

Sa confession faillit me rendre cardiaque !

Rand se figea tout à coup et concentra sur moi toute son attention.

— Tu vas me laisser faire… Tu vas me laisser te prendre, hein ?

— Bien sûr.

C'était quasiment un gémissement.

Il eut un grand sourire tandis que ses yeux me dévoraient.

— Je t'ai déjà vu, tu sais.

Je regardai ses longs doigts s'activer sur mon sexe, glisser de la base jusqu'au gland où ils s'humidifiaient. Des gouttes transparentes s'en échappaient déjà. Rand avait-il idée du plaisir que je ressentais ?

— Je suis passé un jour en ville, continua-t-il, quand tu étais encore avec ce mec, Brett. Charlotte m'avait donné la clé de votre appartement. Tu ne m'as pas entendu entrer. Tu étais au pieu avec lui, et je t'ai vu quand j'ai regardé dans ta chambre.

Il était magnifique ainsi penché sur moi. Ces muscles gonflés, ce ventre plat et dur, ce torse superbe... J'avais toujours admiré la beauté de cet homme, ses cheveux noirs toujours ébouriffés, et ses yeux bleus si sensuels. Et j'étais enfin libre de le regarder autant que je le voulais.

— Tu avais les jambes sur ses épaules, et il t'empalait tout en te caressant.

Il eut un sourire irrésistible, les yeux presque clos.

— Je veux faire la même chose, chuchota-t-il.

Je secouai la tête. Il parut déçu.

— Pourquoi ? Tu as peur que je te fasse mal ?

— Non, ce n'est vraiment pas le problème.

— Alors quoi ?

— Rand, si tu fais ça et qu'ensuite tu me détestes, je...

— Je ne pourrai jamais te détester, affirma-t-il. De quoi avons-nous besoin ?

— Rand, tu ne vas peut-être pas apprécier...

— Est-ce que tu as du lubrifiant ?

Je désignai du doigt ma table de nuit. Il s'étira pour l'atteindre, exposant ainsi son corps superbe. Il m'empêchait toujours de bouger et c'était délibéré : il voulait me garder là où j'étais.

Quand il revint en place, assis sur mes cuisses, il prit un air sérieux pour me dire :

— Écoute, je n'ai touché personne depuis que mon ex-femme, Jenny, m'a quitté. J'ai un certificat qui atteste de ma parfaite santé, mais il est à la maison. Il va falloir que tu me fasses confiance. J'aimerais ne pas utiliser de préservatif.

Je me sentis quelque peu oppressé.

— Enfin, Rand, tu n'es pas sérieux...

— Oh si, bordel, absolument. Je veux te prendre.

Je dus me concentrer sur ma respiration.

— Bon, moi aussi je suis sain, mais tu ne devrais pas me croire sur parole. J'ai connu plus de mecs que…

Il m'embrassa avec un tel élan que mes orteils se recroquevillèrent. Cet homme était incroyablement doué ! Il savait vraiment utiliser sa bouche sur moi.

— C'est terminé, dit-il ensuite. Dorénavant, il n'y aura que moi.

Ces mots me percutèrent tel un train à grande vitesse. Je n'aimais pas les gens qui essayaient de me contrôler. Mais Rand…

— Je sais parfaitement ce que tu penses, insista-t-il. Tu crois que je dis des conneries, mais attends un peu, et tu verras.

Penché sur moi, il m'embrassa encore, cette fois très tendrement. Ses lèvres s'attardèrent sur les miennes. Quand il s'écarta, il souriait.

— Et maintenant, dis-moi comment faire.

Je tendis la main vers le lubrifiant.

— Donne-moi ça. Et laisse-moi te préparer.

Il me tendit le tube et frissonna d'anticipation en me voyant dévisser le bouchon. Cet homme me désirait, c'était évident. Dire que je ne m'en étais jamais rendu compte !

J'humectai mes doigts de gel que je répartis sur toute la longueur du sexe de Rand. Il devint luisant dans l'intimité de la pièce – il n'y avait qu'une lumière émanant de la salle de bain. Tandis que mes doigts le caressaient de haut en bas, sa respiration se fit laborieuse.

— Bon Dieu, c'est une sensation démente.

Je savais ce qu'il ressentait.

— Stefan… Je t'en prie… Je t'en prie.

Il n'avait pas besoin de me supplier. Je me tordis sous lui et fixai ses yeux lourds de désir.

— Mets les bras sous mes genoux, indiquai-je.

Rand était fort et puissant et il me souleva sans difficulté.

— Je veux…, commença-t-il. La prochaine fois, je serai plus doux d'accord ?

Certaines permissions devaient être accordées.

— D'accord.

Je sentis son sexe à l'orée de mon corps, qui pressait doucement.

— Tu es sûr ? insista-t-il.

— Oui, Rand.

Il s'enfonça en moi d'une seule poussée, rapide, violente. Je gémis quand tout mon corps se crispa devant cette brutale intrusion.

— Merde ! s'écria Rand, affolé. Oh, Stef, je suis dés…

Instinctivement, je resserrai bras et jambes autour de lui pour qu'il ne puisse s'écarter de moi.

— Arrête. C'est normal, Rand. Ne bouge pas.

Diverses sensations me parvinrent – toutes à la fois : le poids de Rand, ses mains sur mes cuisses, ses doigts s'enfonçant dans ma chair…

— C'est dingue…, dit-il. Dément. Et regarde-toi. Stef… Bon Dieu.

— Vas-y, suppliai-je. Baise-moi.

Il réagit instantanément, s'enfonçant en moi jusqu'à la garde, si profondément que j'eus la sensation qu'il m'atteignait au cœur.

— Ah bon Dieu ! gémit-il.

Son corps se cambra, comme traversé d'un courant électrique. J'étais ému d'avoir provoqué une réaction aussi violente.

— Stefan.

Mon nom franchit ses lèvres dans un gémissement rauque.

— Tu es si étroit. Si brûlant. Stefan…

Mes muscles internes se crispèrent autour de lui quand il se mit à me pilonner, s'enfonçant chaque fois plus profondément et à un rythme de plus en plus intense.

— Stefan, répéta-t-il

— Tu es si dur, si fort, gémis-je. Continue. Ne t'arrête pas.

Il accéléra encore sa cadence, ce qui me coupa le souffle. En entendant mon cri étouffé, Rand releva la tête pour scruter mon visage. Je lui souris et exigeai qu'il continue.

— Je ne veux pas te blesser.

— Tu ne le feras pas, affirmai-je. Tu n'es pas violent de nature.

Je vis se contracter les muscles de sa mâchoire.

— Qu'est-ce qu'il y a ? m'étonnai-je.

Je relevai les genoux quand il se pencha en avant, ce qui me plia carrément en deux. Je passai ensuite mes jambes sur ses épaules pour le prendre plus profondément.

— Je te fais confiance, ajoutai-je. C'est bien ce que tu voulais ?

Il déglutit, et me répondit d'une voix rauque et basse :

— Oui.

— Dis-moi ce qui ne va pas.

— Rien. Au contraire. C'est ce que j'ai toujours voulu… te prendre, te toucher. Te posséder.

Il se pencha pour m'embrasser. Son geste changeant l'angle de sa pénétration, son sexe heurta ma prostate. Je fis un tel bond que je faillis tomber du lit.

— Bordel, Rand ! criai-je. Je t'en prie.

— Ça te plaît ?

Je n'avais plus assez de voix pour lui répondre. J'étais noyé sous la force de ce que je ressentais : ce sexe au fond de moi, cet homme dans mes bras... Et en plus, je savais qu'il s'agissait de Rand Holloway. J'étais perdu. Je cédai à la jouissance et mon corps convulsa sous le sien avec des spasmes qui me secouèrent de la tête aux pieds. La tête renversée, les yeux fermés, je sombrai dans un océan de volupté.

— Stefan !

Il avait rugi mon nom. En ouvrant les yeux, je découvris qu'il n'avait jamais été aussi beau. Puis son corps se figea. Peu après, je sentis les jets brûlants de son orgasme.

Nous restâmes ensuite silencieux durant le lent retour à la réalité. Nous tremblions tous les deux. Quand je pus enfin respirer, je levai les yeux vers lui.

— Bon sang ! déclara Rand. Je pense être devenu aveugle.

Il paraissait si sérieux que je ne pus m'empêcher de rire. Lessivé, il retomba de tout son poids sur moi. Je caressai son dos moite de sueur. Savourant le contact de sa peau brûlante, je suivis le tracé de son échine et le modelé de ses muscles. Je sentis plus que je n'entendis le rire étouffé qui le traversa, aussi je tournai la tête pour regarder son visage. Il avait des yeux sombres et humides et les pupilles dilatées.

— Qu'est-ce qui ne va pas ? demandai-je.

Il pencha la tête pour frotter son nez contre mon cou avant de m'embrasser doucement la gorge.

— Tout va bien, affirma-t-il, Comment pourrait-il en être autrement ?

— Je voulais que cette première fois soit parfaite.

— Si elle l'avait été davantage, je serais mort.

Il poussa un long soupir et s'extirpa lentement de moi.

Je le regardai se redresser, puis se pencher une fois encore pour m'embrasser. Sa bouche sur la mienne était brûlante.

En cette seconde, je réalisai une vérité qui me terrifia. Rompant le baiser, je roulai sur le ventre. *Bordel, qu'est-ce que j'allais faire ?*

Rand suivit le mouvement, roula sur moi, puis passa une jambe entre les miennes et posa un coude sur le lit. La tête appuyée dans la main, il me scruta avec attention.

— Alors, tu as la trouille ?

Comment pouvait-il être aussi calme ?

— Oui, avouai-je. Pas toi ?

Il secoua la tête. Un nouveau sourire démoniaque fit briller ses yeux humides.

— Tu es étonnant.

— Non, répondit-il. C'est toi qui es étonnant, mon jeune ami. Je n'aurais jamais cru que ça puisse être comme ça.

Du bout des doigts, il suivit le tracé de mes sourcils, puis l'arrête de mon nez et l'arrondi de ma bouche. Je plissai les yeux et le fixai en silence.

— Je n'ai jamais rien ressenti de pareil, continua Rand. C'était merveilleux. Parfait.

Je le repoussai avant de rouler sur le côté.

— Tant mieux, marmonnai-je. Maintenant que ta curiosité est satisfaite, tu peux t'en aller.

— C'est ce que tu veux ?

— Parfaitement, dis-je sèchement. Dégage…

Son rire résonna dans mon dos, sonore et naturel, plein d'un soulagement manifeste.

— D'accord ! aboyai-je. C'est moi qui m'en vais.

Quand j'esquissai un mouvement pour me lever, il me prit par l'épaule et me plaqua sur le lit, puis il se pencha sur moi, les yeux rivés à mon visage.

— Ne sois pas idiot, Stef. Je t'ai déjà dit qu'il ne s'agissait pas d'une expérience.

— Alors explique-moi ce qui se passe, bordel !

Jamais je n'avais ressenti une telle panique après le sexe. En temps normal, je m'en foutais. D'un autre côté, je n'avais jamais couché avec un homme qui tenait une telle place dans mes fantasmes, et ce, depuis ma première année à l'université.

— Ce qui se passe, c'est que je veux t'emmener chez moi.

Mes yeux se relevèrent vers les siens.

— Est-ce que tu as une idée du temps que j'ai passé à t'attendre ?

Je l'agrippai et l'attirai vers moi, l'embrassant violemment avec une possessivité évidente. J'aurais voulu être plus doux, mais entre la douleur

73

inconnue qui me serrait la poitrine et le désir incoercible de réclamer cet homme comme mien j'avais perdu cette option. Le poussant aux épaules, je le collai au matelas. Avec un sourire, il ouvrit les lèvres pour aspirer ma langue. Il me dégusta et m'embrassa avec une passion identique à la mienne.

Tout à coup, il m'écarta de lui et prit mon visage entre ses mains. Il me tint immobile pour me regarder droit dans les yeux.

— Stefan, haleta-t-il. Après le mariage, viens passer quelques jours avec moi au ranch, d'accord ?

Je me noyai dans la profondeur de son regard où je lus du désir, de la passion, mais aussi un besoin qu'il ne cherchait pas à cacher.

Il m'attira vers lui pour refermer la bouche sur ma gorge.

— Je t'en prie, Stef. Viens voir mon ranch.

— Peut-être, répondis-je rapidement. J'y réfléchirai.

J'étais enivré par ce corps chaud et nu étendu sous moi. Je voulais le humer et me l'approprier à tout jamais.

— Je veux te montrer à quel point la vie y est merveilleuse.

— Pourquoi ?

— Pour que tu envisages peut-être…

— Quoi ?

Il ne répondit pas. Au contraire, il m'attira vers lui et scella ses lèvres aux miennes. Il m'embrassa doucement, tendrement, une main sur la nuque, l'autre agrippée à ma taille.

Quand je repris mon souffle, il sourit contre ma bouche et me fit rouler sous lui, plaçant son corps lourd et chaud sur le mien.

— Tu seras à moi.

Je soupirai, la tête cachée contre son épaule tandis que mes mains le caressaient de haut en bas, savourant le contraste de ses muscles durs et de sa peau soyeuse

— Rand, ce n'est que pour quelques…

— Arrête, coupa-t-il gentiment. Tu ne réalises pas du tout ce qui se passe.

Je le fixai. Ma main, sur son cou, massait doucement ses muscles noués. Avec un sourire, il se pencha à nouveau pour m'embrasser. Lentement. En prenant son temps. Ses mains, sur mon visage, lissèrent mes sourcils, mes pommettes, puis mon cou.

— Je voudrais bien rester ici avec toi, dit-il. Mais que dirait Charlotte en pénétrant dans cette chambre demain matin ?

Je fis un bond sous lui, ce qui le fit sourire.

— D'accord, ce serait mieux que tu partes, admis-je.

Ma voix manquait de conviction.

Il haussa un sourcil en me dévisageant, les yeux brillants et chaleureux.

— Tu sais, tu es superbe étendu ainsi sous moi. Je savais que ce serait le cas.

— Rand…

— Je n'ai jamais pensé qu'un mec pouvait être… Mais toi…

Il s'interrompit et se détourna, le regard fuyant.

— Hé ?

Il cligna des yeux, puis reporta son attention sur moi.

— Dis-moi ! insistai-je.

Je voulais tout savoir de ce qu'il pensait à mon sujet.

Il reprit son souffle.

— C'est juste… J'imagine que les gens ne cessent de te répéter que tu es superbe.

Je haussais un sourcil amusé.

— J'en étais sûr ! haleta-t-il. Tu sais déjà combien tu l'es.

Quand il se souleva légèrement et écarta mes jambes du genou, je vis à quel point ses paupières étaient devenues lourdes.

— Rand, tu devrais…

— Je ne savais pas qu'un homme pouvait être beau, Stefan. Pas comme ça. Pas comme toi.

À nouveau, il s'interrompit avant de se pencher pour prendre mon sexe dans sa bouche. Ce fut si rapide que je n'eus même pas le temps de me préparer.

— Rand !

C'était presque un cri. Je tremblai sous ses mains, prêt à jaillir du lit.

Sa bouche sur moi se fit ravageuse. Je ne pus détourner les yeux de ces lèvres qui s'activaient sur ma peau. Sentir ce gouffre humide et brûlant m'engloutir, c'était presque trop… trop brutal, trop puissant. Passer aussi vite de rien à tout avec cet homme me causait une sorte de douleur au cœur. Mais mon corps vibrait de désir pour lui.

— Tu me veux.

Inutile de le nier. J'étais trahi par ma respiration laborieuse et la façon dont je me cambrais sous lui. D'ailleurs, je le suppliais déjà à mi-voix. J'avais tout oublié, sauf celui qui me plaquait dans ce lit, absorbé par le désir de me satisfaire.

Il lécha mon sexe, le titilla de la langue, le dégusta et le suça. En même temps, il resserrait sur moi ses doigts puissants. L'orgasme monta très vite, sans que je puisse le retenir. Tout à coup, Rand s'écarta de moi et remonta le long de mon corps.

Je me léchai les lèvres et plissai les yeux tandis qu'il m'examinait.

— Rand… J'aimerais que tu puisses voir tes yeux.

— Pourquoi ?

Penché sur moi, il récupérait déjà le lubrifiant sous l'oreiller.

— Parce qu'ils sont presque noirs.

— C'est parce que je te regarde.

— Bon Dieu ! dis-je, d'une voix basse et rauque. Depuis quand es-tu…

Il scella sa bouche sur la mienne. Je sentis la brûlure de son baiser me traverser le corps.

Je dus le repousser pour pouvoir respirer.

— Rand, haletai-je.

Je me cambrai dans le lit en sentant ses doigts humides glisser sur ma peau. Il fut rapide avec le lubrifiant dont ses doigts étaient déjà enduits.

— Je veux t'entendre hurler mon nom, Stef. Je veux t'entendre hurler fort.

— Oh Seigneur !

Je gémis quand il s'enfonça en moi d'un mouvement puissant. Je resserrai mes jambes autour de ses hanches. J'aimais qu'il soit aussi brutal. J'avais besoin de ressentir son pouvoir et sa domination. D'un autre côté, je lui faisais confiance pour ne pas me blesser. Je rêvais depuis longtemps de céder à un partenaire assez fort pour exiger ma soumission. Avant Rand, je ne l'avais jamais rencontré. Je réalisai qu'il me faudrait être prudent ! Je risquai de devenir complètement accro au frère de ma meilleure amie.

— Regarde-moi, ordonna-t-il.

Dès que mes yeux s'ouvrirent, il resserra la main sur mon sexe tout en m'empalant profondément.

Le premier signe de mon orgasme jaillit au creux de mes reins, aussi je me pressai contre lui, regardant les muscles de son ventre se contracter, sa poitrine haleter, sa mâchoire se crisper.

— Je veux être plus près encore, dit-il, tout à coup.

Il se laissa tomber de tout son poids contre moi et resserra les bras. Tout son corps chaud et moite s'incrusta dans le mien.

Jamais aucun de mes amants n'avait réclamé un cœur à cœur en me baisant. Je me sentais à la fois exposé et vulnérable et des larmes brûlantes obscurcissaient ma vision.

— Toi et moi allons si bien ensemble, grogna Rand

Sa voix était basse et incroyablement sensuelle. Il tourna la tête et m'embrassa.

Un éclair de feu me traversa le corps tandis que je m'accrochais à lui, les bras verrouillés autour de son cou et les jambes nouées à ses hanches minces. Il leva la tête pour respirer. En même temps, il me pénétra jusqu'à la garde, trouvant ainsi sa jouissance. Tandis qu'il me serrait fort, il répéta mon nom, encore et encore, comme une incantation.

Nous restâmes figés durant un long moment, tous les deux haletants, épuisés, incapables de faire autre chose que de rester là, comme des gisants.

Quand je pus enfin parler, je demandai :

— Ça va ?

— Oui, haleta-t-il, le visage caché dans mon cou. Et toi ?

Il était toujours en moi, apparemment heureux de rester étendu entre mes jambes.

J'acquiesçai et soupirai, parfaitement satisfait. J'aurais pu rester le reste de ma vie comme ça.

— Stefan.

Et sa bouche se referma sur ma peau.

Je compris le besoin qu'il avait de mordre, de lécher, de sucer... et de mordre encore. Il voulait me marquer comme sa propriété, poussé par le besoin sans doute primitif de déposer sur moi un sceau – *son* sceau.

Il me fut presque difficile de supporter le long baiser languide qui s'ensuivit. Son souffle chaud me caressait le visage.

— Tu trembles, dit-il tout à coup.

— C'est à cause de toi.

Il pressa son biceps sur le côté de mon visage et rapprocha ma tête de la sienne.

— Pour de bonnes raisons, j'espère ? Je ne pense pas t'avoir blessé, je...

— Non.

Il poussa un long soupir sonore.

— Je n'arrive pas à te lâcher.

— Très bien, alors ne le fais pas.

Il eut un sourire, gentil et tendre, que je ne lui avais encore jamais vu. Un sourire qui n'appartenait qu'à moi. Je le regardai, buvant des yeux ses longs cils, ses profondes fossettes, les rides qui lui marquaient le coin des yeux. Il avait toujours été magnifique, mais à présent, je le trouvais plus beau encore.

— Tu me regardes d'une drôle de façon, dit-il avec un rire.

Il me mordit le cou, puis apaisa la petite douleur d'un coup de langue avant de me mordre encore, plus fort. Je poussai un gémissement de plaisir lorsqu'il suça l'endroit de la morsure, le rendant sensible et humide.

— Je ne peux pas m'en empêcher.

J'étais plus que troublé de recevoir tant d'attentions.

Lentement, il s'écarta de moi et s'effondra à mon côté.

— Fatigué ? ironisai-je.

En réponse, il se jeta sur moi et me serra contre lui, une main dans mes cheveux, l'autre au creux de mon dos, me retenant gentiment.

— Tu as bien compris que je ne quitterai plus jamais ton lit, pas vrai ?

Je lui souris. Il tendit le bras derrière lui et éteignit la lampe de la table de chevet. Avec le clair de lune qui émanait de la fenêtre, il ne faisait pas sombre dans la chambre, l'atmosphère était juste calme et apaisante.

— Sauf si tu préfères que je m'en aille…, reprit Rand.

J'entendis une certaine retenue dans sa voix. Il ne voulait pas me quitter, mais il le ferait si je le lui demandais.

Je roulai sur le côté en verrouillant son bras autour de ma taille. Il se plaqua immédiatement contre mon dos. Je me retrouvai entouré d'un cocon de muscles durs et de peau brûlante. Personne ne m'avait jamais tenu ainsi pour dormir, le visage plaqué dans le creux de mon cou. En fait, après le sexe, j'avais toujours bondi hors du lit pour prendre une douche. Rester couvert de transpiration et de sperme ne me tentait pas particulièrement. Mais cet homme-là – que j'avais toujours cru me détester – cet homme voulait dormir avec moi dans ses bras, aussi je me fichais complètement des différents fluides qui séchaient entre nous, nous cimentant l'un à l'autre. L'odeur de sexe incrustée dans sa peau me rappelait de manière tangible ce qui venait de se passer : la consommation de plusieurs années d'espoir et d'attente.

La journée avait été riche en surprises phénoménales.

— Arrête de réfléchir, tu devrais déjà dormir.

Je m'apprêtai à lui poser une question, mais j'en fus empêché par un doux baiser sur mon épaule. Mon cerveau dérailla. J'essayai encore de retrouver mes esprits quand sa main me caressa la hanche. Je m'endcrmis.

La journée avait véritablement été très longue.

VI

Rand n'était pas là quand je me réveillai le lendemain matin, mais un message sous mon téléphone portable m'en indiquait la raison : il avait du travail au ranch. Nous nous retrouverions le soir même, pour le dîner prévu à la veille du mariage. En attendant, il me demandait de penser à lui et de ne pas me mettre en colère en voyant mon cou. Je ne compris ce qu'il voulait dire qu'en me retrouvant dans la salle de bain, devant mon miroir.

— Oh… Merde !

Avec un gémissement, je me penchai en avant pour mieux examiner les traces pourpres qui marquaient ma clavicule et ma gorge. J'avais une autre marque, plus discrète, à la basse du cou. Entre mon œil poché et mes suçons, on croirait que j'ai été tabassé.

Une fois douché et séché, j'enfilai une chemise à manches longues dont j'attachai quasiment tous les boutons. J'aurais pu me présenter au bureau avec ce que j'avais sur le dos quand je descendis prendre mon petit déjeuner.

Dès que je m'installai à côté de Charlotte, elle demanda :

— Pourquoi as-tu mis une chemise ?

— Je n'ai plus assez de vêtements propres, mentis-je avec un sourire.

— Tu n'as pas emporté assez de vêtements ? *Toi* ? insista-t-elle, sceptique.

— Exactement, aboyai-je. Je me suis trompé dans mes prévisions.

Ses yeux, du même bleu magnifique et brillant que ceux de son frère, s'étrécirent de suspicion.

Si je manifestais mon malaise d'une façon ou d'une autre, j'étais coincé. Elle me connaissait trop bien pour que je puisse lui cacher un secret.

— Quoi ?

— Je ne sais pas, répondit-elle, il y a quelque chose de bizarre… de différent.

— Allez, dépêche-toi de manger, ordonnai-je. Nous avons ta robe à récupérer, il faut aussi que je vérifie les programmes du mariage, et…

— Les programmes sont déjà là. Nick et Clarissa sont passés les chercher.

— Où sont-ils ?

Elle se leva, et me rapporta peu après une énorme boite. Dès que j'ouvris le couvercle, je réalisai le problème. En fait, il y en avait même plusieurs.

Pour commencer, je ne m'appelais pas Stefanie.

— Qui a vérifié ça ? articulai-je doucement tandis que mes yeux quittaient le document pour se poser sur le visage de Charlotte. Certainement pas toi.

— Non, répondit-elle, inquiète. Pourquoi ?

Je lui présentai un des programmes pour qu'elle voie la date de son mariage – annoncé avec plus d'un mois d'avance.

Je fus surpris que toutes les glaces et vitres de la pièce n'explosent pas sous le cri qu'elle poussa.

— Qu'est-ce qui se passe ? hurla Ben.

Nick sur les talons, le futur mari de Charlotte arrivait de la cuisine en courant. Et à voir sa tête, il paraissait prêt à tuer.

Il ne comprit rien des explications de Charlotte : elle ne cessait de pleurer et de hurler, par intermittence. De toute évidence, ce mariage la rendait folle.

Quelques minutes plus tard, quand Ben réalisa enfin la raison de cette soudaine crise d'hystérie, il se mit en colère et s'écria :

— Bon Dieu ! Pourrais-tu garder ce cri terrifiant pour le jour où quelqu'un tentera de t'assassiner, Char ? Tu m'as flanqué une sacrée trouille !

Elle continua à gémir et finit par s'effondrer sur mes genoux. Elle noua les deux bras autour de mon cou et sanglota sur mon épaule.

— Dis-moi, demandai-je à Ben, tu connaîtrais une imprimerie locale qui travaille de manière sérieuse ?

Je me relevai avec Char enroulée autour de moi comme de la vigne vierge.

— Bien sûr.

Le regard fou, il paraissait très inquiet concernant l'état mental de sa future épouse.

— Il me faut une adresse, *maintenant*, insistai-je, sèchement.

Il devina alors l'ampleur du désespoir de Charlotte.

Calmer la mariée me prit du temps. Ensuite, je récupérai mon ordinateur portable et corrigeai avec elle le programme, que j'envoyai par e-mail à l'imprimerie qui m'avait été recommandée. Alors seulement,

81

Charlotte put à nouveau respirer. Plusieurs verres de vin blanc l'aidèrent à récupérer – tout comme l'étonnant travail réalisé par la couturière pour remettre sa robe de mariée au goût du jour. D'accord, ce n'était pas un modèle de Vera Wang [14], mais au moins, ça ne ressemblait plus à l'horreur initiale. Il y avait beaucoup moins de dentelle au corsage et plus aucune de ces affreuses perles sur les manches. Dedans, Charlotte était une sirène à la silhouette somptueuse. La traîne était assez longue pour être élégante, sans pour autant la gêner pour danser, et le voile était aérien. J'étais certain que jamais une mariée n'avait été aussi belle.

Plus tard, une fois revenu dans ma chambre, je tendis à Charlotte un petit écrin de velours noir.

Elle me fixa avec des yeux brillants.

— Qu'est-ce que c'est ?

— Pas une bague, plaisantai-je.

Elle gloussa.

— Heureusement ! D'ailleurs, j'en étais sûre.

— Ouvre.

— Stefan Joss, qu'est-ce que tu as… Oh mon Dieu !

Elle perdit le souffle en soulevant le couvercle.

Ses demoiselles d'honneur, sa mère et sa belle-mère, avaient fourni à Charlotte ce que réclamait la tradition, à savoir 'quelque chose de vieux, quelque chose d'emprunté, quelque chose de bleu'. Il ne restait à pourvoir que 'quelque chose de neuf', aussi je m'en étais chargé.

— Oh, Stef…

Les lèvres tremblantes, Charlotte examina les boucles d'oreilles en diamant. Il y avait un carat de chaque côté – un beau cadeau –, mais la seule femme de ma vie représentait également ma seule famille, mon ancre, et ma meilleure amie. Et pour me supporter au jour le jour, elle méritait une médaille.

— C'est toi qui mériterais de toucher le gros lot, dit-elle.

Après avoir passé plusieurs minutes dans mes bras, elle finit par me lâcher et mit ses boucles d'oreilles, dont elle vissa les mollettes à l'arrière de ses lobes.

— Ça te plaît ? demandai-je.

— Je ne les enlèverai jamais.

_____

14 Styliste américaine d'origine chinoise, célèbre pour ses robes de mariées (NDT).

— Tant mieux.

Je lui adressai un sourire, puis je fis face à mon armoire. Tout en cherchant ce que je pourrais porter afin de cacher les meurtrissures de mon cou, je pris la décision d'assassiner Rand Holloway dès que je le reverrai.

LA RÉPÉTITION de la cérémonie cet après-midi-là fut plutôt animée. L'un des garçons d'honneur n'était pas là ; le révérend Ellis n'arrivait pas à accepter que le premier témoin de la mariée soit un homme ; et tout le monde fut sidéré de la robe que portait la mère de Ben : d'une effroyable vulgarité, avec un décolleté plongeant à l'avant et dans le dos. J'en restai sans voix. Quant au futur marié, il était mort de honte.

Nick tenta de consoler son meilleur ami.

— Allez, c'est probablement pour ça que tes vieux sont encore mariés. Ta mère allume toujours ton père… elle lui enflamme l'engin, si tu vois ce que je veux dire.

En voyant l'expression stupéfaite que Ben nous adressa, à Charlotte et à moi, je m'étouffai dans mon verre d'eau. La mine écœurée, la mariée frappa violemment son fiancé sur la tête.

— Tu vois que j'avais raison ! Cet homme est un porc.

— Stef, gémit Ben.

J'essayai de ne pas rire.

— Charlotte…

Elle eut un grognement dégoûté.

En s'asseyant à mes côtés, Tina demanda :

— Alors, comment ça va se passer au ranch ?

Je ne compris pas de quoi elle parlait, puis je tournai lentement la tête en direction de Charlotte. Malgré son grand sourire, ma meilleure amie arborait un air terriblement coupable.

— Qu'est-ce qu'il y a encore ? demandai-je.

Comme toujours, quand elle était vraiment nerveuse, elle répondit d'une voix aiguë :

— Eh bien…

— Nous allons bien dîner au ranch après la cérémonie ? vérifia Nick, perplexe.

Ben haussa les sourcils en me regardant d'un air entendu.

— Eh oui, mon pote – nous voilà tous les deux mal barrés.

Je fronçai les sourcils en fixant sévèrement Charlotte.

— Tu risques de garder cette expression incrustée sur ton visage, dit-elle.

— Il n'est pas question que je dorme là-bas !

J'avais mis une certaine violence dans ma réplique, afin qu'elle ne réalise pas que c'était mon vœu le plus cher.

— Si, obligé, gémit-elle. C'est une des clauses de ton contrat de meilleur ami.

Ben ne put retenir un ricanement moqueur.

Peu après, une longue procession de dix voitures se mit en route en direction du Red Diamond [15] ranch. Et même si j'avais des papillons dans l'estomac, je veillai à me comporter comme d'habitude envers ma meilleure amie. À peine monté dans la petite Mustang décapotable de Charlotte – le cadeau de Ben pour leurs fiançailles – je branchai mon iPod avec *Cruisin* [16] à fond.

— Aargh ! soupira Tina, sur le siège arrière, ils sont tellement mignons.

— Adorables, grommela Ben, assis derrière Charlotte.

Kristin se moqua du marié :

— Tu es jaloux que son meilleur ami soit aussi sexy.

— Je suis dans une voiture de tarés, assura-t-il à la cantonade.

Mais durant l'heure que dura notre trajet, lui aussi se mit à chanter de bon cœur sous le soleil brûlant du Texas.

Plus je m'approchais du ranch, plus j'étais nerveux. Et si Rand m'ignorait totalement ? Et s'il avait invité une amie pour donner le change ? Et s'il se montrait aimable à cause de Charlotte et non parce qu'il désirait vraiment me voir rester ? Dans ce cas, il serait accueillant, bien sûr, mais à la fin de la soirée, il remonterait seul dans sa chambre et nous laisserait, Charlotte et moi, avoir un moment d'intimité – notre dernière nuit en tant que *Will & Grace* [17].

---

15 Diamant Rouge (NDT).

16 Chanson d'Angelo, un chanteur américain de Neo Soul, pianiste, guitariste, compositeur, et producteur (NDT).
Chérie évadons-nous loin d'ici
Ne te méprends pas, chérie
Notre destination est claire...

17 Série télévisée américaine où un avocat, homosexuel et bel homme, partage un superbe appartement new-yorkais avec une décoratrice d'intérieur, juive et complexée, chacun cherchant amour et bonheur de son côté (NDT)

— Allez, souris !

Charlotte me mit une tape sur le bras tandis que je quittais l'autoroute, puis que je tournais dans l'allée qui menait à une énorme maison de style victorien.

Peu après, en s'extirpant de la voiture, Tina cria avec enthousiasme :

— Regardez-moi ça ! Il y a un immense porche et une balançoire. C'est là que tu as grandi, Char ?

— Oui.

Elle inhala avec délices. Je fis comme elle. Pour une raison étrange, l'air embaumait. Différentes odeurs – fleurs sauvages, herbe et bois fraîchement coupé – créaient en se mélangeant la senteur unique d'un ranch.

— Cet endroit n'est-il pas merveilleux ? reprit Charlotte.

— Oh oui ! s'écria Kristin. Je l'adore. J'adore le porche, j'adore la balançoire, et… Oh…

Le 'oh' s'étira interminablement, avec une tonalité admirative qui attira mon attention. Tandis que les autres voitures se garaient librement autour de nous, je regardai – comme tout le monde – Rand arriver à cheval. Il faisait exprès de parader, ce qui m'agaça.

— Oh-la-la…, continua Kristin.

Elle s'étouffait à mes côtés, bouche bée, sortant les voyelles les unes après les autres sans trop de cohérence.

— Bon sang ! haleta Tina.

— Et merde, chuchota très vite Alison, j'avais presque oublié.

— Quoi ? demanda Charlotte.

— Que ton frère est cowboy. Si tu veux mon avis, c'est un cowboy super sexy.

— Il porte des guêtres ?

— Ce sont des jambières.

— Seigneur Dieu du ciel, il est magnifique !

C'était incontestable. Cet homme était un fantasme qui devenait réalité. Il arrivait de l'horizon sur son cheval, comme une vision de paradis. Lorsqu'il glissa au bas de sa selle, je suivis des yeux chaque ligne de sa silhouette massive avec avidité. Quelle allure il avait dans ce jean serré qui lui moulait les jambes et les reins, ces jambières de cuir et ces bottes burinées par le temps ! À sa ceinture, une énorme boucle attirait le regard vers un endroit intéressant. Pour compléter le tableau, il portait un chapeau texan et une chemise de flanelle entrouverte sur un tee-shirt blanc. Il était à tomber. Et je n'étais pas le seul à saliver en le regardant.

Devant son sourire timide, incroyablement sexy, la fossette de son menton, les veines gonflées de ses mains, les muscles qui étiraient son tee-shirt sur sa large poitrine et ses yeux étincelants... j'éprouvai un besoin urgent de plonger dans un bain d'eau glacée. Quand il arriva jusqu'à nous, tirant derrière lui une somptueuse jument appaloosa [18], je sentis ma bouche s'assécher.

Charlotte fit un pas en avant pour saluer son frère. Elle effleura le bord du chapeau texan qui lui ombrageait la partie supérieure du visage et déclara :

— Salut toi. Es-tu prêt à affronter l'invasion qui t'attend ?

Rand me passa les rênes de sa monture avant de répondre à sa sœur :

— Je pense que tout est au point pour le dîner, mais je ne peux accueillir que Stef et toi pour la nuit.

Elle lui sourit.

— Je sais. Je suis vraiment heureuse que tu fasses ça pour moi. Même si la tradition prévoit que le dîner avant le mariage se passe chez le marié, je préférais que... que notre famille s'en charge. Les Cantwell financent déjà la cérémonie et le mariage.

— Bien sûr, déclara Rand, avant de se tourner vers moi. Ça ne te gêne pas de tenir ma bête ?

Je secouai la tête.

— Non. Elle est vraiment magnifique, Rand.

Je regardai la jument et lui caressai l'encolure.

— Je sais.

— Ce n'est pas une de tes poulinières, ajoutai-je.

— Non, c'est vrai, dit-il, très lentement.

Je fronçai les sourcils et demandai :

— Quoi ?

Il eut un geste de dénégation.

— Rien. Je suis juste étonné que tu t'y connaisses en chevaux.

Je sentis mon visage s'échauffer.

— Je...

— Dis-moi un peu, Stef, combien j'ai de poulinières ?

Je me noyai dans le bleu lumineux de ses yeux.

— Je ne sais... quinze ?

---

18 Race de cheval de selle originaire du nord-ouest des États-Unis, caractérisée par une robe tachetée (NDT).

— Exact, dit-il, sans cacher sa joie. Et combien d'autres chevaux y a-t-il sur le ranch ?

— Quatre étalons, du moins c'est ce que tu as dit la dernière fois à Char, et trente chevaux de monte.

Son sourire devint éclatant.

— Bravo ! Et quel genre de bétail avons-nous au Red Diamond ?

Je pris alors conscience que l'attention générale s'était fixée sur moi. Charlotte me regardait comme si j'avais soudain une seconde tête. Quant à Rand, il exhibait un sourire démoniaque qui faisait briller ses yeux. Ça n'allait pas du tout ! J'étais en train de me ridiculiser. Lâchant soudain les rênes, je pivotai sur moi-même et me dirigeai vers la maison. Sans me retourner, je demandai fraîchement :

— Ta mère est arrivée ?

— Oui, elle est à l'intérieur, répondit-il en riant.

Après un hochement de tête, je filai d'un pas rapide, furieux de le voir se moquer ainsi de moi. J'avais pris la peine d'écouter – et de retenir – le moindre détail au sujet de son ranch, et il trouvait ça comique ? Qu'il aille se faire foutre ! Je ne laissais personne rire de moi. Ma seule consolation, après tant d'années d'expérience, était la certitude qu'aucune de mes émotions n'apparaissait sur mon visage. J'avais peut-être chaud, mais je ne rougissais pas. J'avais peut-être la gorge serrée, mais ça rendait juste ma voix plus grave, plus rauque et plus sexy. Avec les amants de ma mère qui ne cessaient de défiler autrefois, j'avais dû endurer plusieurs brutes et un lamentable beau-père. J'avais vite appris à ne jamais exprimer ce que je ressentais.

— Stef !

Je ne m'arrêtai pas.

— Stefan Joss !

Un véritable rugissement cette fois, aussi je me figeai et le regardai par-dessus mon épaule. Il repoussa sur son front son chapeau texan et désigna du doigt le coffre de la voiture.

— J'ai viré le majordome, dit-il, d'un ton sarcastique, alors ce serait bien que tu prennes tes bagages et ceux de Charlotte.

Mon regard dut inquiéter Ben, qui leva les mains en l'air et offrit précipitamment :

— Je m'en occupe. Vas-y, Stef, c'est bon.

Dès que je posai le pied sur le porche, le bois craqua sous mes mocassins. Avant même que je pousse la porte grillagée, une alléchante odeur d'ail et d'oignons flotta à ma rencontre.

— Bonjour ! criai-je, en pénétrant dans la maison.

— Stefan, mon chou, je suis là, répondit May depuis la cuisine.

Vous ne réalisez jamais à quel point vous avez faim avant de vous trouver face à des oignons frits. Même si vous les détestez, leur fumet reste irrésistible.

— Te voilà, mon garçon ! m'accueillit avec chaleur la mère de Charlotte quand je franchis la porte battante de la cuisine pour la rejoindre.

Une fois les embrassades et étreintes terminées, je l'écoutai me détailler les derniers préparatifs du menu : les pommes de terre, bouillies deux fois, rôtissaient dans le four, et elle faisait une sauce qui accompagnerait les côtes grillées sur le barbecue.

J'étais accoudé au comptoir quand je vis, du coin de l'œil, Ben arriver avec mon sac de voyage et la valise de Charlotte.

— Merci. Je suis désolé.

— Non, ce n'est rien.

Quand il agita la main pour attirer mon attention, je me tournai vers lui, et il mima en silence : 'Rand est trop con !' Puisque la mère de l'intéressé se trouvait avec nous dans la pièce, je compris pourquoi je devais lire sur ses lèvres ce commentaire qu'il ne pouvait énoncer à haute voix. Personne n'aime entendre critiquer son enfant, même s'il s'agit d'une vérité.

— Je suis absolument d'accord, affirmai-je.

Puis je repris ma position. Avançant vers moi, la mère de Charlotte posa la main dans mon dos qu'elle tapota gentiment.

— J'ai fait du crumble aux pêches pour toi et Charlotte.

Elle savait que c'était mon dessert favori.

— Merci de penser à moi.

— Je pense toujours à toi, chéri. Tu es un ange.

J'avais veillé sur Charlotte au moment où elle-même ne le pouvait pas ; je m'étais assuré que le vœu de son défunt mari – voir sa fille obtenir un diplôme universitaire – se réalise. J'étais parmi ses favoris pour le reste de ma vie.

— Où est ma chambre ?

— À côté de celle de Rand, en face de l'escalier, répondit-elle avec un sourire. Charlotte est à l'autre bout du couloir.

Récupérant mon sac, je le jetai sur mon épaule et me dirigeai vers l'escalier. J'aimais l'atmosphère de cette maison. J'y avais séjourné à plusieurs occasions, pour une raison ou une autre, au cours des années. Chaque fois, j'avais remarqué à quel point je m'y sentais bien. Elle possédait de nombreuses fenêtres, des planchers de bois ciré, des tapis d'artisanat Navajo et des meubles en cuir incrusté de cuivre. C'était le foyer d'un homme – sans touche féminine, même si la mère de Rand y venait souvent. À la mort de son mari, elle avait quitté le ranch pour s'installer dans un appartement, à Lubbock.

Ma chambre pour la nuit était petite, mais bien aérée. Les larges pales d'un ventilateur s'agitaient doucement au plafond. Toutes les fenêtres étaient ouvertes, et la brise charriait un parfum de fleurs sauvages et de charbon. Les barbecues étaient déjà allumés.

— Je ne me moquais pas de toi.

Me retournant, je vis Rand appuyé au chambranle de la porte.

— Je te le jure, Stef, insista-t-il. Jamais je ne me moquerais de toi.

— C'est pourtant l'impression que j'ai eue.

Il secoua la tête.

— Non, j'ai juste été surpris.

— De quoi ?

— Que tu saches tant de choses au sujet de mon ranch.

En le regardant, je sentis des crampes dans mon estomac.

— Je t'assure, ajouta-t-il, je suis désolé. D'accord ?

Je ne pus qu'acquiescer.

Il eut un grand sourire et inclina la tête vers moi.

— Très jolie chemise que tu portes ! Elle a un très grand col.

Je lui fis un doigt d'honneur, puis me tournai vers mon lit. J'avais besoin de respirer. Regarder Rand ne m'aidait pas à faire rentrer de l'oxygène dans mes poumons. Il fallait qu'il s'en aille pour que je puisse me calmer.

Je tombai à la renverse en travers du lit lorsque je fus violemment bousculé, écrasé sous le poids du frère de ma meilleure amie. Il me fallut une seconde pour réaliser que j'avais été taclé. Et le responsable, cet homme aux yeux pétillants qui se penchait sur moi, paraissait très content de lui.

Je tentai de le repousser.

— Rand… Mais qu'est-ce que tu…

Il baissa la tête et m'embrassa, puis aspira ma lèvre inférieure dans sa bouche et la mordit doucement. L'effet fut instantané : j'oubliai tout Je ne vis plus que lui. Mon cerveau s'était vidé. Plus rien ne comptait que Rand

89

Holloway et la façon dont il m'embrassait, comme s'il avait besoin de moi pour survivre. Il me donnait l'impression d'être essentiel.

Je me cambrai contre lui, et sentis la tension que je provoquais en lui : sa cuisse musclée s'appuya contre mon bas-ventre et ses bras se resserrèrent autour de moi dans une étreinte de fer.

— Je t'ai manqué ? demanda-t-il, contre mes lèvres.

Je lui répondis en me plaquant à lui, puis je renversai la tête pour lui offrir mon cou, réclamant de nouvelles marques. Quand il referma les dents sur ma gorge, la sensation fut enivrante, tout comme le contact de sa main qui glissait sur ma cuisse et relevait ma jambe sur ses reins.

— Je voudrais te prendre, Stef. Je n'ai pensé qu'à ça toute la journée.

Mes yeux quittèrent sa bouche tentatrice pour croiser son regard bleu plein d'avidité.

— Va verrouiller la porte et je suis à toi.

Il gloussa, puis s'empara à nouveau de ma bouche. Il m'embrassa violemment, profondément, et sa langue me rendit fou. Il me caressa et me mordilla tant que je crus me dissoudre. Ses mains étaient partout sur moi, sous ma chemise, sur ma peau brûlante. Je n'avais même pas réalisé qu'il en avait sorti les pans de mon pantalon.

— Tu dis ça alors que tu sais très bien que c'est impossible, du moins pour le moment.

Levant les bras, je pris son visage dans mes mains.

— Je dis ça parce que je crève d'envie que tu me baises.

Il eut un grondement sourd, comme s'il souffrait.

— Bon Dieu, Stef... Comment peux-tu me dire un truc pareil en sachant que ça va être la seule chose à laquelle je vais pouvoir penser ?

— Parce que je le peux, répondis-je, avec un sourire.

— Oh, Stef.

Il soupira, puis m'agrippa avec passion, pressant son visage dans le creux de mon cou.

— C'est si bon, avoua-t-il.

Je n'arrivais pas à comprendre ce qui se passait. J'avais l'habitude des discours enflammés au pieu, juste avant l'acte sexuel. Mais cette douce intimité m'était inconnue. Il ne tentait pas de m'arracher mes vêtements, non, il me serrait juste contre son cœur. Et quand il roula sur le dos, il me garda dans ses bras.

— Reste avec moi après le mariage, Stef. Je veux me réveiller le matin à tes côtés, je veux t'emmener faire du cheval, je veux dîner avec toi en tête-à-tête. Je t'en prie. Reste avec moi.

Quand je le repoussai, il me laissa faire. Je m'installai à califourchon sur ses cuisses et le regardai dans les yeux.

— Oh, oui…, dit-il en remuant vers le bas afin de relever les genoux dans mon dos et de me caresser les cuisses. J'aime cette position.

Posant les mains sur son torse, j'ondulai d'avant en arrière, me frottant à son bas-ventre. Je le sentis frémir des pieds à la tête.

Il murmura mon nom dans un souffle rauque et sensuel.

— Stef. Oublie ce que j'ai dit. Baise avec moi. Maintenant.

Je me léchai les lèvres.

— Impossible… Tu as des invités qui t'attendent.

— Stef, je…

— Stef !

C'était Charlotte qui m'appelait. Et elle grimpait déjà les escaliers

Je quittai mon lit d'un bond rapide. J'étais debout devant la fenêtre quand elle déboula dans la chambre.

— Mais qu'est-ce que tu fiches ? aboya-t-elle. Descends ! Viens avec moi affronter tous ces gens.

Rand quitta la pièce d'un pas furieux en marmonnant quelque chose entre ses dents.

— Quoi ? cria sa sœur dans son dos. Quoi ?

J'avançai vers la porte, mais en croisant les yeux de Charlotte, fixés sur moi, je me figeai net.

— Qu'est-ce qu'il a dit ? demanda-t-elle.

— Quoi ?

Elle me jeta un regard suspicieux.

— Mais de quoi parles-tu ? insistai-je.

— Est-ce que Rand m'a vraiment demandé de ne pas hurler en te parlant ?

— Non, assurai-je, puis j'eus un geste de la tête en direction de la porte. Allez viens, je te suis.

Elle me fixait toujours.

— En quoi ça regarde mon frère, ce qui se passe entre toi et moi ?

— En rien.

Mais quand je quittai ma chambre, elle n'était toujours pas convaincue.

IL Y avait plus d'une centaine de personnes à ce dîner, aussi je préférais ne pas imaginer ce que serait le mariage, le lendemain soir. Assis à la table d'honneur, je regardai Rand parler à des gens dont j'ignorais tout. Chaque fois que je tentais de détourner le regard, mes yeux revenaient se fixer inexorablement sur lui.

Ses cheveux noirs, trop longs, lui tombaient dans les yeux. Sur l'arrière, ils lui couvraient la nuque, mais sans atteindre ses épaules comme les miens. Ces mèches d'encre paraissaient soyeuses – et je savais dorénavant que c'était le cas. *J'avais encore du mal à accepter cette expérience si récente.* J'apercevais l'éclat de ses prunelles bleues au milieu des mèches éparses qui s'accrochaient à ses cils, longs et épais, incroyablement sensuels. Rien qu'en regardant ce profil, ces traits ciselés, ces lignes dures et bien dessinées… j'avais le cœur qui battait. Je décidai de marcher pour m'éclaircir l'esprit, et peut-être trouver un sens à ce qui venait d'arriver.

Quittant la cohue, je m'éloignai en direction de l'écurie. À mi-parcours, j'entendis des pas derrière moi. Me retournant, je vis Nick. Ivre mort, il vacillait en marchant. Il trébucha même en s'approchant de moi.

— Tu ferais mieux de retourner là-bas, et…

Il m'interrompit en me sautant dessus. Les deux bras autour de mon cou, il chercha à m'attirer contre lui.

— Stef.

Si Nicholas Towne faisait dix centimètres de plus que moi, il ne possédait pas la charpente musculeuse de Rand. En quelques secondes, je l'avais repoussé. D'un coup de pied latéral, je lui fauchai les jambes et il tomba avant même de le réaliser, s'étalant de tout son long sur la terre battue.

Une bonne minute après, il émit un toussotement.

— Merde. Je pense que tu m'as cassé la jambe.

Je m'accroupis à ses côtés.

— Ça m'étonnerait. À quoi tu joues ?

Il toussota à nouveau.

— Je ne sais pas… Je suis ivre.

J'acquiesçai. De toute évidence, il était ivre, mais là n'était pas la question. Il était venu à moi avec une intention déterminée. Si j'avais accepté son offre, il m'aurait embrassé et… serait peut-être allé plus loin. J'avais lu dans son regard un désir intense quand il s'était jeté sur moi.

Mais j'avais tort de le forcer à s'expliquer. Mieux valait le renvoyer pour qu'aucun malaise ne vienne gâcher le mariage de Charlotte, le lendemain.

— Prends ma main.

Il accepta mon aide et me laissa le remettre sur pied.

— Stef, je suis désolé.

— Il n'y a pas de mal. Rentre.

Je me détournai et fis quelques pas. Nick parla dans mon dos :

— Tu n'en parleras pas à Ben ?

— Tu devrais surtout t'inquiéter de ce qu'en penserait ta femme.

— Stef, je…

— Laisse tomber.

— Merci, Stef, cria-t-il encore.

J'agitai la main sans me retourner pour indiquer que je l'avais entendu. Ces derniers jours devenaient de plus en plus étranges.

Plus je m'éloignai, plus je me calmai. Le crépuscule tombait, la brise était tiède, l'air embaumait d'un parfum de fleurs et d'herbe mêlé à un zeste de fumée. C'était agréable, tranquille, et nonchalant. Quand je grimpai sur une clôture pour mieux voir les pâtures, je ressentis une étrange sérénité. Je vis quatre hommes à cheval se diriger vers la maison. Quand ils m'aperçurent, ils levèrent tous la main en un geste amical. Je leur rendis le salut avec un sourire.

Quelques minutes plus tard, j'entendis claquer les fers d'un cheval et je tournai la tête. Jamais je ne me lasserais du spectacle de Rand sur sa monture. Il aurait pu faire la couverture d'un roman d'amour.

Je descendis avec un signe de tête de mon perchoir et plongeai mon regard dans ses yeux bleus et brillants.

— Hé.

— Qu'est-ce que tu fais là ?

Je haussai les épaules.

— J'avais besoin de m'éclaircir l'esprit.

— Pourquoi ?

— Tu le sais très bien.

Il acquiesça et tapota l'encolure de son cheval.

— Allez, viens. Je te ramène, avant que tu te fasses encore agresser.

Cette fois, je relevai vivement la tête.

— Tu as vu ça ?

Avec un sourire, il se pencha et m'offrit sa main.

— Bien sûr, répondit-il. D'ailleurs, j'ai bien failli piétiner Nick en venant te chercher.

— Rand, il était juste…

— Viens ! ordonna-t-il. Monte.

Je saisis sa main chaude et calleuse, et il me hissa en selle derrière lui.

— Tiens-toi à ma taille.

— Non ! Tout le monde va remarquer.

— Remarquer quoi ?

— Que ça me plaît beaucoup trop.

Je souris en entendant son rire tonitruant. Il me regarda par-dessus son épaule.

— Accroche-toi bien, Stef. Je ne voudrais pas te perdre en route.

J'avais les cuisses plaquées aux siennes, les bras autour de sa taille, et je posai la joue entre ses omoplates.

— Serre plus fort, dit-il, d'un ton rauque.

Je m'accrochai à lui. Je sentis sa main sur la mienne. Passant ses doigts entre les miens, il pressa ma paume sur son cœur pour que je sente le battement de son pouls à travers la flanelle de sa chemise.

— Appelle qui tu veux, grommela-t-il, mais promets-moi de revenir ici avec moi, après le mariage. Je veux que tu restes au ranch au moins une semaine.

Comment pouvais-je faire une telle promesse ? Ma vie était à Chicago…

— Stef.

— On verra.

Il resta silencieux, ne lâchant pas ma main, pendant que nous revenions ensemble. Il finit cependant par me dire de rester tranquille. Si je m'agitais encore, promit-il, il allait m'attirer dans la grange et me jeter dans le foin.

— C'est plutôt tentant.

— Pas du tout, grogna-t-il. Ça gratte.

Son côté terre-à-terre en un moment pareil me fit sourire.

— Qu'y a-t-il de drôle ? s'enquit-il.

— Rien.

Je le serrai très fort. Je l'entendis grogner, puis soupirer longuement.

Je lui demandai de me déposer au bout de l'allée et le regardai s'éloigner. J'ignorais ce qu'il espérait de moi – en même temps, je me demandais ce que j'étais capable de lui offrir. En temps normal, je restais plutôt détaché dans mes relations sexuelles. Certains de mes amants m'avaient trouvé froid, distant, lointain. Ce n'était pas le cas avec Rand. Dès qu'il s'approchait de moi, j'étais prêt à tout. C'était choquant. Je ne savais vraiment pas quoi décider.

J'ÉTAIS CERTAIN que la soirée réalisait tous les vœux de Charlotte : il y avait de la musique, des danses et de la nourriture… en abondance. Et l'ambiance était chaleureuse. Avec des tables de bois et des nappes en vichy rouge et blanc, des bouquets de fleurs sauvages et des pichets de thé glacé, ça ressemblait plus à une réunion de famille qu'à un dîner officiel. Tous les invités souriaient, même le père de Ben. La veille, j'avais été choqué de ses commentaires visant la famille de Charlotte, mais à présent, il semblait sous le charme. Nul ne pouvait nier la beauté de ce ranch – où cinq générations d'Holloway s'étaient succédées – et sa qualité de vie. Nul ne pouvait manquer la force et la personnalité de son propriétaire et des hommes qui travaillaient pour lui. Le père de Ben, comme tous les autres, était impressionné par le Red Diamond.

Plus tard, en regardant Charlotte danser avec son frère au bout de l'allée de graviers, j'étudiai la fluidité avec laquelle cet homme se déplaçait, le roulement de ses muscles sous sa chemise, et la façon dont son jean moulait ses hanches fermes et bombées. Quand nos yeux se croisèrent, je réalisai que j'avais été surpris en flagrant délit. Non seulement je le dévisageais, mais en plus j'en salivais. Son sourire arrogant me dit qu'il en était ravi. Je me réfugiai en vitesse dans la maison, mais ce fut une erreur. Ma fuite ne fit que croître la torture.

Plus tard dans la soirée, j'écoutais un oncle de Charlotte évoquer le jour de sa naissance et ce que le père – son frère décédé – en avait dit. Alors que je m'apprêtai à goûter ma part de gâteau rouge-velours [19], Rand surgit à mon côté. Il vola ma fourchette et la bouchée que j'y avais plantée.

Il s'installa contre moi avec un lent sourire.

— Délicieux, tu ne trouves pas ?

Je sentis la chaleur brûlante qui irradiait de lui.

— Pardon ?

---

19 Gâteau traditionnel de mariage américain : sous un glaçage blanc, se trouvent des couches alternées de génoise au chocolat, crème aigre et colorant rouge (NDT).

— Tu n'es pas d'accord ?

Devant son sourire, j'avais perdu toute faculté de penser.

— Stef ? insista Rand.

— Quoi ?

— Le gâteau.

— Quel gâteau ?

Ses yeux brillèrent d'amusement.

— Celui-là. Celui que tu manges. Tu n'aimes pas ?

J'aimais surtout le voir manger dans mon assiette. La façon dont le muscle de sa mâchoire remuait, la ligne de sa gorge, sa langue qui passait sur ses lèvres… mon cerveau eut comme un court-circuit.

Rand se pencha en avant et murmura :

— Tu aimes me regarder.

— Absolument, dis-je, puis je me léchai les lèvres et plissai les yeux. Tout comme tu aimes me regarder.

Son souffle s'altéra.

— C'est vrai, admit-il.

— Parfait.

Sur ce, je quittai le mur contre lequel je m'appuyais et marchai en direction de la maison.

— Où vas-tu ? Je pensais que tu resterais avec moi.

Il soupira lorsqu'il me rattrapa à la porte de derrière. Quand il posa une main sur mon biceps, je baissai les yeux sur ses doigts crispés sur mon bras, et chuchotai :

— Rand, nous ne pouvons rien faire. Il y a tous ces gens qui nous regardent. Que diraient-ils ?

— Qui ?

— Les autres.

— Bon sang, tu prends la vie trop au sérieux. Tu ne sais pas te détendre.

— Alors, ce n'est qu'un jeu pour toi ? insistai-je, soudain glacé.

— Tu es vraiment con.

— Lâche-moi.

— Non.

Il resserra sa prise avec un sourire et s'approcha de moi, si près que sa poitrine me heurta l'épaule. Je dus lever la tête pour soutenir son regard.

— Je ne te lâcherai jamais, ajouta-t-il.

— Il le faudra bien, assurai-je.

Pour une raison étrange, je ressentis un élan de tristesse.

Il verrouilla ses yeux aux miens. Quand je cherchai à nouveau à dégager mon bras, il me lâcha enfin et me laissa m'en aller.

Au grand mécontentement de Charlotte, aucun des invités ne manifestait l'intention de partir. Je savais qu'elle souhaitait passer un moment tranquille avec moi. Il était déjà vingt-trois heures, le dîner était terminé depuis deux heures, et les convives, ainsi que quelques cousins, occupaient toujours le salon de Rand. Moi, vautré sur le canapé, je les écoutais rire et parler : sous l'effet de l'alcool, les conversations devenaient de plus en plus animées.

— Voilà une nouvelle tournée ! annonça Ben.

Lorsque mon voisin se leva pour aller chercher une autre bière, Ben en profita pour prendre sa place à mes côtés. Je savais qu'il n'aimait pas trop la compagnie d'inconnus. Plutôt introverti, il préférait rester entre Charlotte et moi.

— Merci, dis-je quand il me tendit un verre.

J'aimais la façon dont sa cuisse s'appuyait contre la mienne. De toute évidence, il se sentait à l'aise avec moi. Il savait que j'étais gay et ne s'en souciait pas le moins du monde.

Il tourna la tête pour me regarder et grommela :

— J'aurais dû apporter des vêtements de rechange.

Je haussai les épaules. Après une douche, je portais juste une chemise blanche et un jean, et rien aux pieds. Je me sentais détendu, prêt à boire, parler ou participer – à la disposition des autres.

Charlotte me demanda soudain :

— Explique-moi encore pourquoi tu portes une chemise ?

— Je te l'ai déjà dit, je n'ai plus assez de tee-shirts propres.

— Ça n'est jamais arrivé.

— C'est sans doute l'âge, je commence à oublier des choses.

Elle fronça instantanément les sourcils. Sans doute aurait-elle insisté si la sonnette de la porte d'entrée ne l'avait pas distraite. Clarissa se leva pour aller ouvrir, et revint accompagnée de quatre femmes. Je reconnus l'une d'elles : Bethany, une cousine de Charlotte qui habitait à Lubbock. Elle était avec trois amies.

Se penchant vers son frère, assis près de notre canapé dans un fauteuil à bascule bien rembourré, Charlotte lui murmura d'un ton conspirateur :

— Je t'ai déjà parlé de ces filles, cowboy. Au moins deux d'entre elles aimeraient bien vivre avec toi, en pleine cambrousse. Ne gâche pas tes chances !

Il éclata de rire.

— Sans blague ! Tu cherches à me caser la veille de ton mariage ?

— Je ne vois pas pourquoi je perdrais une occasion, dit-elle en se penchant et en le humant. Pour une fois, tu ne sens pas le cheval. Tu sens même bon.

'Bon' ? L'odeur de cet homme était cent fois meilleure ! Il émanait de lui un merveilleux arôme de musc et de savon.

Rand haussa les sourcils en direction de sa sœur, puis il m'effleura du regard avant de se détourner.

— D'accord, voyons ce que propose le buffet.

Avec un bâillement, Ben me glissa dans la main une manette de Wii [20].

— Prends ça. J'ai envie de te coller une autre branlée au tennis.

Je me redressai avec un sourire moqueur.

— Pardon ? Je ne me rappelle pas que tu aies gagné contre moi une seule fois.

Tout en jouant, je ne pus m'empêcher de vérifier ce que faisait Rand. Son sourire chaleureux faisait pétiller ses yeux et apparaître des petites rides au coin de ces derniers, et rendait ses iris plus turquoise. L'une des filles, Gillian, une jolie brune à la peau mate et aux grands yeux sombres, posa la main sur son bras. D'après ce que je crus comprendre, elle voulait qu'il l'emmène chasser. Elle préférait l'ours noir, mais s'intéressait également aux cerfs de Virginie ou hémione [21]. Rand parut agréablement surpris de l'apprendre. Il écouta ensuite Gillian lui expliquer qu'elle avait grandi dans un ranch.

— Bon sang, Stef, tu n'es pas du tout concentré, se plaignit Ben.

C'était la vérité. Mon attention était fixée sur Rand et cette femme qui désirait porter ses enfants. Peu après, je fus surpris de voir le frère de Charlotte se tourner vers moi pour dire :

— Je prendrai le vainqueur.

Je dus déglutir pour retrouver ma voix.

---

20 Console de jeux vidéo Nintendo (NDT).

21 Appelé aussi cerf mulet ou cerf à queue noire, cervidé qui vit en Amérique du Nord, dans les forêts à l'ouest. Il se distingue du cerf de Virginie par ses bois plus droits (NDT).

— D'accord.

— Venez ! déclara Rand aux filles.

Il les invita à s'asseoir derrière nous sur le canapé. En passant, il m'effleura les cheveux d'un geste preste. Je ressentis une émotion presque douloureuse sous la chaleur de son regard.

Bien entendu, ce fut Ben qui gagna. Même si ma vie en avait dépendu, je n'aurais pu me concentrer. Je choisis de m'asseoir par terre pour ne pas me retrouver entre les filles. Quand Rand perdit aussi, elles lui proposèrent une place, ce qu'il refusa d'un signe de tête. Il vint s'installer à mes côtés et appuya son genou contre le mien.

— Je suis très bien ici, assura-t-il.

Quand il se pencha, sa bouche m'effleura l'oreille. Je sentis son souffle humide le long de mon cou.

— Ne t'inquiète pas, chéri, tu es le seul qui m'intéresse.

Chéri ? Je faillis m'étrangler. Sur quelle planète venais-je d'atterrir ? Ma tête pivota. Quand je regardai Rand, il agita les sourcils avec un sourire qui rendit ses prunelles lumineuses.

— Si tu voyais ton regard, chuchota-t-il. Tu as l'air vraiment en colère.

Je me redressai d'un bond et filai dans la cuisine. Rand cria dans mon dos :

— Hey, Stef ! Ramène-moi une autre bière, s'il te plaît.

— J'en veux une aussi, intervint Ben. Merci.

Je jetai un regard mauvais à Rand par-dessus mon épaule, ce qui le fit s'étouffer de rire. Furieux, je heurtai à deux mains la porte battante de la cuisine. Il aurait de la chance si je ne revenais pas avec une arme à feu.

J'étais à l'arrière de la maison, sous l'auvent, quand j'entendis un bruit derrière moi. En me retournant, je vis Rand appuyé au chambranle. Son regard me brûla.

Je vis les muscles de sa mâchoire se crisper.

— J'ignorais que tu étais à ce point possessif, M. Joss.

— Je te l'ai déjà dit, je ne supporte pas que l'on se moque de moi. Je n'apprécie pas ce genre de plaisanterie.

Il haussa les épaules.

— Et alors ? Arrête de prendre la vie trop au sérieux. Et arrête d'être aussi chiant.

Je le fixai en silence, les yeux écarquillés.

— Ne cherche plus à me repousser, dit-il encore. Je suis dingue de toi.

Que pouvais-je répondre à ça ?

— Tu pourrais répondre que toi aussi, tu es fou de moi, ironisa Rand.

— C'est très présomptueux de ta part, dis-je, sans réfléchir.

Il se mit à rire et s'approcha de moi.

— Merde, comment j'ai pu craquer pour un mec qui n'a pas de cœur ?

C'était une accusation que j'avais souvent entendue. Mon cœur ne battait que pour mes amis. Jamais pour les hommes qui partageaient mon lit.

— Tu es trop rigide, Stefan Joss.

Je restai figé, et le regardai s'approcher de plus en plus.

— Ou peut-être pas, finalement, chuchota-t-il. Si ça se trouve, tu n'es pas aussi froid que tu prétends l'être.

Je m'éclaircis la voix, puis j'enfonçai les mains dans les poches de mon jean, et pris une grande inspiration :

— Tu ferais mieux de retourner auprès des filles, Rand. Tu dois déjà leur manquer.

Il grogna, puis il posa les mains sur mes épaules pour que je ne puisse pas filer.

— Tais-toi ! Seigneur, je n'ai jamais rencontré personne qui mérite autant que toi un bon coup de pied au cul.

Je le fixai dans les yeux tandis qu'il levait doucement la main pour prendre ma joue en coupe.

— Tu me crois pareil à ceux qui ne voient pas à travers ton masque ? Ce n'est pas le cas. Tu devrais le savoir. Je t'ai vu avec Charlotte, avec ma famille. J'ai vu la façon dont tu as protégé Ben l'autre jour, quand tu t'es interposé entre lui et mon crétin de cousin. Et avec moi... merde, avec moi, Stef, tu es si doux, si affectueux...

J'essayai de m'écarter, sans y parvenir. Il refusait de me lâcher.

— Attends, coupai-je. Je suis peut-être...

— Ça suffit ! La nuit dernière, quand tu m'as regardé, quand tu m'as embrassé... j'ai vu à travers toi. Complètement. Stefan Joss, tu penses que tu n'as pas confiance en moi – et tu souhaites peut-être même que ce soit le cas – mais ce n'est pas vrai. Tu me fais déjà confiance.

J'eus un violent frisson.

Il soupira et leva son autre main qu'il plaça contre ma gorge, les doigts sur la veine où battait mon pouls.

— Tu n'as pas besoin de te protéger. Pas avec moi. Tu n'as pas à rester sur tes gardes. Je ne ris pas de toi, je ris avec toi. Il faut que tu comprennes la différence.

— Rand...

Il se mit à rire.

— C'est très drôle de te provoquer.

Ses doigts caressaient mon cou de haut en bas.

J'aurais voulu sentir ses mains partout sur moi, au point que je dus me mordre l'intérieur de la joue pour ne pas exprimer ce désir à voix haute.

— Je ne veux pas que tu t'inquiètes au sujet de ces filles.

Surpris, je toussotai avant de me racler la gorge.

— Je ne m'inquiète pas.

— Menteur.

— Rand...

— Tu as déjà marqué ton territoire, gamin, et personne ne va reprendre ce qui t'appartient.

Il était fou.

— Je n'ai jamais fait ça !

— Tu avais envie de t'asseoir sur mes genoux.

Il ne pouvait pas savoir à quel point je l'avais désiré.

— Et ça ne m'aurait pas gêné du tout, continua-t-il.

Je m'écartai et reculai de quelques pas.

— Vraiment ? Tu n'aurais rien dit si j'avais fait ça devant tout le monde ?

— J'aurais préféré ça au silence glacial dont tu m'as gratifié toute la soirée.

— Rand, c'est idiot. Dans deux jours, je serai parti, alors pourquoi foutre ta vie en l'air pour rien ?

— Parce que pour toi, ce n'est rien ?

— Non ! C'est juste que tu...

— Assez !

Quand Rand Holloway avança d'un pas, une montagne de muscles tendus envahit mon espace personnel.

— Et si nous faisions une trêve pour ce soir et demain ? ajouta-t-il. Je ne veux plus me disputer avec toi.

Je le regardai fixement. Il y avait juste assez de lumière sous le porche clos pour que je lise dans ses yeux de l'espoir et une attente fébrile.

— D'accord.

— D'accord ?

Il eut à nouveau ce sourire à la fois démoniaque et sensuel.

— Ouais, marmonnai-je. Très bien. Pourquoi pas ?

Il agrippa l'avant de ma chemise et resserra le poing sur mon col.

— Si tu voyais la façon dont tu me regardes !

— Comment je te regarde ?

— Comme si tu voulais que je t'embrasse.

J'écarquillai les yeux.

— Rand, tu as bu ou quoi ?

Il m'examina de la tête aux pieds, sans rien manquer, puis ses yeux bleus se fixèrent sur ma bouche.

— Ta lèvre inférieure est bien plus renflée que l'autre. Elle est faite pour être mordue.

— Rand…

Il leva la main pour m'interrompre, puis il tourna les talons et disparut dans la maison. Surpris qu'il me quitte aussi vite… je fus encore plus surpris de le voir réapparaître quelques secondes plus tard.

— Qu'est-ce que tu fais ?

Il me montra le flacon d'huile d'olive qu'il tenait à la main, et jeta un torchon sur son épaule.

Je pointai le doigt dans sa direction.

— Je vais rentrer chez moi, cowboy, mais toi, tu vas rester ici. Si quelqu'un nous remarque, c'est toi qui vas devoir en supporter les conséquences. Tu es sûr que c'est ce que tu veux ?

— Certain. Et toi, tu as la trouille.

— Tu crois ça ?

Je m'écartai de lui et m'enfonçai dans l'ombre. Il y avait un séchoir à linge sous le porche.

— Il serait plus prudent d'attendre que tout le monde ait quitté ton salon avant de penser à baiser, insistai-je.

Il m'avait suivi sans me quitter des yeux.

— Je ne veux pas attendre. Surtout pas après t'avoir vu étalé sur ce canapé. Tu sens si bon, Stef. Tu as un corps magnifique qui réclame des caresses. Et ce jean si serré… Je me demande comment tu peux bouger là-dedans.

— Essaie donc de me l'enlever.

Cette fois, il fonça sur moi.

— Oh, je vais te l'enlever, promit-il.

Je lui sautai dessus, enroulai bras et jambes autour de lui et serrai fort avant de l'embrasser sauvagement. Il referma ses grandes mains sur mes reins et frotta son sexe contre le mien. C'était si bon – cette friction, la façon dont il ruait contre moi, la violence avec laquelle il m'embrassait.

— Merde, Stef, gronda-t-il.

Me plaquant contre la machine à laver, il s'attaqua à mon jean à deux mains. Il plongea tout à coup de côté avec un cri rauque pour rattraper le flacon d'huile qui s'apprêtait à tomber du séchoir. La situation était tellement ridicule que j'éclatai de rire.

— Quoi ?

Je tentai de calmer mes gloussements.

— Franchement, tu vas utiliser de l'huile en guise de lubrifiant ? On dirait deux gamins qui se cachent pour se peloter.

— Ouais, c'est hilarant.

Il me fit pivoter avec un ricanement et me poussa en avant, jusqu'à une petite table pliante que je n'avais pas remarquée dans le noir. Quelques secondes plus tard, le bouton de mon pantalon céda sous la pression de ses doigts experts, puis ma fermeture s'ouvrit. J'entendis Rand inspirer profondément. Me collant le buste à la table, il baissa brutalement mon caleçon jusqu'à mes genoux. Lorsqu'il m'ouvrit les jambes autant que possible, je laissai ma tête retomber.

Je frissonnai quand je sentis ses doigts m'enduire d'huile.

— Rand.

— Laisse-toi faire. Dis-moi que tu es d'accord.

— Tu sais très bien que je suis d'accord.

— Tu es si beau, Stef... Je n'ai jamais rencontré quelqu'un comme toi.

Il frottait son visage dans mes cheveux. En même temps, sa main recouverte d'huile empoigna mon sexe. Je ne pus retenir un cri rauque.

— J'aime t'entendre crier. En fait, j'adore ça.

Sa voix était basse et rauque. Son sexe cherchait déjà l'entrée de mon corps. Mes muscles internes se serrèrent, puis se détendirent, se préparant à l'intrusion. Je voulais Rand. J'avais besoin de lui.

— Baise-moi.

— Bien sûr.

Avec un soupir, il s'enfonça en moi jusqu'à la garde. Durant quelques secondes, la brûlure habituelle me transperça avant de se transformer en un plaisir intense et merveilleux.

C'était si bon. Je me sentais possédé, complètement. Parce que ce sexe me paraissait planté en moi avec une intimité que je n'avais jamais connue.

— Rand.

Je pouvais à peine prononcer son nom.

— Bon Dieu, ton corps engloutit ma queue et s'y accroche si fort. Bordel, tu es tellement serré... Comment est-ce possible ? Oh, Stef, gémit-il.

Il allait et venait en moi, avec des mouvements amples à la fois lents et sensuels qui créaient une caresse irrésistible. Ce rythme m'indiquait que Rand désirait savourer le moindre contact de mon corps resserré autour de lui.

Tandis qu'il me prenait, je me cambrai et poussai contre lui. Ensemble, nous ondulâmes, de plus en plus vite, de plus en plus fort. Nos deux corps claquaient l'un contre l'autre avec un bruit qui remplissait l'espace ouvert sous le porche. Quand ses doigts tracèrent le contour de mes lèvres, je les goûtai : ils étaient salés. Rand grogna de volupté quand j'aspirai son pouce dans ma bouche.

— Bon Dieu, je n'ai jamais désiré quelqu'un à ce point !

C'était un grondement presque inaudible. Crispant la main dans mes cheveux, il me tira la tête en arrière, ce qui m'obligea à arquer l'échine. Il me pilonnait et m'écartelait au maximum. L'angle fut parfait : il atteignit en moi le point idéal. Je ne pus retenir le gémissement érotique qui émana du tréfonds de mon être.

Rand était plaqué à moi, ses bourses ballottant contre mes reins, ses cuisses collées aux miennes tandis qu'il continuait son matraquage. Il me baisait si fort et si profond ! Je me tortillai sous l'assaut et j'entendis son souffle devenir erratique.

— Bordel, rugit-il. Vas-y... jouis pour moi. Merde, Stef, tu es si humide... et si rigide dans ma main. Vas-y. Vas-y maintenant.

Son nom m'arracha la gorge et mon sperme jaillit sur le sol, à mes pieds. Mon corps se crispa comme un étau autour de son sexe, ce qui provoqua aussi sa jouissance. De longs jets brûlants se déversèrent en moi.

— Stef !

Il hurla, puis me releva brutalement par les cheveux, les deux bras serrés autour de moi comme un cercle de fer. Il cacha son visage dans mon épaule. Une seconde après, j'enregistrai une sensation d'humidité.

— Hé, ça va aller, murmurai-je.

Je tremblais tellement que j'étais heureux de son soutien.

— Ce n'est pas…, commença-t-il.

Il ne put continuer. Je savais qu'il ne pleurait pas – du moins, pas vraiment. Mais certaines émotions très fortes sont difficiles à supporter. Le plaisir intense que nous venions de vivre provoquait un contre-choc.

— Je ne veux pas te lâcher, dit Rand.

Sa bouche se posa sur ma gorge, dans une succion brutale.

Ce mec aimait vraiment me laisser des traces !

— Tu comptes rester comme ça jusqu'à ce que tu débandes ?

Je laissai ma tête retomber contre la sienne en souriant, mon corps tout alangui dans son étreinte.

— Stef !

C'était Charlotte. Elle hurlait mon nom à l'intérieur de la maison.

— Je crois que ça ne va pas être possible, déclara Rand.

Il se mit à rire. Et parce qu'il était toujours enfoui en moi et collé à mon dos, je sentis le son émerger de sa poitrine et me traverser en cercles concentriques, comme une vague à la surface d'un lac. Mon corps tout entier vibra sous cette caresse.

Quand il s'écarta de moi, je dus m'agripper au rebord de la table pour tenir debout. Je n'avais qu'une envie : le supplier de revenir en moi, de combler le vide que je ressentais déjà.

Il m'embrassa le cou, près de l'oreille. Son souffle brûlant provoqua chez moi des frissons de la tête aux pieds.

— J'ai envie de dormir avec toi, chuchota-t-il. Tu ne veux pas venir dans mon lit, Stef ? Tu ne veux pas te pelotonner contre moi ?

Je gémis, incapable de retenir mon frémissement.

Rand inspira profondément avant de déclarer :

— Ça me coupe le souffle de voir ton petit cul dégouliner de mon sperme.

J'avoue que ses mots, si crus, eurent sur moi le même effet.

— Stefan Joss, où es-tu ?

Le hurlement était presque hystérique : Charlotte perdait patience. Sans un mot de plus, je remis mon caleçon et mon pantalon, et m'enfuis

— Tu sens le sexe et huile d'olive ! cria-t-il dans mon dos.

Je poussai la porte grillagée quand je l'entendis éclater de rire. J'eus le temps de lui adresser un doigt d'honneur avant que Charlotte ne fasse irruption dans la cuisine.

— Merde, Stef ! hurla-t-elle. Ça fait une demi-heure que je te cherche.

105

Elle était furieuse, d'accord, mais je n'entendais rien d'autre que le rire rauque de Rand. Il fallait vraiment qu'il se reprenne : la situation n'avait rien de comique.

QUAND LES invités finirent par s'en aller, je montai à l'étage avec Charlotte et m'étendis sur son lit pour l'écouter évoquer Ben, les fleurs du mariage, et les apéritifs. Elle m'affirma détester les végétariens. Elle déclara aussi que mon idée d'engager un photographe professionnel était géniale. Elle désirait vraiment avoir de bonnes photos de tous ses invités et désormais, ce serait le cas, elle en était certaine. Elle avait demandé au photographe deux tirages de chacune des photos : une à donner, une pour l'album commémoratif.

— Comment peux-tu toujours penser à tout, Stef ?

Je n'avais pas découvert le remède universel contre le rhume, juste l'adresse d'un photographe.

— Tu dois être très fatiguée, répondis-je.

Elle se jeta à plat ventre sur le lit avec un gémissement sonore.

— Qu'est-ce qui ne va pas ? insistai-je.

Elle marmonna dans l'oreiller une longue explication incompréhensible.

— Regarde-moi, Char, parce que je n'ai rien compris à ce que tu viens de dire.

Tournant la tête de côté, elle affronta enfin mon regard.

— J'ai dit que Ben voulait connaître le pire jour de ma vie.

Mon estomac se contracta. Ses doigts effleurèrent alors mon visage en une douce caresse.

— Qu'est-ce que je lui réponds ? demanda-t-elle.

— Qu'est-ce que tu veux lui répondre ?

Elle avait du mal à respirer.

— Je voudrais pouvoir le lui dire, Stef, mais j'ai peur qu'ensuite il me voie différemment. J'aurais dû lui en parler depuis longtemps.

Elle prit l'air attristé.

— Mon chou, tu...

— Est-ce que tu seras là pour me tenir la main ?

— Quoi ?

— Quand je parlerai à Ben...

Elle déglutit avec difficulté.

— Est-ce que tu seras là pour me tenir la main ?

J'aspirai une grande goulée d'air.

— Je préférerais que tu m'arraches le cœur.

Le soupir qu'elle poussa me caressa la joue.

— Je l'ai déjà fait.

Couché auprès de Charlotte, le visage à quelques centimètres du sien, je vis ses yeux s'humidifier, sa petite bouche rouge trembler, ses fins sourcils se hausser.

— Ben est encore en bas, murmura-t-elle.

— Ivre mort.

— Peut-être que ça rendra les choses plus faciles.

Nous nous redressâmes en même temps.

— Ça va lui faire un choc d'apprendre un truc pareil la veille de son mariage, dis-je.

— Comment faire autrement ? demanda-t-elle, d'un ton sérieux. Comment pourrais-je commencer ma vie avec lui avec un tel fardeau sur le cœur ?

— Quel fardeau ? aboyai-je. Il ne sait rien, alors quelle importance ?

— Pour toi, c'est facile à dire, parce que tu es déjà au courant.

Je pivotai pour la regarder.

— Désolée, je ne sais pas pourquoi j'ai dit ça.

Ce fut là, en la regardant dans les yeux, que je compris à quel point elle était terrifiée. Je lui pris les mains et les serrai dans les miennes. Mon geste la surprit, ce que m'indiqua son cri étouffé.

— Tu sais… Quoi qu'il arrive…

Elle hocha rapidement la tête, les larmes dégoulinant sur ses joues. Elle m'adressa un pauvre sourire qui tentait d'être réconfortant. J'eus de la peine pour elle.

— Va chercher Ben, dit-elle.

Je me levai en silence et avançai jusqu'à la porte.

— Dis aussi à Rand de venir, ajouta Charlotte.

Je pivotai vers elle et l'interrogeai des yeux.

— Je veux que mon frère soit au courant, insista-t-elle.

— Pourquoi ?

— Parce qu'il doit l'être.

D'après sa voix, elle s'était résignée à cette idée.

Je ne réussis à respirer qu'au milieu de l'escalier.

Rand était assis un peu à l'écart, sur son fauteuil à bascule. Peut-être fut-il alerté par l'expression de mon visage ou bien par la façon dont je n'arrivais pas à parler… mais il se leva dès qu'il m'aperçut. Il avança jusqu'à moi d'un pas rapide.

— Stef, murmura-t-il.

Il posa la main sur ma nuque et me caressa la gorge du pouce. Je doutais qu'il réalise la portée de son geste. Alors que tout le monde pouvait nous voir, il affichait son affection et sa possessivité. Heureusement pour lui, beaucoup d'alcool avait été ingurgité : personne ne nous accorda un regard.

— Charlotte demande que Ben et toi veniez dans sa chambre avec moi.

— Bien sûr.

Il tourna la tête, attira l'attention de Ben, et lui indiqua d'un geste de nous rejoindre. J'entendis Ben inspirer bruyamment avant même qu'il n'arrive devant moi.

— Stef, que se passe…

— Viens, coupa Rand, puis il se tourna vers moi. Nous te suivons.

Quelques minutes plus tard, j'ouvris la porte de sa chambre et trouvai Charlotte debout devant la fenêtre.

Elle tourna vers nous un visage paniqué.

— Et merde, marmonnai-je.

Traversant la pièce jusqu'à elle, je pris les mains tremblantes qu'elle me tendait et les serrai. Elle était déjà dans un état lamentable. Dans mon dos, la porte fut refermée et verrouillée.

— Char ? s'inquiéta Ben.

Charlotte chercha son souffle, puis elle nous adressa un sourire forcé.

— Voilà… L'autre jour, quand j'ai parlé du pire jour de ma vie, tu as dit que tu voulais être au courant.

Ben en resta sidéré, ce qui se vit sur son visage. Quelques minutes plus tôt, il passait un bon moment, discutant et riant avec les autres, et tout d'un coup, le choc l'avait rendu sobre.

— Charlotte…

— D'ailleurs, je sais bien que tu as déjà des doutes, après d'autres choses que je t'ai dites. Tu sais que je réagis mal, quelquefois, dans le noir. Et l'autre jour, quand nous sommes allés dans ce club échangiste…

— Charlotte ! cria-t-il, jetant un coup d'œil vers Rand et moi. Je ne pense pas…

— J'avais très envie d'y aller, Ben. J'en ai parlé à Stef.

Elle esquissa un sourire malgré ses yeux rougis déjà remplis de larmes. Ben tourna vivement la tête vers moi.

— Elle t'en a parlé ?

Avant que je puisse répondre, Charlotte le fit à ma place, comme c'était souvent le cas.

— Il faut que tu comprennes, Ben : je raconte tout – et je dis bien *tout* – à Stef.

Il ouvrit la bouche pour parler. Elle le prit de vitesse :

— Comme la fois où tu as giclé si fort que tu as atteint le chat.

Très gêné, Ben s'étouffa.

— Charlotte !

Je levai les deux pouces dans sa direction avec un sourire.

— Sacré tir !

Les yeux écarquillés, Ben se tourna vers le frère de Charlotte qui lui envoya une bourrade dans le dos.

— Pas mal. Je n'ai pas de chat, mais si tu arrives à atteindre un de mes chiens de chasse, là, je serai vraiment impressionné.

D'après l'expression de Ben, je compris qu'entendre Rand plaisanter fut ce qui le surprit le plus – parmi toutes les révélations des dernières minutes. Il examina son futur beau-frère comme s'il venait de lui pousser une seconde tête. Puis il me regarda. Je me contentai de hausser les épaules. Après tout, j'ignorais également que cet homme pouvait rire, plaisanter, ou être drôle. J'étais tout aussi surpris.

Charlotte s'éclaircit la gorge.

— Bon, je voulais vraiment y aller. Comme toutes les filles, j'ai un côté aventureux et pervers, mais quand nous sommes arrivés là-bas, je n'ai pas pu. Je n'avais pas prévu le bondage. Peut-être que j'aurais pu le supporter, mais…

— C'est quand les deux mecs t'ont agrippée par le bras que tu as paniqué.

Charlotte hocha nerveusement la tête.

— Oui. Si des filles avaient tenté de m'attacher, je n'aurais sans doute rien dit. Parce que le harnais, les courroies… ça ne s'est pas passé comme ça. Les mauvais souvenirs n'auraient pas ressurgi.

Ben parla doucement en faisant un pas vers elle :

— Char, tu es sûre de vouloir évoquer ça devant Rand et Stef…

Elle l'interrompit en levant la main.

— Absolument. J'ai besoin d'avoir Stef avec moi. Et Rand… Je suis sa petite sœur. D'accord, c'est peut-être gênant d'évoquer l'échangisme ou les orgies devant lui, mais… Je critique souvent mon frère, mais c'est quand même mon frère. Et je raconte tout à ma famille. Même ma mère sait que nous sommes allés ce week-end-là dans un club échangiste.

— Elle est au courant ? haleta Ben.

— Oui, acquiesça Charlotte. Ma famille n'est pas aussi coincée que la tienne, Benjamin. Nous parlons de tout.

— Char…

Une fois de plus, elle l'interrompit. Elle me serra très fort la main et s'agita jusqu'à se retrouver collée à moi.

— La seule chose que je n'ai jamais dite à personne – ni à ma mère, ni à mon frère, ni à toi – concerne justement le pire jour de ma vie. Et je pense que tu devrais être au courant. Comme je viens juste de le déclarer à Stef, j'aurais dû te le dire plus tôt. Mais je n'ai pas pu. Je n'ai…

— Tu as été violée, c'est ça ?

Ben déglutit avec peine et les muscles de sa mâchoire se crispèrent. Je vis Rand froncer les sourcils et croiser les bras. Il attendit en silence la réponse de sa sœur.

— Chérie, insista Ben, d'une voix douce et caressante. Je ne…

Charlotte secoua la tête, les yeux remplis de larmes qui menaçaient de couler.

— Non, chuchota-t-elle, à mi-voix. Je n'ai pas été violée. C'est mon amie, Mandy.

Personne ne bougea. Personne ne parla. Charlotte reprit son souffle et continua :

— Voilà, en première année, j'avais eu cette idée géniale de découvrir la vie étudiante et de rencontrer plein de garçons. Alors, j'ai décidé de m'installer avec une autre fille et de tout partager avec elle.

Charlotte secoua la tête. Elle chercha à nouveau son souffle, puis finit par retrouver sa voix.

— C'est comme ça que j'ai connu Mandy Woods. J'ai pris une collocation avec elle.

— Je croyais que tu avais toujours vécu avec Stef, intervint Rand.

Sa voix, calme et contrôlée, permettait à sa sœur de se concentrer sur les détails de son histoire, au moment où elle en avait besoin. Elle lui sourit au milieu de ses larmes.

— Je sais. Ça n'a pas duré longtemps. Deux mois peut-être. Ensuite, je suis revenue à la maison… avec Stef.

Elle s'essuya les joues et respira plusieurs fois, profondément.

— Mon amour…

Quand Ben s'approcha d'elle, Charlotte leva la main pour l'en empêcher, et se cacha quasiment derrière moi.

— Je ne pourrais rien confesser si tu es près de moi.

Ben se figea et me regarda en grommelant :

— Je déteste vraiment que tu sois au courant et pas moi. Ça me tue.

Autrefois, moi aussi, ça m'avait tué.

Charlotte gémit, se reprit et déclara d'un ton plus ferme :

— D'accord. Désolée, je veux pouvoir surmonter ce merdier. Voilà ce qui s'est passé. Je me suis réveillée en entendant un cri. Et j'ai trouvé dans mon lit un homme... qui m'étouffait.

— Oh bon Dieu, Char...

— Tais-toi, Ben ! exigea Rand, sans quitter sa sœur des yeux.

Elle lui adressa un sourire rapide.

— Il m'a dit que si je criais, il me tuerait. Bien entendu, à la seconde même où il m'a lâchée, j'ai hurlé à pleins poumons.

Personne ne fit la moindre remarque.

— Il s'est jeté sur moi, mais j'ai réussi à m'échapper du lit et à sortir de la chambre. Je crois que j'aurais pu m'enfuir de l'appartement si je n'avais pas trébuchée sur Mandy.

Cette fois, Charlotte ne put continuer : un sanglot lui coupa la voix.

Je passai mon bras autour d'elle. Elle se tourna vers moi et cacha son visage contre mon épaule. Je sentis ses mains s'enfoncer dans mon dos, tellement elle s'agrippait férocement à moi.

— J'ai pensé... ce serait peut-être plus facile si je l'écrivais ?

Elle se mit à pleurer, puis éclata de rire, et me regarda.

— Merde, on dirait une de ces putains de punitions à l'école.

Je marquai mon agrément d'un grognement.

— Tu en as déjà eu ?

— Bien sûr, répondis-je. Il fallait faire un exposé sur un bouquin. Le prof donnait le choix : soit passer un oral de trois minutes devant toute la classe, soit écrire six pages.

Je baissai les yeux sur Charlotte avec un sourire et j'essuyai ses larmes du bout des doigts. Elle avait déjà les yeux tout gonflés.

— Je choisissais toujours l'oral, ajoutai-je.

— Ça ne m'étonne pas, soupira-t-elle. Moi, j'écrivais toujours six pages.

Je haussai les épaules.

— Hé, je suis plutôt doué à l'oral.

Elle s'étrangla avec un hoquet offusqué, puis se mit à rire.

— Franchement, Stef, il n'y a que toi pour ternir à ce point mes souvenirs d'école primaire !

— C'est un don, assurai-je en essuyant ses dernières larmes. Maintenant, ne pleure plus, Char. Sinon, tu vas être affreuse demain sur tes photos.

Elle gloussa.

— Tu as raison. Nous aurons l'air fin, toi avec un œil au beurre noir, et moi une tronche à l'envers. Que vont penser les gens ?

Je lui soufflai de l'air frais au visage avant de grogner :

— Aucune idée. Je te signale que c'est toi qui as eu l'idée géniale de faire ça ce soir. Alors, dépêche-toi d'en finir.

— Tu pourrais… Toi…

Elle secoua la tête et agita la main dans ma direction. Voilà. Elle avait perdu sa voix.

— Et merde, marmonnai-je entre mes dents.

Quelque part, j'avais toujours su que cette explication me retomberait dessus. En regardant Rand et Ben, je compris que le fiancé de Charlotte était terriblement blessé tandis que son frère ne cachait pas sa fureur. Mieux valait agir le plus vite possible – comme arracher un pansement d'un seul coup pour que la douleur soit brève. Aussi, malgré les papillons qui voletaient dans mon estomac, j'inspirai profondément et me lançai :

— Il y avait deux hommes dans l'appartement. D'après la police, Charlotte a entendu hurler Mandy. Après avoir été violée, elle a réussi à quitter son lit, mais pas à s'enfuir. Ils l'ont rattrapée et frappée. Elle était petite, plutôt délicate, alors…

Comment aurais-je pu évoquer tout ce sang ? Ou l'horreur de voir cette petite massacrée, la gorge ouverte ? Je préférai continuer :

— Quand Charlotte est tombée, elle s'est vite relevée.

J'adressai un sourire à mon amie.

— Ensuite, elle est allée dans la cuisine pour chercher un couteau.

— Tu as fait front, déclara froidement Rand.

Charlotte se retourna vers lui et acquiesça. En silence.

— Exactement, dis-je. Kevin Kramer s'est jeté sur elle… et il est mort.

Une fois encore, je regardai Charlotte.

— Bien fait pour lui. Il y avait dans cet appartement une fille qu'il venait de violer et d'assassiner.

Charlotte frissonna et hocha la tête.

112

— Les parents de Mandy te considèrent toujours comme une véritable héroïne, rappelai-je.

Elle acquiesça encore, très vite. Elle haletait, comme si elle sortait de l'eau.

— C'est là que Stef est arrivé. Quand j'ai poignardé…

Elle inspira profondément.

— …Kevin à la gorge, l'autre type m'a prise par le bras et frappée au visage. Je suis tombée. Il me mettait encore des coups de pied quand la porte s'est ouverte. C'était Stef.

Deux paires d'yeux se rivèrent sur moi.

— J'avais une clé, expliquai-je. J'avais téléphoné un peu plus tôt à Charlotte, et elle m'avait dit de venir dormir chez elle quand je rentrerais. J'avais un rendez-vous dans le coin le lendemain. Alors, j'ai ouvert la porte de l'appartement, et…

Je haussai les épaules.

Même après si longtemps, il m'était difficile de mettre des mots sur ce qui s'était passé. Je revoyais le sang, cet homme qui s'acharnait sur mon amie, le visage affolé de Charlotte… et le fardeau de réaliser qu'en cet instant, j'étais son seul recours.

Quand mon amie s'écarta de moi, je la vis sourire. J'ouvris la bouche pour la faire taire, mais je n'en eus pas le temps.

— Non, dit-elle, cette partie-là, je peux la raconter. Avant, j'avais peur. Parce que j'étais toute seule. Mais dès que tu es arrivé…

Elle se tourna et affronta du regard les deux hommes qu'elle jugeait dignes de partager son secret.

— Stef s'est précipité juste à temps parce que cet homme, Jared Kenny… il a tenté de me poignarder. Stef l'en a empêché.

Oui, l'adrénaline avait de curieux effets. Je gardais des souvenirs fragmentés de cet homme, Jared, qui se jetait sur moi. Sans même réfléchir, je l'avais frappé à la mâchoire d'un coup de poing. Il s'était écroulé lourdement. Une fois à terre, je lui avais encore balancé un coup de pied. Je portais des bottes de motard, ce qui avait provoqué pas mal de dégâts sur son visage, mais je voulais être certain qu'il ne se relèverait pas.

— Quand la police est arrivée, dit Charlotte, tout était terminé.

— Jared est allé en prison ?

Elle acquiesça.

— Bien sûr.

— Il y est toujours ?

— Non, il est mort trois semaines après sa condamnation.

— Et tu sais comm…, commença Ben.

— Oui, coupa Charlotte. L'inspecteur qui s'est occupé de mon affaire me l'a dit. Jared Kenny a été assassiné par un autre prisonnier.

— Pourquoi ?

— L'inspecteur ne l'a pas précisé.

— Comment ces hommes sont-ils entrés dans l'appartement ?

— Par la fenêtre de Mandy. Elle la laissait toujours ouverte. Plusieurs fois, je lui avais dit… Stef lui avait même installé un verrou, pour qu'elle puisse la refermer, mais elle oubliait toujours.

— Char…

— La police a interrogé Jared. D'après sa déclaration, Kevin et lui ont vu passer Mandy pendant qu'ils jouaient au billard. Ils ont décidé de la suivre chez elle.

— Bon Dieu !

Charlotte haussa les épaules.

— Ils sont entrés par sa fenêtre et l'ont violée. Quand elle s'est échappée et a voulu appeler la police, Jared l'en a empêchée. Il l'a frappée comme un sauvage, avant de lui trancher la gorge.

Il y eut un long silence.

Finalement, Ben regarda fixement Charlotte et chuchota :

— J'aimerais vraiment te serrer contre moi. Tu veux bien ?

Dès qu'elle lui tendit les bras, il plongea sur elle, l'agrippa, et l'écrasa contre lui en frissonnant violemment.

— Oh, mon cœur ! haleta-t-il. Bordel, je suis fier de toi. Tu as été si forte, si courageuse. Tu n'as pas baissé les bras.

— C'était par instinct de survie, sanglota-t-elle. Rien de plus. Je ne suis pas…

— Tu es merveilleuse, affirma-t-il. Et je l'ai toujours su. Maintenant, c'est encore plus évident. Tu es une vraie lionne, ma belle.

Je le regardai avec approbation, très touché de la façon dont il étreignait ma meilleure amie. Du coup, je mis un moment à réaliser que Rand me parlait.

— Quoi ? murmurai-je.

— Merci.

Je lui souris et soutins quelques secondes le regard de ses yeux assombris, puis Rand se détourna pour aller vers sa sœur et Ben. En regardant le trio, je compris tout à coup l'importance du geste de Charlotte.

Elle avait exorcisé tous ses démons et avoué son secret aux deux hommes les plus importants de sa vie. Désormais, elle était prête à se marier : aucune menace ne pesait plus sur son avenir. C'était pour elle un triomphe. J'en étais fier et heureux à la fois, mais je savais que notre relation en serait à jamais modifiée.

Maintenant qu'elle avait tout avoué à son frère et à son futur époux, je n'étais plus le garant de ses secrets, ni son chevalier servant. Son mari prendrait ma place, c'est lui qui veillerait dorénavant à sa sécurité. Bien sûr, c'était dans l'ordre des choses, mais mon seul rôle dans la vie avait longtemps été de veiller à ce que Charlotte Holloway puisse se reprendre quand elle craquait. Si je n'avais plus à voler à son secours, que me restait-il ?

Je quittai la chambre sans que personne le remarque.

VII

En me réveillant, j'étais tout courbaturé. Très mauvaise idée d'avoir passé la nuit sur une chaise dans le salon de Rand. J'avais voulu regarder la télévision, et je m'étais endormi devant l'écran. Je ressentais chacune de mes vingt-huit années.

Je trouvai Tyler, l'oncle de Rand, qui préparait le café. Lorsque je lui fis cette réflexion, il me rit au nez.

— Nous en reparlerons quand tu auras soixante-quinze ans !

Le regard mauvais que je lui lançai l'amusa, tout comme mon insistance sur mes douleurs. Il nous servit à tous les deux une tasse de café et déclara :

— Bois ton café, mon garçon, pendant que je prépare le petit-déjeuner. Ensuite, tu vas venir avec moi à l'étable pour assister à quelque chose d'intéressant : Chase et Pete vont aider une vache à mettre bas. As-tu déjà vu naître un veau ?

— Non, monsieur.

Je secouai énergiquement la tête, pas du tout certain de tenir à ce genre de découverte.

— Tu vas voir ! Tu ne manquerais ça pour rien au monde.

Peu après, je me retrouvai à marcher à côté du vieil homme. Je frissonnai sous l'air vif du petit matin. Ne portant qu'un jean et un tee-shirt, je regrettais beaucoup d'avoir abandonné ma chemise à manches longues : elle m'aurait tenu chaud. Quelques pas suffirent à me débloquer la colonne vertébrale et, contrairement à mes craintes, le bavardage de Tyler me réconfortait.

La veille au soir, personne n'était venu me chercher. Charlotte avait laissé tomber la tradition exigeant qu'un futur couple passe séparément ses dernières heures en célibataire, et parlé avec Ben toute la nuit. Lorsque j'étais monté vérifier, une fois ou deux, leurs chuchotements m'étaient parvenus à travers la porte. J'avais préféré ne pas les déranger.

Quant à Rand, il avait disparu. Il n'était pas dans sa chambre, ni dans la maison, ni dans aucun autre endroit où je l'avais cherché. De toute évidence, il n'avait pas besoin de moi. Cette idée me déprima. Après notre session follement érotique sous le porche dans l'ombre, Rand n'avait pas tenu à m'avoir contre lui durant la nuit. J'avais plus ou moins espéré de sa part une réaction néandertalienne : je l'imaginais venir me chercher, m'empoigner de force et me jeter sur son épaule pour me traîner jusqu'à son antre. Désespéré d'avoir été oublié, gêné d'être à ce point quémandeur, j'aurais voulu m'enfuir pour ne pas avoir à l'affronter ce matin-là.

Une poigne d'acier se refermant autour de mon biceps me ramena à la réalité. C'était l'oncle de Rand.

— Ça va ?

— Oui, monsieur, répondis-je, avec un sourire.

En suivant Tyler, j'examinai en même temps les alentours du ranch. La maison que nous venions de quitter était superbe, tout comme les autres bâtiments : l'écurie, l'étable et le dortoir où résidaient les six hommes qui travaillaient sur place. L'ensemble était chaleureux et vivant. Je m'apprêtai à tourner à droite, vers l'étable, quand Tyler me retint une fois encore par le bras.

— Où tu vas ?

Je désignai du menton le bâtiment de bois.

— À la grange.

— Ce n'est pas là qu'ont lieu les naissances. Tu n'y trouveras que des tracteurs et des engins agricoles.

Le vieil homme s'amusait beaucoup à me taquiner. Sans répondre, je lui emboîtai le pas. Il n'enleva pas sa main de mon épaule. Et la sensation était agréable.

Peu à peu, je sentis s'évaporer la tension qui me restait de la nuit.

Je somnolais sous le porche de chez Tyler quand j'entendis mon nom. Relevant la tête, je vis Rand debout contre la rambarde. Il fronçait les sourcils. Je me contentai d'attendre en silence.

— Qu'est-ce que tu fous ici, bordel ?

Aucun bonjour, juste une brutale inquisition.

— Sympathique, marmonnai-je, en refermant les yeux.

— Stef ! beugla-t-il.

— Je me repose.

Je voyais mal pourquoi je me donnais la peine de lui répondre tellement ça paraissait évident. J'étais quasiment prêt à sombrer dans le coma.

— Il y a des heures que Charlotte te cherche partout !

Avec un grognement, je laissai ma tête retomber en arrière.

— Bon Dieu, Stef, continua Rand, mais qu'est ce qui…

— Rand, pourquoi tu hurles ? cria tout aussi fort l'oncle Tyler depuis la maison.

Peu après retentit l'horrible grincement qui annonçait l'ouverture de la porte grillagée. La voix du vieil homme devint plus audible.

— Ce garçon a bien travaillé ce matin. Fiche-lui la paix, Rand Holloway.

— Pourquoi est-il trempé ?

— Parce que je l'ai arrosé au tuyau avant de l'autoriser à revenir à la maison. Il était dans un sale état.

— Pourquoi ? insista Rand.

J'entendis le talon de ses bottes claquer sur le bois quand il traversa le porche pour s'approcher de moi.

— Eh bien, dit Tyler, je suis allé à l'étable ce matin. Chase m'avait prévenu qu'une vache s'apprêtait à vêler…

— Oui, je sais, coupa Rand. J'ai dit à Pete de…

— Sauf que Pete n'était pas là.

Je faillis m'assoupir dans le silence qui suivit.

— Quoi ?

La voix de Rand, basse et menaçante.

— Pete n'est pas rentré cette nuit, patron. Une fois de plus, il a roupillé je ne sais où. Donc, j'ai été moi-même prévenir Mac – et je te signale que ce n'est plus mon boulot, parce que je ne suis plus ton contremaître. Mac a fait ce que j'aurais fait à sa place : il a viré ce bon à rien de Pete dès qu'il s'est pointé après sa nuit de débauche.

— Merde ! grogna Rand.

— 'Merde' me paraît un bon résumé de la situation. Tu es vraiment nul pour juger un homme, Rand Holloway. Laisse Mac se charger de tes futurs entretiens d'embauche.

— Tu as peut-être raison.

— Bien sûr que j'ai raison ! J'ai toujours raison et personne ne m'écoute. Bon, Pete est parti, mais Chase a un cousin qui cherche du boulot, alors…

— Qu'est-ce que tout ça a à voir avec Stef ?

Ça ne me gênait pas qu'il parle de moi comme si je n'étais pas là. D'ailleurs, je n'avais pas l'intention de lui parler. Je n'étais rien pour lui, n'est-ce pas ? Il ne s'était même pas donné la peine de me chercher avant d'aller se coucher. Je ne comptais pas.

— Eh bien, quand je suis passé à l'étable, je n'ai trouvé que Chase, aussi j'ai demandé à Stef de nous aider. Tu sais, je ne suis plus tout jeune, Rand, je n'ai plus la force de délivrer un veau. Ça me casserait le dos.

— Et merde ! Pourquoi personne ne m'a prévenu ?

— Comme je suis en train de te l'expliquer, nous n'avions pas tellement de temps à perdre. Le veau arrivait – en plus, il était mal positionné. Quand j'ai compris qu'il fallait le retourner, je... enfin bref, tu sais comment ça se passe.

— Et alors ?

— Et alors, Stef s'est débrouillé comme un chef. La mère et l'enfant sont en parfaite santé.

— Vous n'avez perdu aucun des deux ?

— Aucun, patron. Nous avons été brillants ! Quelle équipe, un vieillard, un pied tendre, et... t'es quoi au juste, Stef ?

— Responsable des acquisitions.

— Un... comme il a dit.

— Et c'est Stef qui a sorti le veau ?

— Absolument.

J'ouvris les yeux en sentant le poids d'une main sur mon épaule. Je fus remercié de mes efforts par le sourire de ce visage penché sur moi.

Zut. Rien qu'en regardant Rand Holloway, j'avais l'estomac serré. Je pouvais me raconter des bobards mais en vérité, je *voulais* qu'il tienne à moi ; je *voulais* compter pour lui. J'avais *besoin* de savoir que je lui manquais quand je n'étais pas à ses côtés, près de son cœur.

— Tu t'es retrouvé couvert de sang et de merde, pas vrai ?

Je grognai. Le miracle de la vie était merveilleux, d'accord, mais aussi dégoûtant. J'eus un petit sourire avant de déclarer :

— Il est adorable, Rand. Tu devrais le voir. Je l'ai appelé Phil.

Il eut l'air horrifié.

— Pardon ?

— J'ai trouvé qu'il avait une tête à s'appeler Phil.

Rand se tourna vers son oncle.

— C'est une plaisanterie, j'espère.

Quand je regardai à mon tour Tyler, je le vis hausser les épaules.

— Je ne vois pas où est le problème. Ce garçon t'a sauvé une vache et son veau. Il avait envie de nommer ce satané bestiau, j'ai accepté.

Rand émit un son étouffé avant de reporter son attention sur moi.

— Tu as une tête à faire peur.

Ça, je n'en doutais pas. J'avais été aspergé d'eau, mais il me restait des trucs gluants collés dans les cheveux. En plus, je puais, quelque chose de sévère. Mon tee-shirt, initialement blanc, était devenu marron-rouge – et bon à jeter. Il me faudrait laver mon jean plusieurs fois avant de le récupérer. Quant à mes bottes, je les avais déjà balancées.

— Tu dis que Mac a viré Pete ? insista Rand auprès de son oncle.

— Oui patron, absolument, et ce n'est pas trop tôt, si tu veux mon avis. Il a quitté le ranch il y a plus d'une heure. C'est Everett et Jackson qui l'ont emmené.

— Mac a pensé à lui payer son solde ?

— J'en suis quasi certain, mais c'est à lui que tu devrais poser la question, pas à moi.

— Bien. Maintenant, dis-moi, qu'est-ce que toi et ton copain Stef comptez faire à présent ?

— Tu n'as aucune raison de nous servir ton baratin en te comportant comme un…

Rand soupira.

— Désolé. Je ne faisais aucune insinuation.

— Pour ton information, ta mère va nous apporter à manger, à Stef et à moi. Et nous avons bien mérité une bière.

Tout à fait d'accord, je tendis la main, pour récupérer la Budweiser que Tyler me tendait. Rand s'accroupit à côté de ma chaise.

— Je reviens tout de suite avec la sauce salsa, annonça Tyler. C'est une petite que je connais à Guthrie qui la cuisine pour moi. Elle est vraiment délicieuse.

— Elle est surtout très forte, grommela Rand les dents serrées.

— Qu'est-ce que tu racontes, gamin ?

Rand secoua la tête sans répondre. Peu après, la porte grillagée claqua derrière Tyler, qui retournait à l'intérieur. Le vieil homme était bien plus résistant que moi.

— Hé ?

Je tournai la tête pour regarder Rand. Il continua :

— Alors, tu as aidé une vache à mettre bas ce matin. Quel effet ça t'a fait ?

— Ça m'a donné sommeil, répondis-je avec un bâillement. Mais j'ai aussi envie de rester ici, au calme, avec ton oncle et ta mère.

— Pourquoi ne pas revenir jusqu'à la grande maison avec moi ?

— La grande maison, c'est la tienne ?

— Depuis quand chipotes-tu sur…

— Laisse tomber.

— Qu'est-ce qui se passe ?

— Rien.

— Écoute, Charlotte a besoin…

— Charlotte a ses demoiselles d'honneur et Ben. Elle n'a pas besoin de moi.

— C'est un peu excessif, non ?

Je pris une longue gorgée de ma bière et laissai ma tête retomber en arrière avant de fermer les yeux. J'étais tout à fait prêt à me détendre et à m'endormir.

— Sombre crétin ! Ma sœur a besoin de toi. Si tu n'es pas là, elle va craquer.

Non, Charlotte était dorénavant un roc. Elle s'était débarrassée de son fardeau. Elle ne sangloterait plus sur les programmes du mariage, sa robe, ou les fleurs. Elle était une femme libérée prête à déployer ses ailes.

— J'en doute beaucoup.

— Où étais-tu la nuit dernière ?

— Dans le salon.

— Pourquoi n'es-tu pas venu dans ma chambre ? Je t'ai attendu un moment, et j'ai fini par m'endormir.

J'ouvris les yeux pour le regarder.

— J'ai vérifié dans ta chambre, tu n'y étais pas.

— Quand ?

— Je ne sais pas trop. Vers une heure du matin, je crois.

— Je faisais rentrer les chiens et vérifiais que tout était en ordre. Tu aurais dû revenir plus tard, parce que j'y étais.

— Pourquoi n'es-tu pas venu me chercher ?

— Parce que c'est toi qui étais censé venir à moi.

— D'accord, mais…

— C'est toi qui voulais être dans mon lit, Stef. Pourquoi aurais-je dû aller te chercher ?

— Quand as-tu imaginé que je voulais être dans ton lit ?

Il eut un sourire démoniaque.

— Oh, je ne sais pas, peut-être quand tu m'as laissé te baiser sur mon porche. J'ai pensé que tu serais mieux dans mon lit.

— Vraiment, c'est ce que tu as pensé ?

Une fois de plus, il s'octroyait un droit sur moi. Et ça ne me plaisait pas du tout.

Il étouffa un ricanement.

— Bon sang, tu es plutôt susceptible !

— Fiche le camp ! grommelai-je.

J'étais bien trop fatigué et à cran pour continuer à discuter. Je jetai un regard vers la maison, espérant voir sa mère en sortir.

Rand posa la main sous mon menton et me força à ramener les yeux vers lui.

— Tu es froid comme la glace. Tu es entêté. Tu es de loin l'homme le plus entêté que j'aie jamais rencontré.

Je le croyais sur parole. Il continua :

— Bon Dieu, Stef, je promets de ne pas te considérer comme acquis si tu avoues que tu m'apprécies, même un tout petit peu.

Je restai rivé à ses yeux d'un bleu électrique.

Ses doigts glissèrent le long de ma mâchoire pour caresser ma gorge, avant de revenir à mes lèvres.

— Cette nuit, après le mariage, quand tout le monde sera parti, je te ramènerai ici, dans mon ranch, et je te mettrai dans mon lit.

Je poussai un grand soupir.

— Ça paraît tentant, admis-je.

Ses prunelles étincelèrent.

— Vraiment ? Tu trouves ça tentant ?

Je grognai.

— Le Texas peut te réserver bien des surprises, Stefan Joss.

— Oh mon Dieu ! s'exclama tout à coup sa mère derrière lui. Stefan Joss, mais qu'est-ce que t'a fait mon beau-frère ?

Rand se releva avec un éclat de rire et répondit :

— Il est juste couvert de sang et de bouse, maman, ce n'est rien du tout.

— D'accord, mais... Tyler !

Elle hurla en direction de la maison et repartit avec son plateau dans les mains. Elle se trouva bloquée devant la porte

— Rand, ouvre-moi cette porte, ordonna-t-elle. Tyler !

Je vis avec amusement Rand obéir prestement à sa mère et lui tenir l'écran grillagé. Puis la voix de May Holloway résonna dans la maison.

— Tyler, qu'est-ce que tu as fait à Stefan ? Il n'est pas à toi, il est à Charlotte. Tu n'avais aucun droit de…

La suite fut inaudible.

Rand souriait en traversant le porche de son oncle.

— Je ne vais pas dire à Charlotte que tu es chez Tyler, mais je te conseille de revenir chez moi dès que tu auras fini de manger, compris ? Ils ne vont pas tarder à partir, et tu partiras avec eux.

— Bien entendu, mentis-je.

Il me désigna du doigt.

— Arrête de jouer au con. Cette journée ne t'est pas consacrée, Stefan Joss, elle est entièrement dédiée à Charlotte. Il faut que tu sois à sa disposition, comme nous tous. Si tu te comportes en salaud égoïste, tu ne te le pardonneras jamais.

Je me rassis d'un mouvement vif.

— Écoute…

— Non, coupa-t-il, c'est à toi de m'écouter. Tu as raison, Charlotte n'a sans doute plus autant besoin de toi, du moins plus de la même façon. Il y a des choses qu'elle ne partagera qu'avec Ben…

— Je sais ! aboyai-je. Qu'est-ce que tu crois, je…

— Laisse-moi finir.

Je savais très bien que ma relation avec Charlotte ne serait plus jamais la même. Il n'avait pas besoin de remuer le couteau dans la plaie.

— Tu ne lui appartiens peut-être plus, mais tu as autre chose dans la vie. Ma mère se trompe.

Il descendait déjà les marches du porche, prêt à s'en aller.

— Quoi ?

Je me redressai et m'appuyai à la rambarde, pour pouvoir le regarder de haut.

— Rand ? insistai-je.

Il se figea et m'examina.

— J'ai entendu ce que ma mère a dit à Tyler. Ce n'est pas vrai.

— Oh.

Je ne pus rien dire de plus, parce que le regard qu'il me jetait transformait mes jambes en gelée.

— Tu n'appartiens pas à Charlotte, Stef. C'est à moi que tu appartiens.

Je déglutis, la bouche sèche et la gorge serrée.

— Tu ne devrais pas…

123

— Mange, et ramène vite fait ton cul jusqu'au ranch. Tu n'as pas intérêt à mettre en colère une femme le jour de son mariage. Je peux t'assurer qu'elle a perdu le sens de l'humour.

J'aurais voulu lui répondre, mais il s'éloignait déjà. Il marchait très vite, en sifflant ses chiens. Ils déboulèrent tous ensemble à travers le paddock pour répondre à son appel. Je regardai Rand s'agenouiller et les caresser, et je vis la joie que provoquaient ses attentions. Si j'avais eu une queue – *d'un autre genre, s'entend* – je l'aurais moi aussi agitée chaque fois que cet homme m'approchait…

— Stef, mon chou, viens déjeuner.

Je me ruai presque à l'intérieur de la maison.

JE TROUVAIS tout à fait charmant que toute la famille Holloway ait un jour vécu au ranch. Le père de Charlotte en était alors le propriétaire et son frère, Tyler, le contremaître. Il vivait au même endroit qu'aujourd'hui. Quand il s'était retiré de son poste, Rand n'avait pas réclamé qu'il libère la place pour le nouveau contremaître, Mac Gentry. Il avait fait construire une nouvelle maison, et laissé à Tyler la jouissance de la sienne. Il savait bien que le vieil homme aurait souffert de devoir quitter les lieux. Et puis, Tyler adorait son autonomie. En ce moment, il courtisait une veuve de Drumont, et c'était pour lui un avantage de ne pas partager un foyer avec Rand. Le vieil homme préférait ne pas avoir son neveu dans les pattes. D'après lui, Rand était bien trop casanier : il ne quittait jamais son ranch !

Tyler s'en plaignit à sa belle-sœur, au cours du repas.

— Il ne fait rien d'autre que travailler sans jamais sortir. Tu veux mon avis, May ? Ton garçon a besoin d'une compagne.

— Il a besoin de quelqu'un, je sais, acquiesça-t-elle, mais nous avions tous pensé que Jenny serait parfaite pour lui. Et regarde comment ça a tourné.

Tyler se gratta la tête.

— Je sais. J'avoue que je n'ai toujours pas compris ce qui s'est passé. Cette petite paraissait très bien : institutrice, femme d'intérieur… élevée dans un ranch. Pourtant, quelque chose n'allait pas. Je ne sais pas trop quoi, d'ailleurs.

— Tu ne te souviens pas ? s'enquit gentiment la mère de Charlotte. C'était la façon dont il la regardait. Il l'a appréciée dès le départ, il lui souriait dès qu'il croisait son regard, mais le problème était qu'il cessait de sourire dès qu'elle ne le regardait plus.

— Je ne vois pas du tout où tu veux en venir.

— Elle pense à Ben, expliquai-je à Tyler. Chaque fois qu'on le surprend à regarder Charlotte, même quand elle n'en est pas consciente, il... il sourit avec des yeux de merlan frit. Vous savez combien il est fou d'elle.

— Exactement, approuva May. C'est ce que je voulais dire.

Tyler leva les yeux au ciel.

— Bon, je ne comprends pas trop ce que vous racontez, mais à mon avis, c'était un problème de sexe.

Je m'en étranglai avec mon thé glacé.

— Ty ! s'écria May Holloway, offusquée.

— Le jeune homme n'appréciait pas de coucher avec sa propre femme. Je le sais, elle en a parlé autour d'elle, et le bruit s'est vite répandu. Elle le désirait, mais ce n'était pas réciproque. Je ne peux pas être plus clair, hein ?

— Tyler Wade Holloway !

Quand il leva les mains au ciel, j'éclatai de rire.

— Moi je dis ça comme ça, insista le vieil homme. Peut-être qu'elle n'était pas son genre. Elle n'avait pas beaucoup de poitrine pour une femme. Peut-être que Rand préfère les modèles mieux rembourrés.

Je riais si fort que je m'en étranglais, et voir May taper sur Tyler avec sa serviette ne m'aida pas vraiment à retrouver mon calme.

Après le repas, je proposai de faire la vaisselle, mais mon offre fut déclinée... deux fois. Alors, au lieu de m'attarder devant l'évier, j'étais assis avec Tyler sous le porche quand Ben se pointa, son copain Nick sur les talons.

En guise de salutations, Tyler et moi agitâmes nos bouteilles de bière. La journée était belle, il n'était que treize heures. J'avais bien occupé ma matinée à faire naître un veau, avant de boire, manger et rire avec deux des personnes que je préférais au monde. Il me parut étrange que May, la mère de la mariée, ait choisi de passer près d'une heure avec moi et non avec sa fille. Peut-être qu'elle aussi se sentait inutile ?

— Bordel, mais qu'est-ce que tu fous ? hurla Ben dès qu'il grimpa les trois marches du porche. Tu es devenu complètement con ou quoi ?

Je me contentai de le fixer.

125

— Stef, vire ton cul de là et ramène-toi d'urgence. Nick et moi allons partir, et tu sais qu'il y a une bonne heure de route jusqu'à l'auberge. Nous devons nous préparer. Charlotte t'attend.

— La cérémonie n'est qu'à dix-huit heures, signala Tyler dans un bâillement. De quoi Charlotte peut-elle bien avoir besoin si longtemps avant ? Si tu veux mon avis, un petit coup de tequila l'aiderait sans doute à se calmer.

Je marquai mon approbation d'un hochement de tête.

Ben me menaça de son doigt pointé.

— Tu te comportes vraiment comme un abruti. Je ne sais pas pourquoi, mais c'est nul.

— Écoute… les filles doivent bientôt aller dans un salon pour se faire coiffer, manucurer, et tout le tralala, non ? Pourquoi auraient-elles besoin de moi pour ça ?

— Je croyais que vous autres aimiez bien vous faire pomponner.

Je ne daignai même pas répondre à ce commentaire. Au lieu de ça, je fixai à nouveau le ciel et sa mer de nuages.

— Allez, les enfants, rentrez chez vous, grogna Tyler. Laissez les hommes tranquilles.

Ils s'en allèrent sans un mot de plus. Peu après, la mère de Charlotte prit un siège à mes côtés. Elle me tendit une part de crumble aux pêches.

Quand je tournai la tête, elle eut un sourire chaleureux.

— Charlotte et toi n'avez même pas eu droit à une dernière nuit ensemble. D'après ce que j'ai compris, c'est parce qu'elle a tenu à raconter ce qui était arrivé à Ben et à Rand la nuit où elle a été attaquée, il y a des années de cela.

J'en perdis le souffle.

May désigna Tyler du menton.

— Nous sommes tous les deux au courant. Je lui en ai parlé quand l'hôpital m'a téléphoné. Tu sais, Stef, Charlotte était couverte par mon assurance-maladie.

Je ne m'étais jamais posé cette question : qui avait réglé la facture de Charlotte quand elle avait dû aller à l'hôpital pour un examen complet ? Je n'y avais jamais réfléchi.

— Je suis désolé.

— De quoi ? D'avoir sauvé la vie de mon bébé ? Ce matin, quand je lui ai posé la question, Rand m'a affirmé que c'est exactement ce que tu as fait. Serais-tu désolé d'avoir aidé Charlotte à payer ses études ? Ou bien d'avoir été présent pour elle quand sa famille ne le pouvait pas ? Ou encore d'être le seul sur qui elle ait toujours pu compter, le seul à se préoccuper avant tout de ses intérêts ? Explique-moi au juste de quoi tu es désolé…

Je ne pouvais plus parler.

— Peut-être es-tu simplement désolé de manger du crumble aux pêches avec une bière. C'est ça ?

Je lui adressai un sourire, même si je la voyais à peine à travers les larmes qui me noyaient les yeux.

— Oui madame, c'est ça.

— C'est bien ce que je pensais.

Elle s'installa plus confortablement dans son fauteuil à bascule.

— Avez-vous fini de bavasser tous les deux ? se plaignit Tyler.

Il ne l'aurait jamais admis, mais il avait bien envie d'une petite sieste.

Alors que je commençais mon dessert, je sentis la mère de Charlotte me tapoter gentiment la jambe.

VERS SEIZE heures, je retournai enfin à l'auberge où aurait lieu la réception du mariage. Je fis le trajet avec la mère de Charlotte. Avant de quitter le ranch, j'avais été voir Phil, histoire de m'assurer que tout allait bien pour lui. Le veau paraissait plus en forme que moi : plus propre, avec une meilleure odeur. Je promis à Tyler que nous nous ferions des shots de tequila au mariage et il m'assura qu'il m'obligerait à tenir parole.

Je trouvai toutes les demoiselles d'honneur dans la véranda de la maison, qui surplombait un lac artificiel. La vue était superbe et les filles magnifiques. J'agitai la main dans leur direction, mais je ne pus arriver jusqu'à l'escalier.

— Stefan ! aboya Alison. Où étais-tu ? Charlotte est dans un état lamentable. Elle n'est ni coiffée ni maquillée…

Je lui jetai un regard menaçant.

— Alors lève-toi et va l'aider. Vous devriez toutes…

— Stef !

Nous levâmes les yeux ensemble. C'était Charlotte, en haut des marches, avec une tête à faire peur. Les cheveux noués au sommet de la tête, les yeux rouges et gonflés, elle ne portait pas une trace de maquillage.

— Qu'est-ce que tu fais ? demandai-je, en grimpant les escaliers.

— C'est parce que tu crois que je n'ai plus besoin de toi, renifla-t-elle. Comment peux-tu… Je n'ai jamais pensé, ne serait-ce qu'une seconde, que tu me croies capable d'être comme tout le monde.

— Mais de quoi tu parles ?

Je m'étais figé, une marche en dessous d'elle.

Elle me regarda dans les yeux.

— Au fond de toi, tu penses que tout le monde t'abandonnera un jour ou l'autre. Personne n'est là pour le long terme. Alors, à la seconde où tu imagines que quelqu'un tient un peu moins à toi, quand tu penses qu'on n'a plus besoin de toi, tu disparais. De manière définitive. Tu es très doué pour disparaître, Stefan Joss. Je t'ai vu le faire sans arrêt à l'université. Encore aujourd'hui, des gars que j'ai croisés une fois ou deux m'appellent et me demandent ce qu'ils ont fait de mal, et pourquoi tu ne réponds plus à leurs appels ou à leurs emails. Tu sais, j'ai eu Cody au téléphone, il n'y a même pas une semaine. Il voulait savoir ce qui s'était passé. Il dit que tu n'as pas vraiment rompu avec lui. Tu t'es contenté de disparaître.

— Je n'ai pas rompu avec Cody parce qu'il voulait me quitter.

— Techniquement, tu n'as *jamais* rompu avec lui.

— Il en attendait trop de moi… bien plus que je n'étais prêt à donner.

— D'accord, peu importe. Mais tu as juste disparu, sans explication.

Je fronçai les sourcils.

— Et que veux-tu démontrer avec ça ?

— Je ne veux pas que tu me traites comme ça ! hurla-t-elle.

Dès que je fis le dernier pas vers elle, elle me sauta dans les bras et s'agrippa désespérément à moi, avant d'éclater en sanglots.

— Bon Dieu, Charlotte, grommelai-je.

Je la soulevai, et elle enroula les jambes autour de ma taille pour que je puisse l'emporter dans le couloir.

— Tu n'as pas besoin d'être mon chevalier servant pour que je t'aime. Parce que je t'aime, Stef ! Je t'aime désespérément, et je t'aimerai toujours !

Elle pleurait, le visage enfoui contre mon épaule, ses larmes mouillant mon tee-shirt croupi.

— Et je ne t'aime pas seulement pour m'avoir sauvée, pas seulement pour ce secret que nous partagions, mais pour tout le reste… pour tout ce que nous avons vécu ensemble.

J'avais bien conscience de quitter les gens avant qu'ils ne puissent le faire. C'était nul, mais c'était quand même ma réaction. Ma mère était la seule à m'avoir abandonné la première. Après cette expérience, je n'avais plus jamais donné à autrui un tel pouvoir sur moi.

— Nous nous connaissons si bien, poursuivit Charlotte. Nous avons tellement partagé tous les deux... Nous sommes bien plus que de simples amis, Stef. Je sais que tu préfères le calme le matin ; tu sais exactement comment je bois mon café ; tu sais que j'aime les cornichons et pas les concombres. Je me souviens de la façon dont tu m'as serrée contre toi, la nuit où j'ai été attaquée... tu m'as fait du thé quand tu m'as ramenée chez toi... Je me souviens de m'être pelotonnée dans tes bras, sous la couverture. Je me sentais en sécurité. Oh, Stef, comment peux-tu croire que je puisse me passer de toi ? Que je puisse ne plus te vouloir à mes côtés, ne plus t'aimer ? Bordel, tu penses vraiment que c'est possible ?

Non. La réponse était : ce n'était pas possible. J'étais une valeur permanente. Je serrai si fort ma meilleure amie qu'elle en lâcha un pet.

— Charlotte !

Cessant immédiatement de pleurer, elle éclata de rire. Quand je la reposai à terre, elle riait tant qu'elle n'arrivait plus à respirer.

— Tu es répugnante !

Elle renversa la tête, les larmes dégoulinant sur ses joues. Et elle riait, riait. En me retournant, je vis tous les invités réunis dans le couloir.

— Vous êtes vraiment tarés, grommela Ben.

— Pas moi ! répondis-je, ulcéré. Juste ta copine !

À la façon dont Ben nous regardait, je sus qu'il ne comprenait pas trop la relation que Charlotte et moi partagions.

— Vous feriez mieux de vous magner tous les deux ! beugla-t-il. Je vous signale que la cérémonie ne peut pas commencer sans vous.

C'était la vérité, aussi j'empoignai la main de Charlotte et la tirai derrière moi jusqu'au bout du couloir. Elle inspira longuement, et s'étouffa tout à coup.

— Quoi encore ? demandai-je.

Elle fit une grimace et me désigna.

— Je ne sais pas. Qu'est-ce qu'il y a sur ton tee-shirt ?

— Pourquoi ?

— Parce que ça pue.

— Oh. J'ai aidé un veau à naître ce matin.

— Et tu m'as laissée te toucher ? Oh mon Dieu ! Il faut que je reprenne une douche.

— Désolé. Une naissance est une expérience à la fois magnifique et dégoûtante.

Elle ramassa quelque chose sur mon tee-shirt.

— Ouais, c'est ce que je constate. Beurk.

LORSQUE J'AIDAI Charlotte à s'installer sur le siège arrière de la limousine, j'entendis un cri étouffé derrière moi, ce qui me poussa à relever la tête. Je me figeai en voyant l'expression de Tina Jacobs.

— Quoi ?

— Tu es… superbe !

Je fus surpris de sa remarque. Charlotte était belle à tomber, c'était elle qu'il fallait admirer.

— Tu parles d'elle.

— Quoi ?

— Char, insistai-je. Elle est magnifique.

— Oui, bien sûr, mais… bon sang, Stef !

Il me fallut une seconde, mais je finis par déchiffrer le regard qu'elle posait sur moi. Aussi, je levai un sourcil amusé.

— Oui, je ne suis pas mal non plus.

Elle en resta bouche bée.

— Tu es vraiment sublime, m'assura Kristin. Et tes cheveux sont… waouh !

— Stef, tu es si beau ! haleta Alison.

— Et moi, alors, je compte pour du beurre ?

Nous nous retournâmes tous vers la mariée. Et je me moquai d'elle.

— C'est toi la star, tu as besoin que nous te le rappelions ?

Elle montra les dents, ce qui jurait de façon comique avec son élégance.

— Rien ni personne ne peut rivaliser avec toi, Char, insistai-je. Tu es rayonnante.

— Apparemment, je ne fais que renvoyer ton éclat !

Elle gesticula en indiquant ses demoiselles d'honneur qui me dévisageaient toujours avec de grands yeux.

— Pour ne pas me voler la vedette, continua Charlotte, tu aurais dû garder cet affreux habit queue-de-pie que portent les autres garçons d'honneur.

Je haussais les sourcils dans sa direction.

— Tu me connais, tu sais bien que j'aime être différent.

Elle leva les yeux au ciel et ses demoiselles d'honneur gloussèrent de concert.

Peu après, à l'entrée de l'église, alors que je m'apprêtai à aller prendre ma place, Charlotte m'en empêcha en s'agrippant au dos de mon smoking.

Je pivotai vers elle pour dire fermement :

— Ce n'est pas le bon moment pour changer d'avis.

— Non, ce n'est pas ça… Je voulais juste te dire que tu es superbe. Désolée, j'aurais dû le faire plus tôt.

Je savais bien que mon smoking – marron glacé à revers gris perle – m'allait à merveille. J'avais demandé à mon assistante, Christina Wu, de passer le récupérer chez moi et de me l'envoyer par colis express. Mais il était plutôt bizarre que Charlotte choisisse de me faire un compliment au moment où elle était censée entrer dans l'église.

— Char, laisse-le passer devant, déclara l'oncle Tyler. Il doit t'attendre devant l'autel.

Charlotte avait demandé à son oncle de remplacer son père à son bras, le jour de son mariage. Jusque-là, Tyler avait sans doute considéré cette tâche comme un honneur. En la voyant aussi déraisonnable, il me jeta un regard inquiet.

Charlotte se tourna tout à coup vers moi et demanda :

— Tu ne ressens rien d'étrange ? Tu sais, je n'ai jamais envisagé que tu puisses trouver cette situation étrange.

Par définition, une révélation arrive toujours sans préavis, aux moments les plus incongrus. Je compris donc, à cet instant précis, que jamais je ne perdrais ma place dans la vie de Charlotte. Elle avait besoin de moi pour rester saine d'esprit. J'étais son ancre. Bien sûr, il y aurait certains aspects de son existence dont je ne saurai rien – ceux qu'une femme ne partage qu'avec son mari – mais je resterais malgré tout en lice pour l'aider à traverser les épreuves, comme celle qu'elle affrontait actuellement.

Je lui pris le visage à deux mains et m'approchai d'elle pour la regarder droit dans les yeux.

— Char, je vais très bien. Tu me connais, je n'ai jamais eu peur de la foule. C'est toi qui as parfois des accès de panique.

Elle haletait déjà.

— Peut-être… Un peu…

— Qu'est-ce qui t'inquiète ? Traverser l'église ?

J'étais quasiment certain que le problème était là.

131

— Oui… Je crois… Oui.

Je la comprenais. Il n'est pas si facile de marcher lentement, sous l'attention générale, dans une allée centrale, avec tant d'occasions de se ridiculiser, se tordre la cheville, et tomber. Charlotte était maladroite à l'extrême. Elle ne cessait de trébucher. Quand nous étions à l'université, je passais mon temps à la rattraper.

En fixant ses grands yeux bleus affolés, j'eus une idée saugrenue.

Nous nous élançâmes ensemble, au pas de course, la vitesse lui laissant moins de temps pour paniquer. À défaut de perfection, Charlotte aurait l'originalité. Elle était du genre 'tout ou rien'.

Personne n'eut le temps de se lever pour voir passer la mariée : nous étions déjà arrivés devant le révérend Ellis. Si Ben ne retint pas son sourire béat, Nick secoua la tête. Quant au révérend, après un moment de stupeur, il resta sans voix, tout ébahi, se contentant de fixer le couple devant lui. Je pris l'initiative d'avancer pour poser la main sur son épaule, et lui conseiller de continuer.

Nous rendions chèvre ce pauvre homme.

— Hum… Très bien… Où est la famille de la mariée ?

La mère de Charlotte, au premier rang de l'assemblée, eut un petit rire avant de déclarer :

— Il y a moi, son frère…

Elle se retourna,

— … et son oncle, mais il n'est pas encore arrivé.

Le révérend leva les yeux vers le vieil homme qui se hâtait dans l'allée centrale. Tout en agitant la main pour qu'on ne l'attende pas, Tyler grommela :

— Personne n'a compté : 1, 2, 3 ! Ils ont juste détalé.

Un éclat de rire général lui répondit. Quand je me tournai vers Charlotte, je l'entendis soupirer, puis elle eut un grand sourire. Je la savais heureuse. Pour moi, c'était le principal. Surtout le jour de son mariage.

Après la cérémonie, il y eut la séance photo. Charlotte avait refusé d'en prendre d'elle avec Ben avant le mariage – elle prétendait que ça portait la poisse. Aussi, pendant que tous les invités attendaient, le couple posa, encore et encore.

— Stef !

Occupé à surveiller la façon dont la famille de Ben traitait Charlotte, je n'avais pas remarqué Rand qui se trouvait derrière moi. Je l'accueillis d'un sourire, puis je m'adressai à sa mère et à son oncle Tyler, qui l'accompagnaient :

— Vous êtes prêts, j'espère ? C'est ensuite à votre tour d'être photographiés.

Rand tendit la main pour effleurer le revers de ma veste.

— Je pense que tu devrais venir avec nous pour la photo de famille.

— Oh non, dis-je, secouant la tête. Je serai sur la photo des amis de la mariée. Ça suffit.

— Pas du tout, insista May Holloway. Je te veux avec nous, Stef.

Je levai les yeux sur Rand. Il fit un pas de plus vers moi, sa main se posant sur ma gorge d'un geste nonchalant. Je ne sus pas trop d'où provenait mon émotion, mais tout à coup, je ne pouvais plus respirer.

— Moi aussi, je te veux, dit-il, d'une voix basse et rauque. Viens avec nous.

Quand le photographe appela la famille de la mariée, Charlotte hurla mon nom :

— Stef, viens ici !

Ce qui, bien entendu, coupa court à toute protestation de ma part.

Prenant place sur l'estrade à côté de Rand, je le regardai et souris.

— Tu es superbe.

— Vraiment ?

— Absolument.

Je profitais de ce moment où personne ne nous regardait pour effleurer du doigt la cordelette de sa bolo [22].

— Cette cravate est une idée géniale. Tu es vraiment le seul à oser ne pas mettre un nœud papillon avec un smoking Armani. Ce style te sied à ravir.

Quand il se tourna vers moi, je ne pus m'empêcher de rire.

— Quoi ? insistai-je, en baissant la voix. Tu sais bien que tu es l'homme le plus beau que j'aie jamais vu.

Devant son expression stupéfaite – que je savais avoir provoquée – un éclair de chaleur me traversa.

— Regardez-moi tous ! cria le photographe.

Avec un soupir, je m'intégrai davantage au groupe.

— Stef.

---

22 Cravate traditionnelle du cow-boy : une cordelette attachée par une agrafe ornementale (NDT).

Je jetai à Rand un regard interrogateur. Il avait la mâchoire crispée quand il déclara :

— C'est vraiment difficile pour moi de garder les mains... loin de toi. Je ne peux pas te laisser m'échapper... Je ne le ferai pas.

Alors que je fixais à nouveau le photographe, j'entendis Rand haleter dans mon dos... comme s'il avait du mal à remplir ses poumons d'oxygène. Et je trouvais plutôt satisfaisant d'en être la cause.

Charlotte était au premier rang. Elle et moi étions séparés par de nombreux oncles, tantes, cousins et cousines. Elle me tournait le dos et, en principe, ne pouvait voir ce que je faisais. Et pourtant, elle me menaça :

— Stefan Joss, tu as intérêt à sourire. Je ne veux pas te voir tirer une sale tronche.

J'ouvrais la bouche pour répondre quand une grande main chaude se posa sur mon fessier.

— Je souris, couinai-je. Je te le jure, Char, je souris.

Son grognement sceptique provoqua l'hilarité générale.

Ce n'était pas un mariage, mais un triathlon !

Il y eut d'abord la première danse, celle des nouveaux mariés, suivie de nombreux discours ; puis la mariée dansa avec son oncle et Ben avec sa mère ; puis chacun, à tour de rôle, eut droit à son moment de gloire. Ensuite, le dîner... et d'autres danses ; puis l'arrivée du gâteau, la découpe du gâteau, la jarretelle de la mariée, le lancer du bouquet... et d'autres danses. Seigneur, je n'étais pas là pour m'amuser, mais pour endurer cette épreuve, du moins, c'est ce que je ressentais. Bien sûr, le diaporama avait été réussi, les discours plutôt intéressants – même le mien – mais cinq heures après, j'en avais plus que marre. La cérémonie avait eu lieu à dix-huit heures, il était maintenant vingt-trois heures, et tout le monde continuait à faire la fête.

Passant près de moi, Nick me demanda :

— Alors, Stef, tu t'amuses ?

J'optai délibérément pour un mensonge.

— Bien sûr.

Le souffle court, il vida ce qui restait de sa bouteille de Heineken.

— Bon Dieu ! C'est le plus chouette mariage que j'aie jamais vu, le mien y compris.

D'après moi, cette opinion découlait surtout des boissons servies à volonté. Il restait une horde d'invités agglutinés sur la piste de danse. Personnellement, j'avais à peine eu le temps de danser. Charlotte m'avait chargé de gérer le photographe et le responsable de la vidéo, et de surveiller le service. De ce fait, j'avais été occupé pendant que les autres s'amusaient. Je m'en consolais en pensant à la confiance que la mariée m'accordait. Grâce à moi, elle profitait sans arrière-pensées de ce jour unique. Et puis, aucune danse n'étant réservée aux meilleurs amis, je ne manquais pas grand-chose.

J'aurais pourtant voulu voir Rand.

J'avais besoin de poser une marque sur cet homme, histoire d'indiquer à toutes les femmes de l'assistance qu'elles n'avaient aucune chance avec lui. Après ses avances durant la séance photo, il ne m'avait plus regardé. Chaque fois que je revenais dans la salle, je découvrais une nouvelle femme pendue à son bras. Il avait beaucoup dansé et flirté, toutes les demoiselles d'honneur de Charlotte s'étaient, à tour de rôle, assises sur ses genoux au cours de la soirée. En toute logique, je savais que ma jalousie était ridicule – du temps perdu ! – mais je ne pouvais m'en empêcher. La rage meurtrière qui enflait en moi ne répondait pas à la raison. J'en étais tellement troublé que je n'entendis pas la mère de Charlotte m'appeler. Elle dut me saisir par le bras pour me retenir au moment où je passais devant elle.

— Oh… désolé.

Je pris une profonde inspiration et me forçai à lui sourire.

— Mon chou, puisque Rand ne va pas tarder à s'en aller, pourrais-tu nous ramener au ranch, Tyler et moi, avec la voiture de Charlotte ?

Je fus surpris. *Rand avait parlé de rentrer au ranch avec moi, non ?*

— Rand s'en va ? Quand… Est-il déjà parti ?

D'un geste de la main, elle désigna quelqu'un derrière mon épaule.

— Non, dit-elle gentiment. Pas encore, mais il va partir avec Jenny. Et je pense que ça ne tardera pas.

En me retournant, je vis Rand tenir les mains d'une femme que je n'avais jamais rencontrée.

— C'est son ex ? s'enquit Ben.

Il venait de s'arrêter à mes côtés, la démarche un peu chancelante. Pour se stabiliser, il passa le bras sur mon épaule. Avec un petit rire, May Holloway tapota le dos de son nouveau gendre

— Oui, Benjamin, répondit-elle.

— Elle n'était pas sur la liste des invités, déclarai-je.

— J'ai demandé à Charlotte de la rajouter, expliqua May. Jenny et Rand se sont quittés bons amis. Et puis, elle a fait partie de notre famille, même si ça n'a pas duré longtemps.

Ben regarda sa belle-mère et demanda :

— Pourquoi est-elle est venue ? Pour une simple visite ?

— Je n'en ai aucune idée, soupira-t-elle. D'après ce que je vois, je dirais qu'elle envisage de rester un moment.

— Chère madame, accepteriez-vous de danser avec moi ?

Un immense sourire aux lèvres, Ben s'inclina très bas devant la mère de son épouse. Elle éclata de rire.

— Bien entendu.

Je la regardai placer la main au creux du coude de Ben et s'éloigner avec lui. J'étais à présent libre de surveiller Rand et son ex-femme.

Jenny Holloway était superbe, ce que personne n'avait encore mentionné devant moi. Avec sa haute taille, ses épais cheveux noirs, et ses yeux bleu pâle, elle aurait pu être mannequin. Elle possédait aussi de profondes fossettes, une peau lisse et crémeuse, et une minceur racée que sa robe mettait en valeur. Si on m'avait demandé d'imaginer la femme idéale pour Rand Holloway, j'aurais pensé à elle. Je la vis éclater de rire et essuyer du bout des doigts un peu de Chantilly sur la lèvre supérieure de Rand. Et je compris alors qu'elle passerait la nuit dans le lit de cet homme…

Je fus presque soulagé d'entendre mon téléphone sonner, et je m'écartai de la piste de danse pour y répondre.

— Stefan Joss ? demanda une voix de femme.

— Oui ?

— Ici Gracie Freeman.

Je quittai le chapiteau avec un soupir et fis quelques pas sur la pelouse. Il faisait plus frais maintenant que j'étais libéré de la foule.

— Bonsoir, Mme Freeman. Comment allez-vous ?

Je souriais en parlant. Cet appel me rappelait que j'avais une vie, loin des cowboys et de leurs ranchs, une vie que je retrouverais dans moins de quarante-huit heures.

— Je suis désolée de vous téléphoner aussi tard, Stefan, mais je devais vous parler.

— Non, cela ne me dérange pas. Auriez-vous un problème, madame ?

Elle reprit son souffle.

— Pourriez-vous revenir me voir à la première heure, demain matin, au lieu d'attendre jusqu'à lundi ?

— Est-ce que tout va bien ?

— Oui et non… Vous viendrez ?

J'étouffai un bâillement.

— Bien sûr. Je suis à votre disposition.

— C'est vrai ?

— Oui madame, certifiai-je. À quelle heure voulez-vous que je passe ?

— À neuf heures ?

— Très bien, je vous verrai donc demain matin à neuf heures.

— Oh, c'est merveilleux ! dit-elle, avec un soupir de soulagement. Je vous remercie, Stefan.

— Puis-je savoir ce que vous avez décidé de faire ?

— Oui, bien sûr. Je vais vous vendre mon ranch. J'en ai discuté aujourd'hui avec mes voisins, et ils se sont tous montrés très… persuasifs.

— Oh, pourquoi est-ce que je pressens un problème sous-jacent ?

— Non, non, gloussa-t-elle. Personne ne m'a menacée. Personne ne le fera.

— Très bien.

— Vous ne paraissez pas satisfait.

— Oh si, je suis satisfait, soupirai-je. Mais je suis également surpris.

— À dire vrai, moi aussi.

— Très bien, dans ce cas, je vous dis à demain, madame.

— À demain, Stefan.

Après avoir raccroché, je respirai plusieurs fois, puis je voulus téléphoner à mon patron pour le prévenir de la bonne nouvelle. Il ne répondit pas, aussi je lui laissai un message. Je ne pus m'empêcher de lui signaler que son mensonge était découvert : personne d'autre que moi n'avait rencontré Mme Freeman.

— Tu n'avais pas besoin de me raconter des craques pour m'envoyer voir cette charmante dame, dis-je, avec un rire dans la voix malgré mes sourcils froncés. Tu aurais pu me dire la vérité. Tu sais très bien que j'y serais quand même allé. Il y a quatre ans que nous nous connaissons, Knox, et j'aurais cru que tu me connaissais mieux que ça.

Une fois le message envoyé, je me tournai vers le chapiteau où la réception continuait. Je fus surpris de trouver Rand derrière moi, les yeux fixés sur moi. Il était à croquer. En cette fin de soirée, il avait déboutonné les manches de sa chemise et ouvert son col. Ainsi débraillé, avec ses cheveux noirs qui lui tombaient dans les yeux, il paraissait émerger d'une session sexuelle torride… Cette idée m'assécha la bouche.

— C'est toi qui as proposé de ramener ma mère et mon oncle au ranch ?

Cette question, posée d'un ton nonchalant, fut pour moi une illumination. En ce moment précis, je compris soudain ce que je représentais pour Rand Holloway.

Il ne s'était pas contenté d'écouter ce qu'on lui avait rapporté et de faire avec, et au lieu d'accepter ce que d'autres lui avaient dit, il était venu vérifier l'information auprès de moi. Nous avions des projets, et d'après ce qu'il savait, il était possible que j'aie changé d'avis après avoir écouté sa mère. Et moi, j'avais cru qu'il serait heureux d'être libre pour la soirée, parce que je l'avais vu tenir la main de son ex-femme un peu plus tôt. Nous avions tous les deux présumé de la situation. Mais avant de tout gâcher, avant de retomber dans notre ancienne ornière – affrontement et hostilité – juste avant que notre histoire s'achève, Rand était venu vérifier.

— Non, répondis-je. Ce n'est pas moi.

— Très bien.

— Et Jenny ?

Il s'éclaircit la voix.

— Jenny est venue s'assurer que tout allait bien pour moi. Elle compte se remarier.

Oh.

— Ta mère a pensé que tu voulais passer un moment seul avec elle… et que tu t'en irais plus tôt. Alors, elle m'a demandé de la ramener, avec Tyler, jusqu'au ranch.

Il hocha la tête et enfouit les deux mains dans les poches de son pantalon de smoking. Sans dire un mot.

— Très bien, continuai-je. Je vais donner les clés de Charlotte à ta mère. C'est toi qui me ramèneras ce soir. Je dois récupérer mes affaires et la voiture de location.

Le regard de Rand resta fixé sur moi.

— Ça te va ? insistai-je.

— Ouais, ça me va.

Il planta dans la terre le bout de sa chaussure, ce qui me fit baisser les yeux. J'adore un homme capable de porter un smoking avec des bottes de cowboy, parfaitement cirées. Oser un truc pareil n'est pas évident.

— Je viendrai te retrouver dès que Charlotte et Ben s'en iront, dis-je doucement.

— Très bien, répondit-il, avant de se détourner.

Et tout à coup, juste comme ça, tout était redevenu normal entre nous.

— Rand ?

Il se retourna pour me jeter un coup d'œil interrogateur.

— Merci d'être venu vérifier. Je ne l'aurais pas fait.

— Je sais, déclara-t-il, d'un ton sérieux.

Puis il changea manifestement d'avis parce que, au lieu de s'éloigner, il revint sur ses pas et parcourut les quelques mètres de pelouse qui nous séparaient.

Je le regardai s'approcher, en silence, un peu inquiet du froncement de sourcils qu'il arborait. Je finis par lui demander :

— Pourquoi es-tu en colère ? Je ne le suis pas, et je pourrais l'être.

Il s'arrêta à quelques centimètres de moi, si près que je voulus reculer d'un pas. J'en fus empêché par la main ferme qu'il posa sur mon bras pour me maintenir en place.

— Rand ?

— Pourquoi devrais-tu être en colère ? C'est toi qui te fais des films ! C'est toi qui imagines toujours le pire. J'ai le droit d'être en colère après ce que tu as pensé à mon sujet.

Maintenant, j'étais furieux, aussi je cherchai à me dégager, ce qui le força à resserrer sa prise.

— Oh ? aboyai-je. Et qu'est-ce que j'ai pensé au juste ?

Il crispa ses doigts sur mon bras et me plaqua contre lui. Je dus renverser la tête en arrière pour trouver son regard. Cet homme était immense, mais en ce moment, je n'avais pas besoin d'un tel rappel.

— Tu ne peux pas toujours penser le pire des gens, Stef. Pas avec moi en tout cas. Je ne suis plus en chasse.

Il me fallut un moment pour réagir.

— Quoi ?

— Tu sais très bien ce que je veux dire, gronda-t-il. Arrête d'imaginer des horreurs à mon sujet. J'ai un bon fond.

Il mit son autre main dans mes cheveux et tira dessus.

Au cours de la soirée, entre moi qui le croyais capable d'oublier nos projets et son ex-femme qui lui annonçait son remariage, Rand s'était rappelé qu'il pouvait être un vrai con s'il le voulait.

139

Je posai les mains sur ses hanches et les glissai sous sa chemise de smoking, pour atteindre sa peau brûlante et ses muscles tendus.

— Bien sûr que tu as un bon fond, dis-je. Et je suis désolé de ne pas être immédiatement venu te demander des explications. Je sais bien que je pense toujours au pire. Je l'ai toujours fait. C'est une sale habitude. Je vais essayer d'en changer. Pardonne-moi.

Je sentis ses muscles durcir sous la caresse de mes mains, j'entendis sa respiration s'altérer, et je vis le regard qu'il posa sur moi comme si j'étais sa subsistance. Je pris une grande goulée d'air, puis je me penchai et embrassai la veine qui gonflait sur son cou, là où battait son pouls.

Ensuite, je continuai :

— J'ai pensé que tu voulais peut-être avoir les jambes de Jenny enroulées autour de toi dans ton lit. Mais maintenant, je sais que c'est moi que tu désires… J'ai raison ? Je préfère en être sûr.

Il ne répondit pas. Mais il m'empoigna et me plaqua contre lui avant de cacher son visage dans le creux de mon épaule. Ses bras étaient comme des barres de fer autour de moi.

J'avais ma réponse.

De longues minutes plus tard, il me lâcha enfin, et me suivit tandis que je revenais jusqu'au chapiteau. Je ne m'inquiétais pas que quelqu'un nous ait vus ou que notre étreinte ait paru suspecte. Un mariage justifiait les comportements les plus bizarres. Qu'ils soient émus ou ivres morts, les gens sont susceptibles d'avoir des hallucinations. Personne n'aurait accordé la moindre attention en voyant Rand Holloway me serrer dans ses bras au milieu de la pelouse, en pleine nuit.

Une fois à l'intérieur, je tendis les clés de Charlotte à May Holloway, et lui dis que son fils me ramènerait au ranch pour y récupérer mes affaires, parce que j'avais une cliente à rencontrer le lendemain matin. Je fus surprise de voir son visage s'illuminer. Elle m'agrippa le bras.

— Dieu merci ! haleta-t-elle. Tu as écarté de lui cette fille, Stef. Je ne supporte pas ce qu'elle lui fait. Dès qu'il passe un moment avec elle, il doute de lui et se méprise.

Voilà qui ne correspondait pas du tout au portrait qu'elle m'avait donné de Jenny, plus tôt dans la journée.

— Je croyais que c'était une fille charmante ? Vous la disiez gentille, chaleureuse et…

Elle me frappa au bras pour m'interrompre.

140

— Je sais très bien ce que j'ai dit ! Rien que des bobards. Rand déprime dès que Jenny ouvre la bouche. Je ne sais pas ce qu'elle fait ou dit, mais je ne veux plus la voir, c'est bien compris ?

— Oui madame, répondis-je, avec un sourire. Je me charge de le protéger.

— Je l'espère bien.

Quand je la serrai très fort, elle eut un halètement de surprise.

— Elle a juste prévenu Rand qu'elle allait se remarier. Elle tenait à ce qu'il soit au courant.

— Foutaises. Elle est venue se pavaner, pour voir sa réaction. Un point c'est tout.

Je l'écartai de moi et lui tins les épaules à bout de bras.

— Vous êtes d'un cynisme !

Elle renversa la tête pour me regarder dans les yeux.

— Stef, je connais bien mes enfants. Et si tu imagines que je ne sais pas ce qui leur convient ou pas, alors, tu es idiot.

J'acquiesçai avant de la lâcher.

— Quand je t'ai rencontré, continua-t-elle, je ne comprenais pas ce que cela signifiait d'être gay. J'étais certaine qu'un jour ou l'autre, Charlotte te ferait céder, et que vous finiriez mariés.

Je voulus répondre, mais elle leva la main pour m'en empêcher et continua :

— Aujourd'hui, je comprends mieux. D'ailleurs, j'ai assisté à pas mal de conférences sur le sujet.

Quoi ? Qu'est-ce qui avait pu la pousser à se rendre à des conférences traitant de l'homosexualité ?

— Ne me regarde pas comme ça, dit-elle. J'ai besoin d'être... je sais très bien ce qui va se passer, alors ne joue pas au plus malin avec moi.

Moi ?

— Mais qu'est-ce que j'ai...

Elle posa tout à coup la main sur ma joue, et son regard me défiait de prononcer un autre mot.

— Je t'aime beaucoup, Stefan, déclara-t-elle. Tu es quelqu'un de bien. Du genre contrariant, certes, mais peu importe, tu es quelqu'un de bien. Quoi qu'il arrive... tu as mon accord.

De l'air. J'avais besoin d'air.

— Vous...

Elle laissa retomber sa main et s'éloigna, sans rien ajouter. D'accord, je venais de pénétrer dans *La Quatrième Dimension*, c'était la seule explication. Je n'eus pas le temps de retrouver mes esprits. Rand s'approcha, me prit par le bras, et me tira jusqu'à une table. Il me poussa dans un siège et s'installa à mon côté. Cachée sous la nappe, sa cuisse se plaqua contre la mienne. Je regardai les autres convives, sans reconnaître personne – à part Jenny – et nous n'avions jamais été officiellement présentés.

Rand s'en chargea :

— Voici Stefan Joss, le meilleur ami de Charlotte, grommela-t-il. Stef, c'est mon ex, Jenny Stover, et sa cousine, Kim. Lui, c'est un de mes cousins, Travis, et sa femme, Donna.

— Ravi de vous rencontrer, dis-je à la cantonade.

— Ton discours était le meilleur de tous, m'assura Kim.

— Merci.

J'acceptai le compliment en espérant que c'était la vérité.

— Tu as un look étonnant, déclara Jenny, d'une voix douce et musicale. Je n'avais jamais vu un smoking de cette couleur.

Je levai un sourcil dans sa direction.

— J'aime être différent.

Elle acquiesça avec un sourire authentique, plus chaleureux que ce à quoi je m'attendais. Puis elle soupira et se tourna vers Rand ; les deux mains serrées sur son bras, elle lui demanda :

— Viens danser avec moi.

Il était coincé : elle le secouait et les convives de la table le poussaient à accepter. Cependant, à peine s'était-il levé que la musique s'arrêta. Le DJ s'excusa et nous informa que la mariée exigeait la présence de son meilleur ami sur la piste de danse.

— J'imagine que ça te concerne, Stef, déclara Rand.

Il m'adressa un geste vif de la tête. Je me levai et traversai la foule pour rejoindre Charlotte qui m'attendait, la main tendue. Dès qu'elle m'agrippa, les premières notes de *Crusin* résonnèrent.

— Tu es dingue ! affirmai-je.

Elle leva les bras, les noua autour de mon cou, et me fixa dans les yeux.

— Tu seras toujours mon premier amour, Stef.

Je la pris dans mes bras et dansai avec elle, les yeux dans les yeux – ce qui devait paraître un peu étrange aux autres invités. L'amour que nous partagions était évident à la façon qu'elle avait de me regarder, à l'intimité avec laquelle je la tenais – et nul ne pouvait manquer de le remarquer.

Quand la chanson se termina, je me penchai et l'embrassai sur le front. Des acclamations retentirent autour de nous. Charlotte me fixa d'un air malicieux et déclara avec force :

— Tu sais, avant de mourir, je veux obtenir de toi un vrai baiser, Stefan Joss. J'aimerais bien savoir pourquoi tu as un tel succès.

Je souris et elle gloussa. Le DJ annonça alors que la limousine qui devait emmener les mariés en voyage de noces était avancée.

Pour ma part, j'étais plus que désireux de voir cette soirée se terminer ! Il y avait des heures que le charme de la découverte s'était éventé. Je serrai une dernière fois Charlotte contre moi, avant de la pousser vers Ben qui traversait la piste de danse dans notre direction. Je fus surpris qu'il éprouve le besoin de me prendre dans ses bras avant de partir. Je les regardai s'éloigner, puis la foule se referma autour d'eux. Je suivis le flot jusqu'à la voiture.

Devant le chapiteau, sur l'allée gravillonnée, tout le monde s'agglutina pour regarder le couple monter dans la limousine. Charlotte nous souffla un dernier baiser, puis la portière se referma et la voiture démarra. Quand je voulus revenir sous la tente, je fus soudain intercepté par le père de Ben.

— Voilà, monsieur, dis-je. Désormais, Charlotte Cantwell fait partie de *votre* famille.

— Absolument, et j'en suis très fier.

Avec un sourire, je tentai de le contourner, mais il m'en empêcha, d'une main posée sur mon bras.

— Si vous envisagez un jour de quitter la boite pour laquelle vous travaillez, Stef, n'hésitez pas à me contacter. J'aimerais avoir dans mon équipe un homme capable de juger aussi bien les gens que la vraie valeur des choses.

C'était une offre généreuse, parce que le père de Ben dirigeait un important groupe immobilier, financièrement très rentable.

— Merci monsieur.

J'acceptai sa poignée de main. Il serra les doigts quand je voulus m'écarter.

— Vous vous trompez à mon sujet, Stef. Après ma remarque de l'autre jour, je comprends que vous ayez gardé de moi une mauvaise impression, et j'en suis désolé. Sous le coup de l'émotion, je me suis mal exprimé. Je vous assure avoir un grand respect pour les Holloway – du moins, pour la plupart d'entre eux. De plus, je n'accorde aucune importance au fait que vous soyez gay. Je vous signale que mes employés bénéficient d'importants avantages sociaux, ce qui s'étend aussi bien à un conjoint qu'à un partenaire.

J'en restai sidéré. Après ce qu'il avait dit de la famille de Charlotte, je m'étais fait de lui une piètre opinion. Mais il aimait Charlotte. Et de toute évidence, il appréciait aussi sa proche famille : je l'avais vu parler à May et à Rand. De plus, il souhaitait m'engager sans se soucier de mon orientation sexuelle.

— Appelez-moi si vous envisagez un changement professionnel, Stefan. J'aimerais beaucoup parler de votre avenir avec vous.

— Je vous remercie, monsieur.

— Et ne croyez surtout pas que je cherche à être aimable. Professionnellement, seul l'argent m'intéresse. Je pense vraiment que vous pourriez être un sérieux atout.

— Encore une fois merci, monsieur.

Il me tapota le bras.

— Non, c'est moi qui vous remercie, Stef. Vous vous êtes montré un excellent ami pour Ben, ce qui compte davantage pour moi que vous ne pouvez l'imaginer.

Je le regardais s'éloigner quand Rand fit irruption près de moi.

— Qu'est-ce qu'il te voulait ?

Me tournant pour le fixer, je déclarai :

— Il vient de m'offrir un poste. Tu ne trouves pas ça étrange ?

Son expression sidérée me fit sourire.

— Ça prouve seulement que M. Cantwell est intelligent. Il apprécie Charlotte, il t'apprécie… il est *très* intelligent.

Il tendit le bras avec un soupir et arrangea le col de ma chemise.

— Alors ? ironisai-je. Tu es prêt à partir, cowboy ?

— Absolument.

Il ponctua sa réponse d'un hochement de tête, puis repoussa derrière mon oreille une longue mèche de mes cheveux. Ses doigts s'attardèrent sur mon cou.

Nous allâmes ensemble dire bonsoir à sa mère et à son oncle Tyler, que nous devions retrouver le lendemain au petit-déjeuner. May envisageait de passer la nuit à l'auberge et de revenir au ranch au matin. Je lui conseillai plutôt de nous suivre. Nous pourrions récupérer nos affaires et retourner ensuite au ranch. Tyler trouva ma suggestion très logique. Par contre, le regard que me jeta Rand aurait pu me foudroyer sur place. Quand je haussai les sourcils dans sa direction, il s'efforça de mieux cacher son mécontentement.

Nous nous apprêtions à partir quand Jenny et sa cousine demandèrent à Rand de les emmener. Ce fut May qui leur répondit, affirmant qu'aucune de nos deux voitures n'allait à Lubbock. Nous rentrions tous directement au ranch.

— Et je sais bien combien tu détestes ce ranch, ma chère petite, ajouta-t-elle.

Avec un petit sourire, elle s'éloigna.

Je vis Rand s'étouffer en cherchant à dissimuler son fou rire. Jenny nous jeta un regard attristé.

— Je crois que ta mère me déteste, Rand.

— Je dois dire que je la comprends, déclara Tyler, avant de filer à son tour.

Cette fois, Jenny en resta coite. Rand me prit par le bras et me tira derrière lui. En voyant la tête de son ex-femme, je me mis aussi à rire et déclarai :

— Elle a paru très choquée que tu sois aussi brutal envers moi.

— Et alors ? soupira-t-il. Elle n'a jamais voulu de moi, donc elle n'a rien à dire.

Tout en le suivant, je m'interrogeai sur l'histoire exacte de Rand et de Jenny. Je me demandai aussi si j'avais le droit de chercher à satisfaire ma curiosité.

VIII

Il était tard. Ou tôt, ça dépendait de la façon de voir les choses.

Bref, à une heure du matin, douchés et changés, Rand, sa mère, Tyler et moi étions dans la cuisine à manger des sandwiches. Nous avions tous enfilé une tenue décontractée – tee-shirt et pantalon souple – même May. Je l'avais obligée à s'asseoir tandis que je préparais notre en-cas et faisais le service. En m'activant autour de la table, je réalisai qu'elle était ravissante, aussi je lui conseillai de refaire sa vie – en commençant par sortir davantage. Tyler s'en étrangla. Quant à Rand, il faillit recracher son lait.

— Stefan Joss ! s'écria May en riant. Tu n'hésites vraiment pas à exprimer ce qui te passe par la tête.

— Et alors ?

Je m'assis à côté de Rand, qui me jeta un regard incrédule.

— Tu es devenu fou ? Il n'est pas question que ma mère sorte !

— Et pourquoi pas ?

— Parce qu'elle est ma mère !

Je me tournai vers Tyler. Aux râles qu'il poussait, on l'aurait cru à l'article de la mort. Il énonça quand même :

— C'est comme il a dit.

— Ça n'a aucun sens, leur assurai-je, avant de reporter mon attention sur May. Vous devriez rencontrer des gens. Des hommes.

Elle prit une grande goulée d'air.

— J'ai déjà... quelqu'un.

— Quoi ? éructa Rand, avant de perdre la voix.

Le laissant tousser et s'étrangler, j'adressai un grand sourire à sa mère.

— Génial ! Parlez-moi de cet homme. Je veux tout savoir.

Entre deux toux rauques, Rand réussit à aboyer quelques mots :

— Maman, qu'est-ce...

Il ne put continuer.

— À mon avis, déclara May en riant, quelque chose est passé dans le mauvais tuyau.

Rand s'étouffa de plus belle. Et Tyler se mit à lui frapper à tour de bras dans le dos. Je leur éclatai de rire au nez et déclarai à Rand :

— Tu es trop rigide. Ta mère est encore jeune. Je ne vois pas pourquoi elle abandonnerait le sexe. C'est un aspect très naturel d'une relation sérieuse, à tout âge.

Cette fois, Rand préféra se mettre la tête entre les genoux.

May me frappa à la jambe. Me tournant vers elle, je vis qu'elle s'efforçait de garder son sérieux.

— Stef, tu vas le tuer.

Je haussai les épaules.

— Il est bien naturel que vous sortiez et que vous ayez une vie sexuelle. La seule chose qui vous est interdite, c'est de porter le genre de robe qu'avait hier la mère de Ben.

Je lui lançai un regard entendu. Elle écarquilla les yeux en me fixant.

— Dieu du ciel, toi aussi tu l'as remarquée ? Quelle horreur ! Penses-tu que le père de Ben soit du genre à courir la gueuse ? Peut-être que Linda cherche à l'en empêcher en forçant ainsi son attention… pour le titiller ?

— Peut-être, admis-je. En tout cas, ça me paraît une raison valable.

— Arrêtez tous les deux ! beugla Rand. Bon sang ! Je ne vois aucun rapport entre ma mère et les Cantwell. Maman, qui diable fréquentes-tu au juste ?

Elle lui sourit.

— Tu aimerais connaître mon amoureux ?

Il s'éclaircit la voix et me jeta un regard furibard.

— Oh que oui ! Si tu as vraiment un… hum, bref, je tiens à l'examiner de près.

Je fronçai les sourcils, sceptique. Ce qui ne plut pas du tout à Rand.

— Tu penses qu'elle n'a pas besoin de mon approbation ? aboya-t-il.

— Exactement, répondis-je, en riant.

May me désigna du doigt et déclara à son fils :

— Écoute-le.

— Tu…

— Mais, coupa-t-elle avec un grand sourire, j'aimerais beaucoup que tu le rencontres. Pourquoi pas lundi soir ?

Elle se tourna vers moi.

— Tu devrais venir aussi, Stef.

— Oh…, soupirai-je. Mon rendez-vous de lundi a été avancé à demain… en fait, à aujourd'hui, puisque nous sommes déjà dimanche. Alors je vais sans doute prendre un avion dans la soirée pour Chicago. Je n'ai plus besoin d'attendre jusqu'à mardi matin comme je l'avais prévu au départ.

Rand m'envoya un coup de genou sous la table avant de grommeler :

— Tu pourrais quand même rester jusqu'à mardi… si ça te dit.

Quand mes yeux rencontrèrent les siens, il insista :

— Stef, tu peux rester.

— Je sais, répondis-je, avec un sourire.

Il parut soulagé.

— Alors, c'est réglé. Maman, Stef et moi allons rencontrer ton homme.

Elle m'adressa un sourire lumineux.

— Merci, chéri.

Mais je n'avais rien fait !

Une demi-heure plus tard, je faisais la vaisselle. Je ne ressentais aucune fatigue, juste une satisfaction sereine.

— Tu parais tout à fait à l'aise dans ces tâches domestiques.

Rand traversa la cuisine pour se placer derrière moi. Ses lèvres trouvèrent sous mon oreille un endroit sensible qui, tout à coup, me parut directement connecté à mon sexe.

— Seigneur, qu'est-ce que tu fais ?

Sa bouche glissa jusqu'à ma nuque, un de ses bras m'enserra la taille tandis que l'autre me caressait les fesses.

— Attention, chuchotai-je. Ils vont nous voir.

Sans tenir compte de mon avertissement, Rand me caressa la hanche puis descendit vers mon bas-ventre. En même temps, il me léchait le cou.

— Arrête !

Je tentai de le repousser mais il ne fit que resserrer son étreinte. Je sentis aussi ses dents sur mon épaule.

En l'entendant soupirer, je souris. Cet homme adorait que je gesticule dans ses bras.

— Tu vas nous causer des tas d'ennuis.

— Seigneur, que tu sens bon !

Le visage enfoui dans mes cheveux, il me humait avec insistance.

— Arrête ! dis-je, en essayant, depuis l'endroit où je me trouvais, de déterminer si la mère et l'oncle de Rand pouvaient le voir en train de me molester.

Étant donné l'agencement de la pièce et le fait que je me tienne juste à côté du comptoir, je n'en étais pas certain.

— Tu as la peau brûlante, déclara Rand à mi-voix.

Sa main se plaqua sur mon sexe, à travers mon jean. Je fis un tel bond que je heurtai le placard, dont la porte claqua.

— Bon Dieu !

— Tu es chatouilleux ?

— Arrête !

— Rand ? cria sa mère.

Je sentis sur ma nuque un souffle chaud et je sus qu'il avait tourné la tête pour lui répondre.

— Quoi ?

— Avec qui Jenny va-t-elle se remarier ? demanda May.

— Un avocat, je crois.

Ses mains n'avaient pas cessé de me caresser ; elles passèrent sous mon tee-shirt à la recherche de ma peau nue.

Je cherchai à retrouver mon souffle. Je laissai ma tête retomber en arrière, contre son épaule, et fermai les yeux, comme si ça pouvait m'aider à contrôler ma réaction physique à son égard.

Rand chuchota :

— J'espère que tu n'en auras pas pour longtemps à finir la vaisselle.

— Si tu me laissais tranquille, j'irais plus vite.

Il se mit à rire, avant de frotter son visage au creux de mon épaule.

— Je ne pense pas que ce soit possible, grommela-t-il. Tu es trop tentant.

Il me mordit à nouveau doucement l'épaule et tout mon corps s'enflamma.

— À quelle heure est ton rendez-vous demain matin ?

— Pourquoi ? Tu vas venir avec moi ?

— J'ai la ferme intention de passer tout mon temps avec toi jusqu'à ce que tu partes... ou que tu ne partes pas.

— Qu'est-ce que ça veut dire ?

Ses bras se resserrèrent autour de moi, m'écrasant presque.

— Tu veux que je le précise ? D'accord... Je veux que tu restes ici avec moi, Stef. Je veux que tu ne retournes à Chicago que pour emballer tes affaires et que tu reviennes ensuite t'installer au ranch pour y vivre avec moi. Voilà ce que je veux.

Je ne pouvais plus respirer. Il recula d'un pas pour me laisser la place de me retourner. Il posa les deux mains sur mon visage et souleva mon menton afin de me regarder bien en face

— Voilà ce que je veux, puisque tu le demandes. Stefan Joss, je te veux.

Noyé dans ses yeux merveilleux, je fus heureux qu'il ait prononcé mon nom. Ça me permettait de me rappeler qui j'étais. Parce que, durant un moment, mon cerveau avait buggé.

— Dis quelque chose, insista Rand.

— Rand ? appela sa mère. Je vais me coucher, mon chéri. Tyler rentre également chez lui. Bonne nuit, Stef.

May et Tyler se trouvaient tous les deux dans le salon. Je n'avais même pas réalisé qu'ils avaient quitté la pièce.

— Hé ?

Pour être heureux, il me suffisait de regarder cet homme, le turquoise brillant de ses yeux, les rides que ses rires avaient créées sur ses tempes… Apparemment, me regarder provoquait chez lui la même réaction.

— Si tu n'es pas prêt à cela, je me contenterai de t'entendre dire que tu reviendras une semaine après avoir pris l'avion. Si je n'avais pas un ranch à gérer, je me rendrais moi-même à Chicago pour te voir, mais ma présence ici est nécessaire. Cependant, j'ai l'impression que tu as plus d'options que tu ne le penses.

Il évoquait l'offre de M. Cantwell.

— Il faut que tu y réfléchisses, insista-t-il en souriant. Pour le moment, je veux que tu abandonnes ta vaisselle, que tu t'essuies les mains, et que tu montes avec moi au premier. Je te veux dans mon lit.

— Rand, ta mère…

— Viens.

Je le scrutai avec attention.

— Qu'est-ce que tu essaies de voir ? demanda-t-il.

— Comment peux-tu changer ta vie entière comme ça, en quelques jours ?

— Parce que j'ai eu beaucoup de temps pour y réfléchir.

Je me tournai vers l'évier avec un hochement de tête.

— Je veux terminer de tout nettoyer. Et toi, tu as des trucs à faire avant de pouvoir aller te coucher. Je te retrouve dans ta chambre.

Après plusieurs minutes, je réalisai qu'il était toujours là.

— Quoi ?

Il secoua la tête en silence, puis sortit par la porte de derrière.

C'était très reposant d'être seul dans cette grande cuisine, d'essuyer le comptoir, de ranger la vaisselle et les poêles qui avaient été utilisées. Je versai un peu d'eau dans les bacs d'herbes aromatiques sur le rebord de la fenêtre. Tout était en place, les lampes éteintes, sauf la veilleuse au-dessus du fourneau. Je fus enfin satisfait de l'état de la pièce.

Sortant de la cuisine et traversant le salon jusqu'à l'écran grillagé, je restai un moment immobile, à regarder l'obscurité. Le ciel nocturne était d'un bleu profond et la pleine lune jetait une pâle clarté alentour. J'entendis le bruit que faisait le bétail, vis quelques lumières au loin, dans les enclos, et humai une saine odeur de terre et de fleurs sauvages. C'était si calme, si apaisant. Vivre dans un ranch avait vraiment quelque chose de magique.

En entendant Rand siffler, je sus qu'il avait ses chiens avec lui. Ayant souvent vu Charlotte se charger du rituel du soir, j'allai jusqu'au coffre qui servait de table basse dans le salon, et en sortis quelques couvertures. En hiver, les chiens dormaient devant la cheminée. Durant l'été, ils passaient la nuit au même endroit, mais sans la chaleur des flammes mourantes. Ils vinrent gémir devant la porte et Rand leur cria d'attendre. Quand j'allai leur ouvrir, ils me manifestèrent un grand intérêt. Je les caressai tous les quatre, leur démontrant mon affection, avant de les mener jusqu'aux couvertures. Bien dressés, ils se couchèrent immédiatement, la queue battante. C'est ainsi que Rand les trouva quand il revint.

Surpris, il m'adressa un sourire.

— Oh, tu t'es occupé d'eux.

Je me dirigeai déjà vers les escaliers, mais je lui précisai :

— Je leur ai laissé de l'eau dans la cuisine. Je monte pendant que tu vérifies que les portes sont bien verrouillées.

— J'arrive.

— D'accord.

— Hé !

Me retournant pour le regarder, je m'étonnai de l'expression heureuse que je lus sur son visage.

— Qu'est-ce qu'il y a ?

— Tu sais, c'est vraiment très agréable. Je pourrais m'habituer à ce que tu sois là, tous les soirs, pour m'accueillir quand je rentre à la maison.

— Moi ?

Malgré le peu de lumière, son sourire lui faisait étinceler les yeux

— Bien sûr, toi.

Je n'avais jamais accueilli quiconque. J'ignorais tout de ces petites tâches routinières que d'autres accomplissent régulièrement et considèrent comme normales. Souvent, mes amants s'étaient plaints, me trouvant froid et égoïste. Quand je me faisais quelque chose à manger, je ne pensais même pas à leur en proposer. Je refusais de faire la cuisine, le nettoyage ou les courses. Je n'avais rien d'un homme au foyer. En temps normal, si je ne sortais pas au restaurant, je mangeais debout à mon comptoir. Je n'avais jamais levé le petit doigt dans un endroit où je ne passais que la nuit. Je n'avais jamais rien fait pour un autre homme. Mais après trois jours chez Rand Holloway, je changeais de *modus operandi*. Merde.

— Stef.

Une fois de plus, je le regardai.

— Monte, insista Rand.

À l'étage, dans la salle de bain, je m'aspergeai le visage à l'eau froide. J'avais besoin de m'éclaircir les idées. Quand j'entendis Rand entrer dans sa chambre, je m'approchai de la porte et le regardai. La pièce était obscure, mais un rayon de lune passant par la fenêtre me donnait l'éclairage nécessaire. Le dos tourné, Rand s'étirait, avec le poignet gauche dans la main droite et les deux bras levés derrière la tête. Sans même le vouloir, il me coupait le souffle. Cet homme était une œuvre d'art, il exsudait la puissance. Devant les muscles gonflés de ses épaules et de son dos, sa peau soyeuse, ce jean taille basse qui soulignait ses hanches étroites… j'étais prêt à tomber à genoux et à le vénérer, s'il me le demandait.

— Rand.

Il laissa retomber ses bras et se tourna pour me regarder.

— Quoi ?

— Tu es vraiment sublime, tu sais.

Son grommellement me fit sourire. D'un geste de la main, il m'ordonna d'approcher.

— Ce n'est pas moi qu'il faut admirer. Viens ici, et ferme la porte derrière toi.

J'étais presque devant son immense lit quand Rand y plongea.

— Rand, mais qu'est-ce que tu…

Je ne pus continuer. Il m'avait agrippé le poignet pour m'attirer sur le lit. Je lui tombai dessus. En essayant d'échapper à sa prise, je le plaquai contre le matelas. Et la façon dont il me regardait, avec des paupières lourdes de désir, était tellement érotique que je me penchai pour lui mordiller le cou. Je souris quand il grogna, comme s'il souffrait le martyre. Je posai mes lèvres sur les siennes. Il soupira et resserra les bras autour de mon cou, pour m'attirer plus près encore. Je l'embrassai avec passion, avec langueur. Je pris tout mon temps, parce que Rand paraissait avoir besoin, autant que moi, de cette intimité. Je sentis enfin ses mains s'égarer, m'agrippant le dos et les reins pour m'inciter à bouger. Ce que je fis. Dès que je me soulevai, il se releva d'un bond et arracha son jean, avec le besoin frénétique de s'en débarrasser aussi vite que possible. J'étais plutôt flatté d'un tel empressement : il me désirait vraiment ! J'éclatai de rire quand il me sauta dessus et m'écrasa, avant de s'étirer pour récupérer quelque chose dans le tiroir de sa table de nuit.

— Qu'est-ce que tu…

Il me montra une feuille de papier avec l'en-tête de l'hôpital de Lubbock. Elle affirmait que Rand Holloway n'avait aucune maladie sexuellement transmissible. Il tenait aussi en main un tube de lubrifiant. Flambant neuf.

J'adressai un grand sourire à cet homme penché sur moi, qui grimaçait comme un fou furieux.

— Oh, c'est pour moi ?

En réponse, il eut un grondement profond, presque animal, et se laissa retomber de tout son poids sur moi.

Je haletai, le nez dans son cou, les bras reposant de chaque côté de mon corps.

— Rand…

— Dis-moi ce que tu veux, ordonna-t-il.

— Oh Seigneur, Rand, s'il te plaît…

Ses mains s'activèrent sur moi avec des gestes hâtifs. Il récupéra le tube et j'entendis le crissement de la cellophane quand il l'ouvrit. Il me releva les jambes, les passa sur ses épaules et me plia en deux.

Il reprit son souffle.

— S'il te plaît, quoi ?

— S'il te plaît, bébé.

Je gémissais presque, mais à l'instant présent, je m'en fichais complètement.

— Supplie-moi.

Très lentement, il me pénétra d'un doigt.

— S'il te plaît, Rand ! Je ferai n'importe quoi…

— N'importe quoi, grogna-t-il, avant de m'embrasser.

Je savais combien il me désirait, aussi je fus surpris qu'il ne me prenne pas immédiatement. Au contraire, il m'embrassa d'abord. Il avait autant que moi besoin d'intimité et de tendresse. J'ouvris la bouche pour l'accueillir et sa langue plongea en moi si violemment que ses dents me meurtrirent les lèvres. Je sentis le goût cuivré du sang, mais c'était sans importance. La douleur ne me gênait pas, seul comptait pour moi ce baiser dévorant et brutal. Rand ne retenait pas sa force. Ses doigts plongèrent dans mon corps quand il me prépara, avant de s'enfoncer jusqu'à la garde en un seul élan.

C'était tellement bon ! Je m'accrochai à lui, désireux de le sentir au plus profond de moi. J'avais besoin de sa violence, de sa puissance. Mais je ne pouvais pas m'exprimer. Je n'avais que la force de répéter son nom, encore et encore, dans une litanie sans fin.

Il devina pourtant mon désir inexprimé, parce qu'il me pilonna de plus en plus fort, de plus en plus vite.

IX

UNE VIE n'est pas complète avant d'avoir été devant une clôture, à regarder un cowboy – *son* cowboy – arriver au grand galop. Voir Rand manier son lasso sur le dos de sa monture était un spectacle étonnant. La puissance du cheval s'accordait à la force de l'homme. Et je savais que si l'un des deux flanchait, un accident risquait de leur être fatal. Les yeux rivés sur eux, je ressentis une forte décharge d'adrénaline. Rand ralentit le pas en approchant de moi. Il me salua en touchant des doigts le bord du chapeau qu'il portait bas sur les yeux. C'était très érotique – parce que, une heure plus tôt, l'homme en question m'avait tenu plaqué contre la paroi de sa douche. J'avais eu du mal à le laisser quitter son lit !

Pour échapper à mon obsession, je retournai à l'intérieur où j'aidai May à préparer le petit-déjeuner. Ensuite, je me rendis à l'étable. Phil parut content de me voir, sa mère aussi. Ce fut dans leur stalle que Rand me retrouva.

— Qu'est-ce que tu fais là ?

Je fus surpris de sa question. N'était-ce pas évident ?

— J'étrille les vaches.

— Stef, dit-il avec un soupir, on ne traite pas une vache comme un cheval. Le bétail est destiné à la consommation.

Mon expression le fit grimacer. Il reprit :

— Bon Dieu, viens manger. Ensuite, nous irons rendre visite à ta copine.

Je rangeai mon étrille et sortis de la stalle

— Tu sais, si tu es trop occupé, je peux très bien y aller seul.

Il s'arrêta pour enlever les brins de paille que j'avais dans les cheveux.

— Comment t'es-tu arrangé pour te mettre dans un état pareil Stef ? On dirait un gosse !

Il avait une expression étrange, comme s'il me trouvait à la fois attendrissant et obsédant. Je ne pus y résister. Je me plaquai à lui, posai la main sur sa nuque, et relevai la tête pour l'embrasser. Je pris mon temps – je voulais m'assurer qu'il comprenne à quel point je le désirais. Quand je m'écartai, il vacilla un peu avant d'ouvrir les yeux. Il me jeta un regard difficile à déchiffrer.

— Est-ce que j'ai…, commençai-je.

— Jenny disait parfois que j'étais… un animal au lit.

Tout à coup, je compris le tort que Jenny Stover lui avait causé. À cause d'elle, il ressentait son puissant appétit sexuel comme une tare. J'étais si furieux que j'aurais pu la tuer.

— Vraiment ?

— Oui, dit-il en déglutissant. Bien sûr, je ne l'ai jamais brutalisée, mais après quelque temps, j'avais peur de… tu sais. Alors, j'ai cessé d'avoir des relations sexuelles avec elle.

— Hum.

Il leva la main et fit passer derrière mon oreille une mèche de mes cheveux. Puis il me caressa le cou du revers des doigts.

— Stef… Je ne t'ai jamais fait de mal, hein ?

— Non, affirmai-je.

Je le pris dans mes bras et le serrai très fort, en me pressant contre lui, pour bien lui démontrer que je disais la vérité.

— Stef, je…

— Tu ne m'as jamais fait mal, répétai-je. Et si tu veux tout savoir, tu peux me brutaliser aussi souvent que tu le désires.

Un grondement rauque vibra dans sa gorge.

— Bon Dieu ! Je…

Sa voix se cassa. Les yeux bleus qui me fixaient avaient tout à coup un éclat vulnérable. Les réflexions de son ex l'avaient profondément blessé.

— Ça te dit de me baiser ici ? proposai-je. Maintenant ?

Il se pencha et m'embrassa fort. Il referma aussi la main sur mon cou – son geste n'était pas brutal, il s'assurait simplement que je ne puisse pas m'écarter. D'être ainsi maîtrisé était pour moi follement érotique. Jenny Stover préférait sans doute un amant attentif, doux et romantique. Aucun mal à cela, mais Rand Holloway était du genre stoïque, direct et sarcastique. De plus, il n'avait pas conscience de sa force.

Il s'écarta, rompant le baiser. Ses yeux n'étaient plus tristes, mais brûlants de passion. Les mots s'échappèrent de lui sans restriction. Il m'expliqua que son ex-femme refusait d'être 'agressée et brutalisée'. Elle tenait à d'interminables préliminaires avant de faire l'amour, mais la pénétration finale devait être rapide.

Je ne vis aucun intérêt à ressasser le sujet. Je demandai juste à Rand s'il avait cherché les raisons du comportement de Jenny, ou s'il s'était contenté de baisser les bras.

Il me jeta un regard suspicieux.

— Pardon ?

— N'as-tu jamais pensé que Jenny avait peut-être été traumatisée durant son enfance ou son adolescence ? Ça expliquerait qu'elle préfère les baisers et caresses à l'acte sexuel. Tu n'as pas vérifié ?

— Non, je... Je l'ai simplement laissée tranquille.

Je haussai les épaules.

— Quand on tient vraiment à quelqu'un, on vérifie.

Il posa la main sur ma joue

— Je sais.

Son aveu m'expliquait tout ce que j'avais besoin de savoir concernant sa relation avec son ex-femme. C'était le passé. Jenny ne comptait plus. Je restais seul en lice. Ce qui m'allait très bien.

Quand Rand me tira derrière lui hors de l'étable, je réalisai que je n'allais pas me faire culbuter dans le foin. Tandis que nous marchions tous les deux vers la maison, il me rappela que la réalité ne ressemblait pas du tout à ce qu'on voyait dans les films : la paille était urticante, sans aucun confort.

Nous étions en route pour aller voir Mme Freeman. Dans le pick-up de Rand, je ne cessai de glisser sur la banquette pour me coller à lui. De plus en plus frustré, il finit par rugir un avertissement :

— Si tu continues, tu vas le regretter. J'envisage sérieusement de te flanquer sur mon capot.

Je n'avais jamais eu d'amant qui ressemble à Rand Holloway. J'avais connu des hommes élégants et soignés, bien musclés par des heures d'exercice physique, mais aucun n'arrivait à la cheville du cowboy assis à mes côtés. Il était la virilité incarnée.

Rand ne soulevait pas de poids dans un gymnase, il ne nageait pas en piscine, mais travailler au ranch lui avait octroyé un corps à tomber. Il passait son temps en plein air, à cheval : il avait des cuisses en granit, des mains calleuses et des bras aux veines apparentes qui indiquaient qu'il gagnait sa vie manuellement. Son père, un homme immense, lui avait légué sa haute stature.

Ces muscles solides, ces longues jambes, cette fossette au menton... c'était irrésistible. Et je cédais volontiers à mon envie permanente d'y toucher maintenant que j'en avais le droit. D'accord, j'agissais comme un l'animal en rut, mais Rand ne semblait pas s'en plaindre. Son rire rauque me fit frémir et raviva mon désir.

Il passa le bras sur mon épaule et me serra contre lui, avant de demander :

— Qu'est-ce que tu vas faire mardi, en retournant à Chicago ?

Je lui embrassai le cou, tout du long – la peau de cet homme avait un goût dont je ne me lassais pas. Je lui léchai l'oreille, puis j'y soufflai de l'air froid, ce qui le fit frissonner.

Le pick-up fit soudain une embardée sur la voie rapide.

— Bon Dieu, Stef, nous allons finir par avoir un accident !

— Regarde la route. Ne t'occupe pas de moi.

Il eut un petit rire et rétorqua :

— Si quelqu'un nous voit, que je regarde la route ou pas ne changera rien. Nous risquons notre peau, pas seulement un accident.

Il plaisantait mais sa remarque me fit l'effet d'une douche froide. M'écartant de lui, je repris ma place contre la portière. Le vent qui me soufflait au visage finit par remettre mon cerveau en marche. Je me souvins que j'étais au Texas. Avais-je vraiment pensé que, dans cet État où le bétail était roi, je pourrais vivre avec Rand Holloway sans en subir les répercussions ? J'avais oublié l'une des coutumes des gens du coin : abattre à coups de fusil les homosexuels qu'ils arrêtaient sur les routes.

— Je voulais juste éviter un accident, grommela Rand, d'une voix profonde et boudeuse. Pas que tu t'écartes. Reviens ici.

Je répondis sans le regarder :

— C'est idiot de ma part, je n'ai pas réfléchi. Qu'est-ce que diraient tes voisins s'ils étaient au courant ?

— Aucune idée. Certains me traiteraient de tous les noms dans mon dos – et peut-être même en face. D'autres s'en prendraient probablement à moi, à mes hommes, ou à mon ranch.

— Seigneur !

— On m'a déjà posé des questions concernant ta présence chez moi. Declan Crawford ne veut plus me vendre sa semence.

— Et merde ! haletai-je avant de me tourner vers lui. Rand, tu…

Il leva la main.

— Il faut que je t'explique quelque chose, Stef. Mon ranch n'a rien d'une petite affaire. Il y a longtemps déjà que j'ai changé ma gestion, afin de ne pas mettre tous mes œufs dans le même panier. Je n'achète en ville que les produits dont j'ai besoin rapidement. La plupart du temps, je me fais envoyer ce qu'il me faut de Lubbock.

— Quoi ? Qu'est-ce que tu…

— Et puis, j'ai aussi créé une affaire de chasse tout à fait rentable. J'emploie deux guides pour accompagner mes clients. Cette fille de l'autre jour, celle dont tu étais jaloux…

— Je n'étais pas jaloux !

— Cette fille va m'envoyer des clients de Dallas, des gens qui veulent chasser sur de nouveaux territoires. Jusqu'ici, ma clientèle venait d'Amarillo et de Lubbock, mais je suis en train d'étendre mon rayon d'action. Je vais peut-être engager un autre guide…

— Rand, tu…

— Tu devrais sans doute jeter un coup d'œil sur mon site Internet. J'ai payé assez cher pour l'avoir.

Je lui jetai un regard sidéré.

— Tu as un site ?

Il prit l'air très satisfait.

— Parfaitement. C'est Endo Massami qui me l'a conçu. Un type génial ! Il travaille à Amarillo et passe me voir tous les mois pour les mises à jour.

— Rand…

— On peut chasser le cerf sur mes terres, et aussi la caille et la perdrix, bien que je n'en voie pas l'intérêt.

— Rand…

— Le dindon [23] bien sûr, l'oie, l'ours noir, et…

— Rand, qu'est-ce que tout ça a à voir avec…

— Certains clients viennent avec leurs chiens, d'autres utilisent les miens. Par contre, je ne les laisse pas tirer les coyotes ou les lynx, parce que ces pauvres bestioles sont déjà en voie d'extinction.

— Je ne comprends pas ce que tu…

— J'ai déjà expliqué à mes hommes que je comptais te demander de vivre avec moi. Je leur ai dit qu'ils étaient libres de s'en aller si ça ne leur plaisait pas. JC McGraw m'a craché au visage avant de se tirer, mais les autres n'y voient aucun inconvénient. D'après Chris, je suis beaucoup moins chiant depuis que tu es là. À mon avis, c'est de bon augure.

---

23 La chasse au dindon sauvage, que ce soit à l'appel ou à l'affût, est très populaire aux États-Unis (NDT).

159

Nom de Dieu !

— Mon ranch ne ressemble pas aux autres, Stef. Je vends mon bétail sur Internet, j'ai une chasse – comme je viens de te le dire – et je fournis en viande de nombreux restaurants répartis dans tout le Texas. À la mort de mon père, le ranch et moi avons connu des temps très difficiles, tu le sais mieux que quiconque. J'ai fini par trouver une solution pour me sortir du trou : transformer le nom de mon ranch en un label de qualité, quelque chose qui soit reconnu et donc, vendable. Ça m'a pris dix ans, mais j'ai réussi.

Je savais que le ranch était rentable, mais je n'avais aucune idée des mesures que Rand avait entreprises pour atteindre son but.

— Si j'ai bien compris, dis-je lentement, tu cherches à me démontrer que tu te fous complètement de ce que pensent les gens en ville.

— Exactement.

— Car ce qu'ils feront, ou ne feront pas, n'aura aucun impact financier.

— Non, mon portefeuille ne risque rien. D'un autre côté, si on t'insulte, ça va vite m'énerver. C'est déjà arrivé l'autre jour à Tom Hutchins.

— Merde. Est-ce que Tom est en colère contre toi ?

— Pourquoi diable Tom serait-il en colère contre moi ?

— À cause de moi.

— Tom sait que tu es allé voir Mme Freeman et que tu ne l'as pas poussée à vendre. Au contraire, tu lui as dit de réfléchir aux besoins de la communauté, qu'elle connaît mieux que toi.

Perplexe, je me contentai de le dévisager. En silence.

Il leva un sourcil et reprit :

— Tu as démontré que tu t'intéressais davantage au bien-être général qu'à tes propres intérêts.

Je ne sus quoi répondre.

— Il faut que je te dise, continua Rand, que Tom Hutchins est né dans un ranch, en Oklahoma. Quand il a eu dix-huit ans, son père l'a jeté dehors.

— Pourquoi ?

— Parce que Tom venait d'épouser une Mexicaine. C'est la fille la plus gentille qu'on puisse imaginer. Désormais, Tom et elle ont une maison sur mes terres, où ils élèvent leurs trois enfants. D'accord, je manque de main-d'œuvre maintenant que Pete et JC sont partis, mais j'ai déjà prévu leur remplacement. Un des frères de Tom va arriver d'ici quelques jours. Et tu as entendu Tyler ? Un cousin de Chase cherche aussi du travail. Ces deux-là, Chase et Tom, sont bien contents d'avoir un boulot et un toit sur la tête grâce à moi. Quand on est cowboy et qu'on ne sait rien faire d'autre, il faut un ranch pour pouvoir travailler.

— Donc, Tom, Chase et les autres sont heureux de rester avec toi ?

— Je l'espère.

— Et ils se fichent que tu couches avec moi ?

— Ce que je fais dans mon lit ne les regarde pas, tout comme je me fous de ce qu'ils font dans le leur. Nous trouverons un compromis.

— Et ton contremaître, Mac ?

— La seule chose qui inquiète Mac est que tu finisses par t'ennuyer au ranch, en n'ayant rien ni personne à voir. S'il ne t'aime pas, c'est parce que tu es de la ville, pas parce que tu baises des hommes.

— Charmant.

Il haussa les épaules.

— Il fallait bien que ce soit dit.

— Et quand comptais-tu m'en faire part ?

— Je viens juste de le faire.

— Rand...

Il m'interrompit pour demander :

— C'est là, non ?

Il ralentit, puis bifurqua dans le chemin de terre battue qui menait à la maison de Mme Freeman. Il émit tout à coup un son sarcastique, mi-grognement, mi-ricanement.

— Qu'est-ce qu'il y a ? m'étonnai-je.

— Ces vaches sont bien trop maigres. En principe, on engraisse le bétail durant la saison, d'avril à octobre. Mes bêtes font le double de celles-ci.

Je ne sus quoi répondre. Dès qu'il se gara, je descendis du pick-up et me dirigeai vers la maison.

— Je t'attends ici, cria-t-il, dans mon dos. Tu dis que Gracie Freeman a déjà décidé de te vendre son ranch ? Je ne veux pas que ma présence la mette mal à l'aise.

L'écran moustiquaire n'était pas verrouillé, aussi j'entrai après avoir frappé. Il me fallut plusieurs minutes pour réaliser le spectacle que j'avais sous les yeux : Mme Grace Freeman gisait sur le dos, dans une mare de sang. Ses yeux sans vie fixaient le plafond, son corps paraissait frêle et brisé. Morte, elle était toute petite. Autrefois, sa forte vitalité remplissait l'air autour d'elle. Je n'arrivais plus à respirer. Je ne savais pas quoi faire.

Mais je savais *qui* pouvait m'aider.

161

— Rand ! hurlai-je à pleins poumons. Rand !

— Stef ?

Je l'entendis crier mon nom. En même temps, la portière du pick-up claqua violemment.

C'en était trop. Je me ruai en direction de la porte. Il y eut un bruit sourd derrière moi, suivi par un fracas de verre brisé et un cri. Je plongeai sur l'écran grillagé qui s'écroula sous mon poids. Je trébuchai, puis retrouvai vite mon équilibre avant de courir pour traverser le porche.

Mon cœur battait tellement fort qu'un grondement de train lancé à pleine vitesse résonnait entre mes oreilles. Je me ruai tout droit vers l'abri que représentait le pick-up. Et Rand galopait en sens inverse, prêt à me rejoindre. Tout à coup, je fus terrifié à l'idée que le tireur s'en prenne aussi à lui. Je ne voulais pas que Rand soit blessé. Je ne pourrais le supporter.

J'entendis un moteur rugir derrière moi. Rand hurla mon nom, en gesticulant pour que je m'écarte. Je plongeai de côté juste à temps : une voiture me frôla et m'éclaboussa de terre avant de filer à toute allure. Quand je me relevai, seul le nuage de poussière qui retombait témoignait encore de sa présence.

Quelques secondes plus tard, Rand était là. Il m'empoigna et me serra contre lui. Je frissonnai dans ses bras. Et je n'étais pas le seul à être bouleversé : Rand tremblait tout autant que moi.

Il m'écarta tout à coup et, sans me lâcher les épaules, m'examina de la tête aux pieds.

— Bordel, mais qu'est-ce qui s'est passé ? Bon Dieu, Stef !

— Elle est morte, répondis-je, le regard rivé au sien. Mme Freeman est morte.

— D'après ce que j'ai vu, tu as failli y passer toi aussi.

Oui, quelqu'un a tenté de me tuer.

— C'est quoi ce bordel ? insista Rand.

Je n'en avais aucune idée. Ses hypothèses valaient bien les miennes.

CE FUT la façon dont Rand me touchait qui nous trahit. S'il s'était retenu de m'agripper la nuque, de m'écarter les cheveux du visage, de passer la main sur ma cuisse, les adjoints du shérif ne m'auraient sans doute pas accordé un second regard. Mais dès que Rand démontra ostensiblement que je lui appartenais, leur attitude changea. Il y eut des chuchotements et des ricanements, des regards sarcastiques, et en temps normal, ça ne m'aurait pas gêné, mais Rand vivait ici. Ces adjoints et ce shérif étaient chargés de sa sécurité, et je ne pouvais les envoyer au diable.

J'avais fait de mon mieux pour coopérer. Durant trois bonnes heures, j'avais répondu à toutes leurs questions. J'avais expliqué au shérif la raison de ma présence, les détails du contrat avec Armor South, et les deux seules options qui en découlaient. Soit Grace Freeman avait été tuée parce qu'elle avait décidé de vendre, soit c'était l'inverse. Je précisai au shérif ce qu'elle m'avait annoncé la veille au téléphone : elle comptait vendre.

Il parut perplexe, et finit par me dire :

— Dans ce cas, je ne comprends pas. Tous ses voisins voulaient son accord au sujet de cette vente. Ils attendent tous l'argent promis par le promoteur.

— Peut-être quelqu'un préférait-il que Mme Freeman garde ses terres, afin de rendre le marché caduc, proposai-je. Si l'un d'eux a changé d'avis, peut-être ne désirait-il pas porter, vis-à-vis des autres, la responsabilité d'avoir annulé la vente…

Le shérif me fixa.

— C'est possible, admit-il. Du côté promoteur, je vois mal pourquoi quelqu'un aurait souhaité la mort de Gracie. Surtout si vous les avez déjà prévenus de son accord, comme vous nous l'avez indiqué, M. Joss.

— Exactement, tout ceci n'a aucun sens.

Le shérif nous examina à tour de rôle, Rand et moi.

— Il y a pourtant un coupable. Dites-moi, M. Joss, quelqu'un vous aurait-il récemment suivi ou menacé ?

— Non, dis-je.

— Si, intervint Rand. L'autre jour, un pick-up a tenté de le renverser pendant son footing.

— Alors, c'était vous !

Le shérif Colter me désigna du doigt, avant de se tourner vers Rand.

— L'autre nuit, j'ai arrêté votre crétin de cousin pour conduite en état d'ivresse – au fait, il n'a plus de permis. Si je le retrouve derrière un volant, je le flanque au trou.

— Pourquoi m'en avertir ?

— Parce que vous êtes à la tête de cette famille pénible, déclara le shérif. Rand, il y a des mois que je vous conseille de mettre ce garçon au travail sur votre ranch.

— C'est un crétin.

— Comme si je ne le savais pas ! s'emporta Colter, avant de me jeter un coup d'œil. J'ai mis Bran en cellule de dégrisement. Et là, il a prétendu avoir sauvé un garçon qui avait failli être écrasé par un pick-up. D'après Bran, sans son coup de klaxon, vous seriez raide mort dans le Ravin du Chapelier. Le confirmez-vous, M. Joss ?

— Bran était ivre, répondis-je. J'ai cru qu'il avait failli me renverser.

Colter secoua la tête.

— Non monsieur. Il y avait un second véhicule. Quand je suis allé vérifier en personne, j'ai trouvé deux traces de pneus. J'ignorais simplement votre identité, puisque Bran n'a pas réussi à se souvenir de votre nom.

Rand poussa un grand soupir.

— C'est votre cousin, insista le shérif. Pourquoi n'a-t-il pas été invité au mariage de Char ?

— Parce que cet abruti a attaqué le futur marié, expliqua Rand. Ed, qu'est-ce que vous comptez faire, merde ?

— Rand, je ne suis pas certain d'apprécier votre ton. Je...

— Je me contrefous de ce que vous appréciez ou pas. Je veux savoir comment vous comptez retrouver celui qui essaie de tuer Stef.

— Eh bien, M. Joss, grogna le shérif, pour commencer et jusqu'à nouvel ordre, vous feriez mieux de ne pas rentrer à Chicago. Nous avons un meurtre à élucider, et vous êtes menacé. Vous serez en sécurité au ranch de Rand Holloway, surtout avec les vauriens qui travaillent là-bas.

— Qu'est-ce que vous insinuez, bordel ? hurla Rand, ulcéré.

— Je n'insinue rien. Je vous signale simplement, Rand Holloway, que vous employez dans ce foutu ranch certains des hommes les plus dangereux que j'aie jamais vus. Si ça continue, vous finirez par vous constituer une véritable armée.

— Nous formons une famille.

— Ce n'est pas ce que prétendait JC McGraw quand il est revenu en ville, il y a quelques jours.

— JC McGraw est un connard homophobe !

— Oui, Kate Tunston le confirme. D'après ce que j'ai compris, c'est elle qui vous fournit la semence depuis que Declan Crawford refuse de traiter avec vous.

— Mais qu'est-ce que tout ça a à voir avec...

— Rien. Je voulais simplement vous indiquer que ce qui se passe chez vous ne me concerne pas.

— Très bien. Merci beaucoup.

— Et je suis certain que vous pourrez protéger M. Joss bien mieux que moi.

— Je n'en doute pas.

— Ceci dit, s'il s'avise de mettre un pied hors de cet État, je vous flanque tous les deux en prison, pour obstruction à la justice.

Il se retourna pour me fixer.

— Est-ce que c'est bien clair, M. Joss ?

— Absolument, shérif Colter.

Il m'adressa un grand sourire, puis me désigna à Rand d'un geste du bras.

— Prenez exemple sur lui, Rand Holloway ! Il est poli.

Rand répondit par un ricanement.

— Laissez-lui un peu de temps, shérif. Il finira aussi par vous détester.

Je poussai un soupir.

— Shérif, j'ai une vie à Chicago, il faudra bien que j'y retourne.

— À mon avis, M. Joss, votre vie est désormais au Texas.

Rand n'aurait pas pu avoir l'air plus satisfait.

Sur le chemin du retour, je tentai de téléphoner à Knox. Quand il ne répondit pas, je décidai de lui envoyer un e-mail dès mon arrivée au ranch.

Rand me suivit dans son bureau. Il resta ensuite derrière moi.

— C'est très étrange, remarquai-je. Knox n'est pas du genre à couper le contact. Il répond toujours du tac au tac à mes e-mails. D'ailleurs, il peut le faire de son téléphone.

— À mon avis, ce n'est pas sain de ne jamais décompresser.

Rand se laissa tomber dans le fauteuil de cuir qui trônait devant son bureau, en face de moi.

— Merde alors ! J'ai une tonne de boulot qui m'attend…

— Dans ce cas, je te suggère de passer un coup de fil et de t'y atteler.

— Qu'est-ce que tu racontes ?

— Tu as ton ordinateur portable, tu peux utiliser mon fax et ma connexion Internet. Tu peux même utiliser mon téléphone si tu en as besoin. Je ne vois pas pourquoi tu ne travaillerais pas d'ici.

— Rand, je ne fonctionne pas comme ça. Je me déplace, je rencontre les gens en personne, j'examine leurs propriétés, et…

— Non, pas cette semaine, coupa-t-il. De plus, c'est dimanche, et nous savons tous les deux…

165

Il s'interrompit pour bâiller.

— … que tu ne travailles pas le dimanche.

— Toi, si.

— Pas du tout. J'y ai été obligé ce matin, parce que ce mariage m'a bouffé pas mal de temps. Mais j'ai l'habitude de rester tranquille le dimanche, sans rien faire.

Je l'étudiai avec attention.

— Quoi ? s'étonna-t-il.

— Je ne te crois pas. Tu n'es pas du genre à ne rien faire.

— Vraiment ? Tu doutes de moi ?

— Oui.

— Dans ce cas, que dirais-tu de grignoter un morceau et d'aller ensuite en ville louer quelques DVD afin de glandouiller toute la journée ?

— Excellente idée. J'avoue que je suis curieux de voir quels DVD tu vas choisir.

Il parut un peu surpris.

— J'aime les films d'action. Et toi, tu préfères… les comédies musicales ?

Je lui fis un doigt d'honneur.

— Les films d'amour ? insista-t-il.

— J'envisage sérieusement de t'assassiner, déclarai-je.

En même temps, je répondais aux e-mails qui s'étaient accumulés dans ma boite durant ces quelques jours.

Je crus que Rand était parti, mais je sentis tout à coup sa main passer dans mes cheveux. Quand je levai les yeux, il déposa un baiser sur mon front.

— Ne sors pas de la maison, compris ?

— Oui chef, répondis-je sans retenir mon sourire. Ça me plaît que tu t'inquiètes pour moi.

Il me caressa les cheveux.

— J'ai failli te perdre aujourd'hui. À mon avis, tu vas bientôt perdre le contrôle et craquer. Attends que je revienne pour t'écrouler, d'accord ? Je veux te tenir contre moi et te réconforter.

Tout à coup, l'image de Mme Freeman gisant dans son sang me revint en mémoire. Je la repoussai fermement et me concentrai plutôt sur mon travail.

— Je ne suis pas du genre à m'écrouler.

— Si tu le dis, déclara-t-il en se penchant vers moi. Embrasse-moi.

Je tournai la tête pour obtempérer.

Quelques minutes plus tard, Rand se redressa et se lécha les lèvres avant de déclarer :

— On t'a déjà dit que tu as un goût de pêche ?

— N'importe quoi ! grommelai-je, en le repoussant.

— C'est la vérité. Et j'adore les pêches. Oui, c'est mon fruit favori.

Sa voix profonde émergeait de sa large poitrine tandis qu'il traversait le salon en direction de la porte.

— Moi je préfère les glaces comme dessert ! criai-je derrière lui.

— J'engloutis beaucoup de pêches.

— Ça suffit !

— Oui chef, hurla-t-il, avant de dévaler les escaliers.

Des pêches ? Mais qu'est-ce qu'il racontait ?

Je travaillai durant une heure et envoyai des e-mails à tous ceux que je connaissais dans la boite, pour leur demander où était Knox. Mon patron avait vraiment choisi le pire moment pour disparaître !

Quand j'eus terminé, je descendis au rez-de-chaussée, poussai l'écran grillagé et sortis sur le porche. Je fus surpris d'y trouver deux hommes. Ils montaient la garde : l'un avait un fusil de chasse posé sur les genoux.

Je les saluai tout en cherchant à dissimuler ma nervosité.

— Salut.

Le premier effleura juste le bord de son chapeau texan, avant de se remettre à surveiller les alentours, en particulier la route qui menait au ranch. Le second m'adressa un grand sourire et s'approcha de moi, la main tendue.

— Salut ! Je suis Dustin, mais tout le monde m'appelle Dusty. Et vous devez être Stefan Joss.

Son sourire était naturel et communicatif. Je ne pus que le lui retourner en acceptant sa poignée de main.

— Exact. Et votre ami, c'est qui ?

— Everett.

Je hochai la tête puis demandai :

— Qu'est-ce que vous faites là, tous les deux ?

— Nous nous assurons qu'il ne vous arrivera rien jusqu'au retour du patron.

— Je vois, dis-je, avec un autre sourire. Et si un inconnu arrive par cette route, qu'est-ce que vous comptez faire ?

— Ben, nous lui demanderons ce qu'il veut…

167

— Vous en êtes certain ? insistai-je.

Il soupira.

— Je sais très bien à quoi vous pensez, M. Joss. Tout le monde prétend qu'au Texas, nous tirons d'abord et posons les questions ensuite. Mais ce n'est pas vrai. Nous croyons en Dieu, vous savez, et nous ne tuons pas les gens sans raison.

— Lui, non, acquiesça Everett en jetant un coup d'œil par-dessus son épaule dans ma direction. Moi, je tire d'abord, M. Joss. Si une voiture inconnue se pointe sur cette route, le mec est mort. C'est ce que le patron m'a demandé, et sur ce ranch, c'est lui qui fait la loi.

— Dans ce cas, protestai-je, vous devrez en répondre au shérif, qui représente la loi de l'État du Texas. Je ne crois pas que vous puissiez agir illégalement, même sur ce ranch.

Everett avait repris sa garde vigilante.

— Ça n'a rien d'illégal. C'est un délit de pénétrer sur une terre qui ne vous appartient pas, M. Joss.

Voilà qui contredisait les dires de Dustin !

— Ne l'écoutez pas, il est dingo, m'expliqua Dustin. En général, nous ne le laissons pas discuter avec les gens.

Cependant, tous deux veillaient à ma sécurité, ce qui me touchait. Et je leur exprimai de vive voix la reconnaissance que j'en éprouvais.

— Je dirais que l'échange est équitable tant que vous maintenez le patron d'aussi bonne humeur que ces quatre derniers jours, M. Joss.

Everett m'avait donné son opinion sans même se retourner.

Je jetai un coup d'œil en direction de Dustin. Il déclara aussitôt :

— M. Holloway est un homme juste et un bon patron. Il paie un salaire honnête pour un jour de travail honnête. Mais jusqu'à cette semaine, je ne l'avais jamais vu sourire… et encore moins rire.

Everett changea de position. Toujours appuyé sur la rambarde du porche, il fit passer son autre cheville devant la première.

— Et ce changement me plaît, remarqua-t-il. En temps normal, rien ne va. Mais ces quatre derniers jours, tout baigne.

Avec un grand sourire, Dustin enfonça ses deux mains dans ses poches.

— Nous avons tous passé une très bonne semaine, M. Joss. Pourquoi ne pas rentrer dans la maison ? À moins que vous ne vouliez aller voir votre veau à l'étable ?

— J'irai peut-être tout à l'heure. Merci encore pour ce que vous faites.

— De rien, répondit Everett.

Je m'attardai quelques minutes de plus. Dustin reprit sa place derrière Everett. Les deux hommes sirotaient du thé glacé.

Une fois revenu dans la maison, je réfléchis à leur comportement. Quoi qu'ils pensent de mon orientation sexuelle, ils m'avaient accepté à cause de Rand. Ils l'appréciaient, et comme j'avais une bonne influence sur lui, ma présence ne les dérangeait pas. Il fallait que je me fasse à l'idée.

Une fois dans la cuisine, je réalisai que je dormais quasiment debout. J'avais reçu une bonne décharge d'adrénaline en échappant à une tentative de meurtre. De plus, j'avais peu dormi la nuit précédente, et je commençais à en sentir le contrecoup. Je montai l'escalier jusqu'au premier étage et entrai dans ma chambre. Pour une raison étrange, je ne pus me décider à y rester. Vacillant sur mes pieds, j'allai jusqu'à la chambre de Rand et m'écroulai sur son lit. Son oreiller portait son odeur, c'était réconfortant. Je fermai les yeux.

Je fus réveillé par deux choses : une odeur délicieuse et le grondement de mon estomac.

— J'ai pris de l'avance et préparé quelques sandwiches au porc, déclara Rand avec un sourire. J'ai aussi de la salade de pommes de terre, du coleslaw, et beaucoup de bière.

Je m'assis, le regardant.

— Pourquoi t'es-tu arrêté ? Je m'apprêtais à faire à manger.

— Parce que je me suis dit que tu serais plus fatigué que tu ne voudrais bien l'avouer, expliqua-t-il en me souriant. Et j'espérais que tu te reposerais, comme tu l'as fait.

Il était très prévenant et je fus vraiment touché.

— Dustin et Everett t'ont fichu la trouille ? demanda-t-il encore.

— Non, répondis-je, en bâillant. C'était très gentil de ta part. Ils sont encore là ?

— Oui.

— Everett est un peu effrayant.

— Oui.

— C'est le mec le plus dangereux de ton ranch ?

— Pas du tout. C'est moi le mec le plus dangereux de ce ranch.

Je ne pus retenir mon rire.

— Je n'en doute pas.

— Ensuite, il y a Mac. Everett est en troisième position.

Quand je pris un air sceptique, Rand déposa l'assiette qu'il tenait à la main sur la table de chevet.

— Tu doutes de moi ?

Je secouai la tête en silence. Il insista :

— Si, je le vois bien. Tu crois que je me vante.

— Non.

J'allai jusqu'à lui et m'installai sur ses genoux. Il posa immédiatement une main sur ma hanche et écarta mes cheveux de mes yeux avec l'autre. Il paraissait inquiet.

— Qu'est-ce qui ne va pas ?

Je me penchai et l'embrassai lentement, prenant mon temps. Peu à peu, notre baiser devint plus fiévreux. Je sentis le désir monter en moi – et en lui.

— J'ai failli te perdre, haleta-t-il. J'ai eu tellement peur.

— Je m'en suis sorti.

— Par un coup de chance !

— J'ai toujours de la chance.

— Promets-moi que tu feras plus attention.

— Je te le promets.

Il prit une goulée d'air, avec difficulté.

— Je sais que tu détestes être coincé ici.

— Non, répondis-je sans mentir. Au contraire, je trouve ça plutôt agréable.

— Tu mens.

— Non, grondai-je. Si je n'étais pas bien ici, tu le saurais.

— Vraiment ?

— Oui. Rand, je te le promets. Je ne suis pas du genre à cacher ce que j'éprouve. Au contraire, je m'exprime librement.

Il ondula contre moi et exigea :

— Alors, montre-moi. Montre-moi que tu aimes être ici.

Je me penchai vers la table de chevet. Rand frissonna d'anticipation en m'entendant fouiller dans le tiroir, sachant parfaitement ce que j'allais en sortir.

Lorsque je revins vers lui, je lui demandai en riant :

— Qu'est-ce que tu as ?

— Je te veux.

— Tu m'as, chuchotai-je à son oreille.

Ma voix était basse et rauque. Il répondit par un gémissement primitif, désespéré. Je l'embrassai le long du cou. Il réagit en se soulevant pour me plaquer au matelas. Je souris. Penché sur moi, le bas-ventre collé à mes reins, les yeux étrécis, cet homme était la vision la plus érotique que j'aie vue de ma vie.

— Rand.

— Pourrions-nous juste... Je veux te prendre. J'ai vraiment besoin de sentir ton petit cul se resserrer autour de moi. Je veux m'enfoncer assez profondément en toi pour sentir battre ton cœur.

Je commençai immédiatement à arracher mes vêtements.

— Je ne peux pas... attendre, gronda encore Rand.

Il tira mon jean jusqu'à mes genoux, puis me fit basculer sur le ventre au beau milieu du lit. Je me relevai sur les mains et les genoux. Il récupéra le tube de lubrifiant que j'avais laissé tomber. J'entendis le grincement du bouchon, puis un doigt me pénétra.

— Ça va ? demanda-t-il.

Après un hochement de tête, je le suppliai d'oublier les préparatifs habituels. Je ne voulais pas de préliminaires. Je n'en avais pas besoin. Je ne désirai qu'une chose : qu'il me prenne.

Je laissai ma tête retomber sur mes bras et dis :

— Rand, moi aussi je te veux. Baise-moi. Baise-moi, je t'en prie, je...

Il m'interrompit en m'empalant d'une seule poussée, avec un cri rauque qui lui arracha la gorge.

— Bon Dieu, Stef ! Que c'est bon !

Il grognait d'extase en commençant ses va-et-vient, s'extirpant lentement, avant de se précipiter en avant, si fort qu'il me fit hurler son nom.

— Tu es si serré, continua Rand. Si brûlant... C'est là que je veux être... Je ne veux plus jamais te quitter.

Je gémissais sous lui. Je me tordais aussi, cherchant à accélérer son rythme. Je voulais que ce soit plus vite, plus profond, plus fort.

— Rand, je t'en prie... Je t'en prie.

Mais après sa première pénétration brutale, il avait ralenti et se montrait tendre envers moi. Parce que, même si je pensais désirer un acte violent et rapide, ce n'était pas le cas. J'avais besoin de recevoir exactement ce qu'il me donnait ; sa proximité me rassurait et me reconnectait à la réalité. J'étais encore trop fragile pour un pilonnage qui m'aurait écrasé dans le matelas.

Quand je finis par m'effondrer, Rand me prit dans ses bras et me tint serré contre lui.

Bien plus tard, alors que nous étions tous les deux collés l'un à l'autre, si proches qu'il était difficile de savoir où commençait l'un et où finissait l'autre, je m'endormis contre son cœur.

LA NOURRITURE était tentante, mais moins que cette peau d'homme contre la mienne. Malgré tous mes efforts, je ne pus rester éveillé après avoir mangé et que l'on m'ait fait l'amour de cette manière. Même le son lointain de voix ne put me faire soulever ma tête de sa poitrine.

Bien plus tard, je me réveillai seul. Il m'était toujours impossible d'ouvrir les yeux. Quand la porte grinça, je crus qu'il s'agissait de Rand. Une main douce se posa sur mon dos nu.

— Pauvre chou, déclara doucement May Holloway.

Cette fois, je soulevai les paupières et tournai la tête, sans décoller de mon oreiller.

— Vous n'êtes pas en colère ?

— Pourquoi le serais-je ?

— De me trouver là… dans le lit de votre fils.

— Non, mon chéri, je ne suis pas en colère. Tu rends Rand très heureux. Et puis, je te connais, je sais quel genre d'homme tu es. Il y a dix ans que tu fais partie de ma vie, je sais que tu as du cœur, un très grand cœur.

— Je vous aime ! m'exclamai-je en m'asseyant et en l'agrippant pour la serrer contre moi.

Elle se mit à rire.

— Moi aussi, mon petit.

— Vous ne craignez pas que Rand soit blessé ?

— Par toi ?

— Non, par tous les cons d'homophobes qui…

Elle m'interrompit d'un ricanement.

— Il faudrait un bazooka pour atteindre Rand et le blesser. Sinon, il ne risque rien. Pour le moment, celui qui m'inquiète, c'est Tate.

Je penchai la tête.

— Je suis désolé… qui ?

— Tate Langley, mon amoureux. Il est en bas.

— Pourquoi ? Je croyais que nous devions le rencontrer lundi soir.

172

— Je sais, mais il a tout à coup eu l'idée saugrenue qu'aujourd'hui était le jour idéal pour une entrevue, puisque c'est l'anniversaire des six mois de notre rencontre.

Je lui adressai un grand sourire.

— Waouh !

Elle émit un grognement dégoûté qui me fit rire.

— Il vous aime vraiment, insistai-je.

— On dirait, en effet, répondit-elle, sèchement.

— Alors, je ne comprends pas ce qui vous contrarie.

Elle prit mon visage en coupe entre ses paumes et déclara :

— Je suis désolée de ce qui est arrivé à Grace Freeman, et j'ai peur pour toi. Je ne sais pas ce que nous ferions sans toi.

Je repoussai ses mains.

— Non, non, non. Nous avons tout pour être heureux, pourquoi ne pas l'être ?

— Et si Tate décide de m'épouser ? s'écria-t-elle avec une grimace.

— Je ne vois pas où est le problème.

— Je veux rester madame James Holloway !

Je poussai un profond soupir.

— Voyons, vous le serez toujours. Mais le père de vos enfants est mort. Croyez-vous réellement qu'il voudrait vous voir passer le reste de votre vie toute seule, alors que vous avez encore tant d'amour à offrir ?

Je vis sa lèvre trembler.

— J'ai aimé James de tout mon cœur. Quand il est mort, j'aurais voulu partir moi aussi.

— Je sais. Je m'en souviens.

Elle posa la main sur ma joue.

— Tu vois, c'est ce que je voulais te dire : nous avons toi et moi beaucoup de souvenirs communs. Alors comment as-tu pu penser que je m'opposerais à ta relation avec Rand ?

Je soupirai et dis :

— Je me demande ce qu'en dira Charlotte.

— À mon avis, elle sera soit enchantée, soit dévastée.

— Pourquoi ?

— Parce que son frère va vivre avec son meilleur ami quelque chose qu'elle ne connaîtra jamais. Charlotte ne partagera jamais un lit avec toi, Stef, et savoir que Rand… Aussi ridicule que ça paraisse, je pense qu'elle en sera folle de jalousie.

— Oui, j'imagine, dis-je en fixant May dans les yeux. Vous connaissez bien votre fille.

— Je l'espère.

Je lui désignai la porte du menton.

— Vous ne vous inquiétez pas de laisser votre nouveau compagnon seul en bas, avec votre fils ?

Au bond qu'elle fit, on aurait cru que la foudre venait de s'abattre sur elle.

— Seigneur Dieu, mais à quoi je pense ?

J'éclatai de rire en la regardant s'enfuir de la chambre.

Après une douche rapide, j'enfilai un pantalon kaki et une chemise bleu pâle à manches courtes. Je voulais être présentable pour rencontrer le prétendant de May. Afin de descendre au plus vite, je passai beaucoup moins de temps que d'habitude à me coiffer. Je ne trouvai pas de chaussettes propres, aussi je restai pieds nus.

Dans le salon, Rand et Tate jouaient ensemble à la Wii. En me voyant, ils interrompirent leur partie.

J'avançai jusqu'à Rand.

— Désolé de vous déranger.

— Non… Pas du tout.

Il déglutit, puis s'humecta les lèvres.

— Tu es sûr que tu devrais être debout, Stef ? Après ce qui t'est…

— Je vais très bien, le coupai-je. Je prendrai le gagnant.

Il acquiesça et m'examina des pieds à la tête. Je ne le quittai pas du regard jusqu'à ce qu'il détourne les yeux.

— D'accord. Viens que je te présente à Tate Langley.

C'était un homme de cinquante-huit ans, qui avait trois filles et un fils d'un premier mariage. Il parut enchanté de me rencontrer, et sa ferme poignée de main m'indiqua que ce sentiment était authentique. D'aspect agréable, il était plus petit que Rand et moi, avec des yeux bleu clair et des cheveux argentés. Il m'expliqua qu'il gérait une compagnie d'assurances à Lubbock, ainsi qu'une concession automobile à Amarillo. Je lui fis la remarque que c'était pratique de pouvoir placer une assurance chaque fois qu'il vendait une voiture. En réponse, il m'adressa un clin d'œil. J'appréciai sa réaction.

Les chiens aboyèrent, et peu après, la porte grillagée s'ouvrit, et un autre cowboy pénétra dans le salon. Il était grand et mince, avec des traits burinés et des yeux très enfoncés. Un visage dur, mais beau.

— Chris ?

— La famille de M. Langley vient d'arriver.

— Fais-les entrer, répondit Rand.

Le cowboy me jeta un coup d'œil. Il effleura le bord de son chapeau avant de ressortir. May regarda fixement la porte qui claquait derrière lui.

— J'ignorais qu'il parlait, déclara-t-elle. Stef, il a même eu un geste à ton égard. Peut-être devrions-nous prévenir les journaux ?

J'allais répondre quand elle poussa un cri étouffé.

— Qu'est-ce qu'il y a ?

Elle m'ignora, et se tourna vers Tate.

— Il a bien dit que ta famille était arrivée ?

— Oui, répondit-il avec un grand sourire. J'ai dit à Rand que j'aimerais bien lui présenter ma famille, alors il m'a répondu : 'pourquoi pas tout de suite ?'. J'ai passé un coup de fil et les voilà. Tout s'arrange, non ?

May semblait prête à s'évanouir.

Je m'éclaircis la voix et lui demandai :

— May, vous ne connaissez pas encore sa famille ?

— Non, gémit-elle d'une voix atone.

Son teint devenait de plus en plus gris. En essayant de retenir mon sourire, je l'emmenai près de la bibliothèque.

— Respirez à petits coups rapides.

Je pratiquai cet exercice de relaxation pour lui montrer comment faire.

— À soixante ans, ajoutai-je, j'aurais cru que plus rien ne pouvait vous surprendre.

Elle me frappa, plutôt violemment. Quand j'éclatai de rire, elle recommença.

La famille de Tate Langley était aussi aimable que lui. Sa fille aînée, Sophie, était superbe ; son mari, Eli, charmant. La seconde, Amanda, paraissait vive et décidée. Le fils, Tristan, aurait pu présenter une ligne de vêtements dans un magazine de mode. Quant à la dernière, Candace, c'était la beauté de la famille. Au premier regard qu'elle lança à Rand Holloway, elle décida qu'il serait son cadeau de Noël.

Ses yeux magnifiques, d'un brun cuivré, caressèrent Rand des pieds à la tête, puis Candace le mitrailla de questions au sujet de son ranch.

Je levai un sourcil en direction de May et déclarai à mi-voix :

— Elle le trouve à son goût.

— Arrête.

— Quoi ?

— Oh, Seigneur Dieu !

Elle soupira et marcha en direction de Tate qui appelait. Elle pratiquait toujours la technique de respiration Lamaze [24] que je lui avais indiquée.

— Qui aurait cru que ce soit à nouveau utile ? murmurai-je.

— Stefan Joss, tu as un côté démoniaque.

Voilà qui n'était pas nouveau.

J'allai jusqu'à la cuisine, afin de préparer un repas avec ce qui restait du dîner organisé pour le mariage de Charlotte. Je trouvai de la viande froide – du bœuf et du porc – et décidai de préparer une salade avec des pommes de terre et du coleslaw, comme ce que Rand m'avait apporté la veille. Il y avait aussi des haricots qu'il me suffisait de réchauffer. De quoi nourrir tout le monde.

Quand la porte s'ouvrit, je fus surpris de voir apparaître Tristan.

— Salut, dis-je.

Il m'adressa un immense sourire et traversa la cuisine jusqu'à moi. J'acceptai la main qu'il me tendait, et la serrai.

— Salut. Je suis Tristan.

— Oui, j'ai entendu ton père te présenter.

— Et toi, tu es ?

— Oh, désolé. Stefan.

Il couvrit ma main, qu'il tenait toujours, de la sienne, et déclara :

— Stefan, je suis vraiment ravi de te rencontrer.

Sans trop savoir quoi dire, je hochai la tête.

— Tu as besoin d'aide ? demanda Tristan quand il me lâcha.

— Oui, pourquoi pas ?

Il m'expliqua qu'il travaillait comme directeur commercial dans une boite de relations publiques. Il était amusant, beau parleur, et nous avions quelques goûts en commun. Quand sa sœur, Amanda, passa la tête par la porte et demanda si elle pouvait nous aider, Tristan lui répondit 'non' avant que je ne puisse dire un mot. Elle m'adressa un sourire détaché et s'en alla.

Je me tournai vers Tristan.

— J'espère que tu ne l'as pas vexée.

— Amanda n'est pas du genre à se vexer. Elle voulait probablement vérifier où est-ce que j'en étais.

---

24 Fernand Lamaze, 1891-1957, neurologue et obstétricien français, connu pour la méthode d'accouchement sans douleur qui porte son nom (NDT).

— Pardon ?

Il me regarda bizarrement.

— Stefan, il faut que je te dise... Je ne suis pas dans cette cuisine par hasard. Je t'ai suivi, délibérément.

— Ah, j'en suis très flatté.

Il s'approcha de moi.

— Tu es sans conteste l'homme le plus beau que j'aie rencontré depuis bien longtemps. Je n'ai pas voulu laisser passer cette occasion.

— Quelle occasion ?

— De te demander de sortir avec moi.

J'eus un lent sourire.

— C'est une charmante invitation. En temps normal, je l'aurais acceptée, mais...

— Ne dis pas non, coupa-t-il. Il faut bien que tu manges. Laisse-moi t'inviter quelque part. Il y a d'excellents restaurants à Lubbock...

— Je n'en doute pas. Mais actuellement, j'ai déjà quelqu'un.

Il se colla à moi et m'empoigna le cul.

— Tu seras super dans mon lit... Je t'imagine déjà à poil entre mes draps.

Ce n'était pas la déclaration la plus ringarde que j'aie jamais entendue, mais elle serait tout de même placée en haut du classement. De toute évidence, quelqu'un avait gravement menti à ce gamin en lui faisant croire qu'il savait draguer. Je me rappelai tout à coup ces malheureux qui tentaient leur chance dans *American Idol* [25], parce que leurs 'amis' leur affirmaient qu'ils chantaient bien. Et quand on les voyait à la télé, on se demandait : 'pourquoi ?' Je n'aurai jamais cherché à humilier quelqu'un de cette façon. À mon avis, c'était provoquer le destin et risquer un retour de bâton. Mais après ce qui m'était arrivé la veille, mon état émotionnel restait fragile. Entre cette tentative de meurtre et le chaos que Rand provoquait dans ma vie, j'étais plutôt à cran. Aussi, je ne pus que renverser la tête en arrière et éclater de rire. J'aurais dû le remercier pour cet intermède, parce que rire était sûrement mieux que l'autre option.

— Merde, mais qu'est-ce que tu...

_____

25 Émission télévisée américaine datant de juin 2002, adaptée en France sous le titre *Nouvelle Star :* concours où le public choisit un gagnant parmi ces chanteurs inconnus (NDT).

177

Il fut interrompu quand Rand pénétra dans la cuisine, Candace sur les talons.

— Qu'est-ce que vous faites ?

Je riais toujours aux larmes, aussi je dus m'essuyer les yeux du dos de la main avant de pouvoir répondre :

— Je prépare un en-cas. Tristan me tient compagnie. Il est très rigolo.

— Vraiment ?

Les sourcils froncés, Rand avança jusqu'à moi. Il posa la main sur ma nuque et commença à me masser doucement.

— C'est très aimable à lui de distraire le petit personnel, ajouta-t-il.

Quand il repoussa mes cheveux de mes yeux, je lui adressai un sourire amusé.

— Le petit personnel ?

— Exactement, répondit-il en riant.

Il m'envoya une claque sur les fesses, puis quitta la cuisine sans rien ajouter. Je fis face à Candace qui me dévisageait avec des yeux écarquillés. Quant à Tristan, il paraissait tétanisé.

— Désolé, dis-je. Il est complètement idiot.

Candace désigna la porte du doigt.

— Rand est gay ?

Je n'eus pas le temps de répondre. La porte se rouvrit et l'homme en question réapparut. Il m'agrippa férocement par-derrière, les deux bras noués autour de ma taille. Je ne pus retenir un sourire ravi quand il se pressa à mon dos et frotta son menton sur mon épaule.

— Ton odeur me rend fou, grommela-t-il.

Le visage caché dans mon cou, il me mordilla, puis passa les mains sous ma chemise, à la recherche de ma peau nue. Il m'était difficile de me concentrer avec Rand aussi proche. J'avais l'estomac noué presque douloureusement. J'entendis quand même Candace appeler :

— Rand ?

Quand ma tête roula sur mon épaule, je réalisai que mon jean me serrait trop, c'était inconfortable. Rand avait sur moi un effet immédiat : je brûlais en sa présence.

— Salut, dit Rand allègrement en plaquant sa main sur mon abdomen. Il est à moi. Il ne vous l'a pas dit ?

En reprenant mes esprits, je pus examiner les deux personnes devant moi, et j'essayai de ne pas sourire lorsque Rand ondulait contre mes fesses. Son mouvement produisait des électrochocs à travers tout mon corps. Je réalisai tout à coup que j'aurais dû passer toute la journée au lit. Ce qui existait entre nous était trop neuf pour que nous puissions agir normalement en public. Nous avions besoin d'être seuls pour gérer cette overdose émotionnelle.

Tristan me fixait toujours. Il demanda d'une voix atone :

— Tu es avec lui ?

— Oui, répondis-je. Depuis peu.

Mmm. J'adorais la sensation de ces larges mains sur ma peau.

— Je l'ignorais… Mon père est au courant ?

— Bien sûr, répondis-je, l'air béat.

— Bien sûr, confirma Rand dans un éclat de rire. Tout le monde ici est au courant que cet homme m'appartient.

Il m'embrassa l'oreille une dernière fois, puis il me lâcha et quitta à nouveau la cuisine.

— Oh Seigneur ! haleta Candace. Je me sens grotesque.

— Mais non, dis-je, gentiment. Il est terriblement sexy. Je comprends très bien que tu aies été tentée au premier coup d'œil.

Elle m'adressa un grand sourire et me prit la main.

— Tu es vraiment charmant. Maintenant que je sais n'avoir aucune chance avec ton copain, est-ce que je peux me rendre utile ?

— Excellente idée, répondis-je, avec un sourire.

Ensemble, nous nous retournâmes vers Tristan, mais il quitta la pièce sans un mot.

— Alors, Candace, raconte-moi ce que tu fais.

Ce fut bien plus drôle de parler avec elle qu'avec son frère. Plus tard, quand nous appelâmes les autres, nous avions préparé un buffet appétissant qui nous valut de nombreux compliments. J'apportai deux assiettes à Chris et Paul qui avaient remplacé Everett et Dustin sous le porche. Je leur demandai de prévenir les autres cowboys que le dîner était prêt.

Lorsque je fus à nouveau dans la cuisine, Rand apparut à mon côté. En me tournant pour le regarder, je fus à nouveau frappé par la splendeur de ses yeux bleus.

— Quoi ? demanda-t-il, après une minute de silence.

— Rien, répondis-je avec un sourire. J'ai juste envie de retourner me coucher.

— Bonne idée.

Il me rendit mon sourire, mais son regard s'était obscurci.

— Qu'est-ce qu'il y a ?

Il paraissait boudeur, comme si ma présence lui était désagréable.

— Rand ? insistai-je.

Il soupira profondément.

— Ça ne marchera pas.

— Quoi ?

— Tout ça. Je ne peux pas faire semblant, je te veux trop.

Sans m'y attendre, un choix s'imposait à moi.

Avec une profonde inspiration, Rand s'expliqua :

— Maintenant que je t'ai vu ici, le ranch ne représentera plus la même chose pour moi si tu t'en vas. Je ne pourrais pas le supporter. Je ne veux pas ressentir ça dans ma maison. Jenny n'a jamais réussi à me faire haïr mon ranch, parce qu'elle n'y a jamais eu sa place. Durant notre mariage, elle détestait devoir faire la cuisine, parler à mes hommes, et même monter à cheval avec moi... Elle ne voulait qu'une chose : s'échapper. Et quelque part, elle me considérait comme son geôlier.

Contrairement à ce que j'avais cru, Rand avait analysé le comportement de son ex-épouse.

— Jenny haïssait notre vie ensemble, continua-t-il. Elle ne voulait rien avoir en commun avec moi. Pour justifier son désir de me quitter, elle a décidé que rien n'allait. Elle ne voulait pas coucher avec moi, parce qu'elle ne désirait pas rester. En fait, même si sa famille et ses amis pensaient qu'elle avait ça dans le sang, elle détestait la vie au ranch. Malheureusement, je ne l'ai réalisé qu'après notre mariage. Sachant qu'elle voulait s'en aller, je l'ai laissée faire – en acceptant que le blâme me retombe dessus.

Je n'en doutais pas. Rand Holloway était un homme bon et courageux.

— Mais maintenant, j'envisage autre chose, ajouta-t-il.

Je déglutis péniblement et tentai de contenir les émotions qui enflaient en moi. Je réalisai tout à coup me retrouver devant une décision qui allait changer mon avenir : un carrefour, sans retour en arrière possible.

— Avec toi, Stef..., chuchota Rand d'une voix cassée, j'aime encore plus mon ranch. Tu ne le sais peut-être pas, mais tu es heureux ici.

Je ne pus que le regarder fixement, en silence.

— Tu es un homme compliqué, Stef, très beau... mais froid et dur. Tu es d'une indépendance féroce. Ça me terrifie de voir à quel point tu t'appliques à ne dépendre de personne.

Il avait raison. Je protégeais mon cœur.

— Mais ce matin, quand tu as ouvert les yeux, tu as oublié une seconde de relever ta garde... J'ai vu la confiance dans le regard que tu as posé sur moi. Seigneur, Stef, tes yeux étaient si doux. Parfois, tu me fixes comme si j'étais un cadeau tombé du ciel. Comment pourrais-je ne pas céder ? Comment pourrais-je ne pas vouloir te garder ici, avec moi ?

Il allait me tuer.

— Je t'aime, Stef, souffla Rand. Et ça me tue.

Je ne savais plus quoi faire.

— Après un seul jour avec ton odeur sur mes draps, avec tes cheveux sur mon visage, un seul jour à te sentir me mordre la lèvre pour m'empêcher d'interrompre un baiser… je sais déjà que je ne pourrais plus vivre sans toi.

— Rand…

— Attends… Je n'ai pas fini. J'aime caresser ta peau nue. J'aime pouvoir être moi-même au pieu, sans rien retenir de ma force. J'aime ta douceur envers moi. J'aime être en toi lorsque nous faisons…

— D'accord, l'interrompis-je, ayant déjà du mal à respirer.

— Quoi ? Tu sais bien que tu es fait pour moi.

Il avait raison. Au lit, nous nous accordions parfaitement.

— Alors, je veux que tu restes, insista Rand. Est-ce que tu vas rester ?

Il n'y avait qu'un seul problème : nous nous connaissions depuis peu. J'ignorais ce que nous réservait l'avenir. Ce qui existait entre nous allait-il durer une vie entière ou bien n'était-ce qu'une brève passion qui s'éteindrait rapidement ?

— Je sais que je t'ai dit que cela ne me dérangerait pas que tu retournes à Chicago durant une semaine pour récupérer tes affaires, mais je ne suis pas certain de le supporter.

Cette fois, sa voix craqua, il ne put continuer.

Quand je me retournai pour lui faire face, il posa les mains sur mes épaules.

— Réfléchis à ce que je t'ai dit.

Il se pencha et m'embrassa sur le front. Quelques secondes plus tard, il avait disparu.

JE NE pouvais pas penser à Rand maintenant sous peine de perdre la tête, aussi je montai dans son bureau, à l'étage, pour vérifier mes e-mails. J'espérais obtenir une réponse concernant Knox. Ce ne fut pas le cas.

Quand mon téléphone sonna, je pris l'appel sans prendre la peine de vérifier le numéro.

— Stef.

— Bon sang ! haletai-je, sidéré d'entendre la voix de mon patron. Bordel, Knox, mais où es-tu ?

— Il faut que je te voie, Stef. J'ai des ennuis.

— Quel genre d'ennuis ?

— Je préfère ne pas en parler au téléphone.

— Hein ? Pourquoi ? Tu t'inquiètes d'être sur écoute ou…

— Non, c'est juste…

— Knox, tu peux me virer, mais je sais très bien que tu me racontes des conneries. Tu as disparu depuis une semaine. Même Donna ne sait pas où tu es.

— Tu as parlé à Donna ?

— Bien sûr – merde ! Si je ne peux plus contacter mon patron, il faut bien que j'appelle sa patronne pour obtenir des putains de réponses. Bordel, que se passe-t-il ?

Il ne répondit pas. En fait, le silence dura si longtemps que je faillis vérifier s'il était encore en ligne.

— J'ai des ennuis.

— Oui, ça, je l'avais compris. Il y a quatre ans que je travaille avec toi, Knox, et c'est bien la première fois que je n'arrive pas à te joindre.

— Merde.

Je changeai de tactique.

— Je t'en prie, explique-moi ce qui ne va pas.

Il s'éclaircit la voix et grommela :

— Viens me voir.

— Très bien. Où es-tu ?

Après m'avoir donné les coordonnées de son motel, il m'expliqua encore avoir besoin de me parler en personne. Sinon, insista-t-il, il allait craquer. La voix qu'il avait, si tendue, si cassée, me terrorisa. Le Knox que je connaissais était un homme plein de confiance et de conviction.

Sans lâcher mon portable, je récupérai un sweat à capuche que j'enfilai avant d'en remonter la fermeture éclair. J'avais la sensation que le moindre geste me prenait un temps fou.

— Ça va aller, assurai-je. Ne t'inquiète pas, ça va aller. Quels que soient tes ennuis, nous allons trouver une solution ensemble.

Knox prit une grande goulée d'air.

— D'accord.

— J'arrive aussi vite que possible.

Je savais que Rand ne comprendrait jamais mon besoin d'aller retrouver mon patron seul, aussi je me contentai de laisser un bref message sur son bureau avant de descendre. Je passai par l'arrière et contournai la maison. Tous les autres étaient encore dans la cuisine, occupés à manger et à parler et il n'y avait personne sous le porche.

Je me glissai dans ma voiture de location, enlevai le frein à main et la laissai rouler sans bruit jusqu'au bas de la pente. Quand je fus certain d'être assez loin de la maison pour qu'on ne m'entende pas, je démarrai le moteur, sans allumer les phares. Le clair de lune me permit de rejoindre la grand-route sans difficulté.

Mon téléphone sonna à la seconde où je quittai le ranch.

— Comment expliques-tu que je n'ai pas entendu ton portable sonner dans la maison ? aboya Rand d'une voix dure.

— Mon patron m'a téléphoné, répondis-je. Il a besoin de me voir.

— Très bien. Reviens ici, et nous irons ensemble.

— Je ne pense pas que ce soit une bonne idée.

— Moi, si.

— Je dois le rencontrer seul, Rand.

— Je n'arrive pas à croire que tu aies filé en douce ! Pire encore, tu…

— Je n'arrive pas à le croire non plus, coupai-je, réalisant soudain ce que je venais de faire. Bon Dieu, est-ce que j'aurais peur de toi ?

— Stef…

— Et merde ! Rand, franchement, ce que tu penses de moi compte beaucoup à mes yeux. Je ne veux pas que tu sois furieux.

— Stef…

— Bordel, je crois que je t'aime.

Cette fois, il s'étouffa à l'autre bout du fil.

— Tu… quoi ?

— Tu m'as entendu. Je ne sais même pas comment c'est arrivé.

Il toussait toujours, et ne paraissait pas prêt à s'arrêter.

— Stef… Dis-le-moi.

— Non, certainement pas. Je refuse d'avoir cette conversation au téléphone. D'un autre côté, c'est plus facile si je n'ai pas à te regarder. Mais je veux te le dire en face.

— Me dire quoi ?

— Que je t'aime, abruti ! Tu n'as rien écouté ?

Il éclata de rire, un son spontané et chaleureux qui me coupa le souffle.

— Bon Dieu, Stef, on ne peut pas dire que tu paraisses heureux de cette découverte.

Mais après avoir prononcé ces mots à voix haute, j'étais convaincu de leur véracité. Ils avaient quasiment jailli de mon cœur, aussi verrouillé soit-il.

— Je ne veux pas renoncer à ma vie, Rand. Je veux rester moi-même.

— Personne ne te demande de renoncer à quoi que ce soit. Pourquoi voudrais-je te voir changer ?

— Je ne travaillerai pas sur ton ranch.

— D'accord.

— Je parle sérieusement.

— D'accord.

— Marché conclu.

— Maintenant, dis-moi où tu comptes rencontrer ton patron, exigea-t-il.

Je le fis.

LE MOTEL était minable et louait ses chambres à l'heure, ce qui me parut étrange. Mon patron était plutôt du genre à réserver des chambres cinq étoiles, ou rien.

Bon sang, mais que se passait-il ?

Quand je frappai à la porte, l'homme qui m'ouvrit ne ressemblait pas du tout à celui que je connaissais. On l'aurait cru déguisé, avec une barbe de plusieurs jours, un jean et une chemise de flanelle. J'en restai sidéré.

— C'est quoi ce bordel ?

Je ne pus continuer. Il m'agrippa le bras pour m'attirer à l'intérieur, et referma derrière moi le verrou de la porte. En me retournant, je remarquai le revolver qu'il tenait à la main.

— Knox, qu'est-ce qui te prend ?

Son bref sourire me rappela tout à coup celui qu'il avait été.

— Tu te rappelles, Stef ? J'ai toujours dit que tu étais tellement loyal que tu prendrais une balle pour moi.

Je me figeai, tétanisé.

— Aujourd'hui, continua Knox, nous allons pouvoir tester ma théorie.

Quand il regarda par-dessus mon épaule, je réalisai qu'il y avait quelqu'un derrière moi. J'entendis un bruit…

Puis je sombrai dans le néant.

X

JE DÉTESTE l'odeur de l'essence. Certains l'aiment bien. Pas moi. Quand je tentai de lever la main pour bloquer mes narines, je découvris qu'il m'était impossible de bouger. En ouvrant les yeux, je me vis plaqué au sol par le corps d'un homme deux fois plus lourd que moi. Il avait les yeux grands ouverts et vides. Je poussai un cri en le repoussant avec horreur, puis je reculai sur les fesses et me plaquai le dos au mur.

— Tu as peur ?

C'était Knox, mon patron. Il tenait dans une main un bidon d'essence vide et dans l'autre, le même revolver qu'auparavant.

— C'est Cole Gypsum, si ça t'intéresse – mon *associé* dans cette petite opération. Sans toi, Stef, je lui aurais tout collé sur le dos, mais j'ai bien vite compris que personne n'y croirait. Il n'y a aucun lien entre Cole et cette histoire, aussi sa culpabilité n'était pas logique et ils auraient continué à fouiller – ce qui aurait pu les mener jusqu'à moi. Mais avec toi, la connexion existe, alors… ils ne chercheront pas plus loin.

Avec des pupilles immenses et dilatées, il ne paraissait pas dans son état normal. L'homme que je connaissais avait disparu, laissant cette coquille vide derrière lui.

— Qu'est-ce que tu as fait ? demandai-je.

— J'avais besoin d'argent.

— Quel argent ?

— Mais tu es crétin ou quoi ? L'as-tu toujours été ? Je ne te considérais pas comme un crétin.

Je passai en revue tout ce que je savais, puis je regardai autour de moi et réalisai où je me trouvais : dans le salon de Mme Freeman.

— Et merde, Knox.

— Au début, cela paraissait si facile… Après tout, ces gens-là se prennent pour le sel de la terre, pas vrai ? Dans tous les films de cowboys… le rancher ne vend jamais sa terre au margoulin de la ville. Nous sommes les méchants et eux les gentils, donc ils refusent le marché.

— Et c'est pourtant ce qu'ils ont fait. Du moins, certains d'entre eux étaient d'accord pour vendre.

Knox poussa un grand soupir.

— Oui. Ils ont tous décidé de vendre.

— Sauf Mme Freeman.

Il eut un sourire.

— Elle était le dernier rempart, et mon ange gardien… Tant qu'elle refusait de vendre, personne ne réclamait l'argent. Tant qu'ils n'en avaient pas besoin…

— … ils ignoraient qu'il avait disparu.

— Exactement.

Cette révélation était choquante. L'acompte versé par Armor South à Chaney Putnam était destiné aux propriétaires qui avaient accepté de céder leurs ranchs. Knox Bishop avait escroqué cinq millions de dollars à la société où je travaillais, et personne n'en avait le moindre soupçon.

— Comment as-tu réussi ton coup ?

— C'était facile, j'ai simplement déplacé les fonds d'un compte à l'autre, jusqu'à ce que la trace se perde.

— Ils le retrouveront, Knox.

— Personne ne l'a cherché, Stef. Ils n'ont pas besoin de cet argent tant que le marché n'est pas conclu.

— Mais quand ils apprendront la mort de Mme Freeman, ils vont réclamer leur dû.

— Oui, et c'est là que tu interviens, ainsi que mon défunt complice.

Merde.

— Quand as-tu volé cet argent ?

— L'année dernière, au début de cette opération, quand Armor South nous a versé son acompte. Personne ne s'intéressait à cet argent.

— Quelqu'un l'a fait.

— Oui, moi, déclara-t-il d'un ton ravi. C'était *mon* marché, j'étais censé convaincre les ranchers de vendre et leur donner une certaine somme d'argent pour qu'Armor South puisse construire un nouveau supermarché Green Light.

— Qu'est-ce que tu as fait de cet argent ?

Il arpentait à présent la pièce de long en large.

— Je l'ai dépensé. J'avais des dettes… et puis, mon train de vie est coûteux, tu n'as pas idée de la vie que je mène, Stef ! Tu ne peux pas… imaginer.

Il y avait dans sa voix une sorte de fébrilité inquiétante.

— Pourquoi avoir tué Mme Freeman ?

186

— J'étais obligé, admit-il. C'est bien le problème. Soit elle tenait bon et j'étais tranquille, soit elle cédait et il fallait que je vienne vous tuer tous les deux, et m'arranger pour qu'on te croie coupable d'avoir volé ces cinq millions et assassiné cette pauvre femme pour sauver ta peau.

Il est parfois effrayant de constater le pouvoir de l'argent ! Je connaissais Knox Bishop depuis quatre ans, depuis que j'avais commencé à travailler pour Chaney Putnam, et je n'avais jamais suspecté le monstre qui se dissimulait sous la surface. J'avais considéré cet homme comme un ami, nous avions passé d'innombrables nuits à réfléchir ensemble pour résoudre un problème ou un autre. Quand il s'était blessé dans un accident de ski, je lui avais rendu visite quasiment tous les jours. Nous partagions tant de souvenirs qu'il nous suffisait parfois d'un regard échangé pour éclater d'un rire rauque. Je le regretterai.

— Stef ?

Tout à coup, je remarquai qu'il avait un briquet à la main. Je désignai du menton l'arme qu'il tenait encore et demandai :

— Alors, tu comptes me tirer dessus ?

— Oui. Ensuite, je mettrai le feu à cette baraque, et toi et Cole serez à l'intérieur.

J'eus un violent frisson.

— Pour ce que cela vaut, Stef, je ne t'ai jamais voulu de mal. J'ai vraiment prié pour que Mme Freeman refuse de vendre. D'ailleurs, c'est Cole qui l'a tuée, pas moi.

Qu'étais-je censé dire ?

— C'est aussi lui qui a cherché à t'écraser sur la route, ajouta mon patron.

— Pourquoi as-tu tué Cole ?

Je cherchais à le faire parler, tout en le regardant d'un air inquiet jouer avec son briquet, dont il ne cessait d'ouvrir et de refermer le clapet.

Knox soupira.

— Cole m'a réclamé plus d'argent que ce qui avait été convenu. Il pariait beaucoup…

Je regardai l'homme qui se penchait sur moi et suggérai :

— Pourquoi ne pas t'enfuir, Knox ? Tu pourrais disparaître… Avec cet argent, tu devrais pouvoir vivre jusqu'à la fin de tes jours, non ?

— Je te l'ai déjà dit, répondit-il, tristement. Tout a disparu.

— Ce n'est pas possible.

— Ça suffit ! Je veux garder mon boulot. Quand tu ne seras plus là, je pourrai repartir à zéro. Ce sera comme si rien de tout ça n'était arrivé.

Très lentement, avec des gestes prudents, je me redressai et dis :

— Je ne pense pas que tu veuilles réellement me tuer.

Il leva son arme dans ma direction et déclara froidement :

— Non, bien sûr. Malheureusement, je n'ai personne d'autre. Cole est mort, et il faut que vous disparaissiez ensemble.

Je le fixai, avec la sensation d'être sous l'eau, sans oxygène.

Il alluma son briquet et le jeta dans un coin de la pièce, qui s'enflamma instantanément. Très vite, le feu se propagea aux rideaux, à la bibliothèque et au magnifique fauteuil à bascule. Je réalisai avec tristesse que la demeure de Mme Freeman allait brûler de fond en comble. Tout ce qu'elle avait accumulé au cours de sa vie finirait en cendres : ses photos, les livres de ses enfants, ses recettes, ses manuscrits... Sa famille ne garderait d'elle que des souvenirs.

Knox avança vers moi.

— Ne t'inquiète pas, déclara-t-il. Je ne compte pas tout te mettre sur le dos. On pensera que Cole t'a forcé la main. J'ai imaginé une belle histoire selon laquelle vous étiez amants mais qu'il se servait de toi... alors, tu as fini par le tuer avant de te suicider. J'ai même écrit un message d'adieu.

— Personne me connaissant ne croira à une histoire pareille.

J'avais de nombreux défauts, mais je n'étais pas du genre mélodramatique.

— Non, c'est romantique... c'est tordu mais romantique, dit-il en haussant les épaules. Ça va marcher.

Je fonçai vers la porte, poussé par l'instinct de survie. Pas question que je reste planté en attendant qu'il me tire dessus. Franchement, c'était grotesque. Je déboulai dans la cuisine et dérapai sur le carrelage. Je dus me rattraper au chambranle de la porte pour ne pas tomber. Devant moi, je vis deux portes. La première étant verrouillée, j'essayai la seconde : c'était l'escalier qui montait au premier.

— Stef !

Il y eut un bruit sourd, comme un 'pop'. Un des panneaux de la porte s'éparpilla autour de moi. Le trou aurait été bien plus grand si j'avais reçu la balle en travers du corps. J'escaladai les marches au pas de course, poursuivi par les hurlements hystériques de Knox.

— Je ne veux pas te faire mal !

Non, il comptait juste me tuer. De toute évidence, sa psychose s'était aggravée : cet homme avait abandonné toute logique.

En courant dans le couloir du premier, j'entendis derrière moi d'autres coups de feu, aussi je me jetai dans la première pièce venue – une chambre à coucher apparemment, décorée de boutons de rose. Je ne vis rien à l'intérieur que je puisse utiliser pour me défendre. Je trouvai vraiment étrange de vouloir échapper à la mort dans une pièce qui semblait destinée à une enfant de neuf ans.

— Stefan !

Pour voir si je pouvais sauter, j'allai jusqu'à la fenêtre que j'ouvris. Des lumières bleues clignotantes me sautèrent au visage. Relevant les yeux, j'aperçus quatre voitures du bureau du shérif, et l'énorme pick-up noir de Rand. Il était là, et deux hommes le maintenaient pour l'empêcher de se ruer dans la maison. Je frappai à la vitre pour attirer son attention. Il tourna la tête dans ma direction en hurlant quelque chose que je n'entendis pas. Même à distance, je vis qu'il bouillonnait de rage et d'impuissance

Si je sautais du premier étage, rien n'amortirait ma chute. Je ne me tuerais sans doute pas, mais je risquais de me blesser gravement. Je reculai dans la pièce.

— Stef ! hurla Knox.

Il y eut un autre 'pop' et mon épaule parut s'enflammer, tout comme la maison. Je m'enfuis en courant, même si mon bras me paraissait prêt à se séparer de mon corps. Je passai dans une autre chambre où je vis une autre porte. En l'ouvrant, je découvris que les chambres étaient connectées comme une sorte de dortoir. De là, je passai la tête dans le couloir, et vis Knox pénétrer dans la chambre que je venais de quitter. Il ne connaissait pas la maison mieux que moi, ce qui représentait mon seul atout. Quand je repris les marches pour retourner au rez-de-chaussée, je l'entendis immédiatement courir dans le couloir, en rugissant mon nom.

Je crus arriver dans un sauna : il y avait de la fumée partout. Je regrettais que la demeure de Mme Freeman ne soit pas aménagée comme celle de Rand. Jamais plus je ne prendrais pour acquis qu'une porte au fond de la cuisine donne sur l'arrière de la maison, sous le porche. Pourtant, il devait bien y avoir une autre issue, et il me fallait la trouver. La porte d'entrée, attaquée par les flammes, était condamnée.

— Stef ! cria-t-il, puis j'entendis ses pas dans l'escalier.

Il n'y avait aucune issue. Les meubles étaient trop lourds pour que je les soulève et les jette sur l'énorme baie vitrée, mon dernier espoir.

— Stef !

Je serrai mon épaule de ma main, du sang dégoulinant à travers mes doigts crispés, je me tournai pour le regarder.

— Tu ne peux plus t'en sortir, Knox.

— Si ! hurla-t-il, déchaîné. Tu vas voir !

Il pointa son arme sur moi.

Je serrai les dents en attendant l'impact. Je ne pouvais plus lui échapper. Même si je tentais d'esquiver, il ne pouvait pas me rater.

Il poussa un hurlement et je vis du sang jaillir de son épaule, de son bras, de sa clavicule. Je me tournai vers la baie et vis le shérif Colter gesticuler afin que je m'écarte. Dès que j'obtempérai, un des fauteuils que Mme Freeman et moi avions utilisés quelques jours plus tôt fracassa la baie vitrée, projetant une pluie de tessons alentour.

À travers la brèche, un adjoint du shérif m'agrippa et me fit sortir. Deux autres se chargèrent de Knox. À peine étais-je dehors qu'une poigne violente me fit pivoter. Je me retrouvai écrasé contre un mur de muscles durs. Relevant les yeux, je vis des prunelles dont le bleu étonnant était devenu presque noir.

— Je voulais juste le sauver, Rand.

Il acquiesça et me serra contre lui avant de se pencher pour passer un bras sous mes genoux et me soulever. Il m'emporta loin de la maison en flammes, jusqu'à son pick-up.

— Il m'a tiré dessus, indiquai-je.

— Je sais ! aboya-t-il. J'ai entendu.

— Pourquoi es-tu aussi en colère ?

Levant la main, j'effleurai sa mâchoire crispée.

— Oh, je ne sais pas. Peut-être parce que l'homme que j'aime s'arrange pour se faire tirer dessus juste après m'avoir *enfin* annoncé qu'il m'aimait aussi !

Il était adorable.

— Qu'est-ce que je peux dire ?

— Qu'est-ce que tu peux dire ? Bordel, tu *me* demandes ce que *tu* peux dire ?

Ma question n'avait été que rhétorique.

— Bon Dieu, Stefan !

Après ce rugissement, Rand me serra si fort que je poussai un couinement très peu viril. Mais il continua sur sa lancée :

190

— Tu pourrais par exemple me dire : Rand, je suis désolé de t'avoir fait vieillir de dix ans !

Je relevai la tête et l'embrassai sous la mâchoire. Il n'en fut pas calmé pour autant.

— Et je te signale que tu as perdu toutes tes options, grommela-t-il d'une voix coléreuse. Je ne veux plus entendre ces conneries comme quoi tu refuses de travailler au ranch. Je ne suis pas certain de t'autoriser un jour à quitter mes terres, même pour aller faire tes putains de courses de Noël !

Son emportement me parut plutôt touchant. Apparemment, il s'était fait un sang d'encre pour moi. Cela s'entendait à sa voix, à sa façon de s'accrocher à moi, à son menton qu'il frottait contre mes cheveux. J'aurais voulu l'écouter me gronder et râler, mais je me sentis tout à coup plus fatigué que je ne l'avais jamais été de toute ma vie. Je ne pus garder les yeux ouverts, malgré toutes les menaces de Rand.

XI

RIEN NE se passa comme je l'avais prévu. Les retombées du crime de Knox poussèrent Chaney Putnam à la faillite. Apparemment, le scandale était d'ampleur nationale : le FBI intervint, interrogea le personnel, et emporta tous les dossiers.

Dès que je reçus l'autorisation de voyager, je décidai de retourner à Chicago pour régler les derniers détails et fermer nos bureaux. En faisant cela, je n'avais pas eu le temps de repasser par le ranch et de passer du temps avec Rand. Après deux jours à l'hôpital, j'avais dû directement me rendre à l'aéroport. J'aurais pu refuser de leur apporter mon aide, mais la société s'était toujours bien comportée à mon égard, aussi il me semblait normal de leur donner un coup de main. Rand ne le comprenait pas.

Au cours de ma dernière nuit à l'hôpital, il avait encore insisté :

— Je veux que tu restes.

— Ils ont besoin de mon aide, Rand.

Je toussais encore beaucoup. Ma gorge restait irritée. Mes poumons, envahis de fumée, récupéraient peu à peu, mais le processus prendrait du temps.

— Je veux que tu restes ici, avec moi.

La lutte fut rude, mais il finit par perdre. Il en fut plus bouleversé que je ne l'aurais cru.

— Je reviendrai, lui assurai-je. Je t'ai promis de revenir. Qu'est-ce que tu veux de plus ?

— Toi.

— Tu m'as.

— Non, puisque tu t'en vas.

— Je ne resterai absent que deux semaines, pas plus.

— Je ne te crois pas, déclara-t-il, sèchement. Une fois à Chicago, tu vas recevoir des tas de propositions alléchantes, et tu ne reviendras pas. Tu t'attaches trop aux apparences.

— Eh bien, c'est vraiment charmant d'apprendre que tu me tiens en si haute estime.

Il posa les mains sur mon visage.

— Je ne connais personne que j'estime plus que toi, Stef. Mais je veux que tu restes ici.

—Je te l'ai dit, Rand, je t'aime. Et je te signale que les seules personnes à qui j'ai déjà adressé ces mots sont ma mère, la tienne, et Charlotte. Je n'ai jamais fait ce genre de déclaration à un homme. Tu pourrais considérer ça comme un cadeau de valeur.

— Stef…

— Je reviendrai, parce que ma vie est dorénavant avec toi.

— Stef…

— Tu ne veux pas que nous vivions ensemble ?

— Bien sûr que si, je ne veux que ça.

— Donc, je ne vois pas où est le problème.

May et Tyler Holloway, en venant me rendre visite, empêchèrent Rand de répondre. Tous les deux paraissaient très inquiets à mon sujet et je dus leur faire promettre de ne surtout pas prévenir Charlotte, toujours en voyage de noces, de ce qui m'était arrivé. Il me fallut insister un moment – ils paraissaient craindre sa réaction lorsqu'elle découvrirait la vérité – mais mon charme finit par les convaincre.

Il me fut très dur, bien plus que je ne l'avais prévu, de faire mes adieux à Rand à l'aéroport. C'était curieux, mais maintenant que je savais vouloir passer le reste de ma vie avec lui, j'étais prêt pour un nouveau départ.

De retour à Chicago, dans mon bureau, je gardais en mémoire des images de Rand : debout, les cheveux ébouriffés par le vent, ou penché sur moi, les yeux brûlants de passion. En me rappelant la sensation de ses mains sur ma peau, je me demandais comment il pouvait croire que je ne reviendrais pas vers lui.

— Stef ?

Je levai les yeux. Mon assistante, Christina Wu, se tenait à l'entrebâillement de la porte. Elle me regardait d'un air étrange.

— Oui ?

— Est-ce que ça va ? Tu as l'air bizarre.

Que pouvais-je lui dire ? Que mon homme me manquait ?

— Je crois que j'ai *toujours* l'air bizarre.

Elle eut un petit sourire.

—C'est vrai, et c'est bien que tu l'admettes. C'est le premier pas vers la guérison.

— Tu ne me parais pas dans ton état normal.

— J'en suis consciente.

Traversant la pièce jusqu'à elle, je la pris dans mes bras et la serrai contre moi avant de demander :

— Qu'est-ce que tu vas faire à présent ? Sais-tu au moins où aller ?

Elle fronça les sourcils et parut surprise.

— Stefan, c'est toi qui m'as trouvé un nouveau poste chez un de tes amis, Dave Barron. Je commence lundi prochain.

Dave Barron avait été bien plus qu'un ami pour moi. J'avais partagé son lit durant six mois, avant qu'il devienne collant, ce qui m'avait poussé à disparaître. J'avais trouvé un peu gênant de lui téléphoner – surtout qu'il avait d'abord pris mon appel pour une tentative de réconciliation. Fort heureusement, il cherchait une assistante, et une bonne. Je lui avais donné la mienne, qui était excellente.

Je relâchai Christina et m'excusai :

— Désolé. Je n'aurais pas dû t'agripper comme ça. Je sais que tu n'aimes pas être touchée.

— Ne dis pas ça, on dirait que je suis névrosée. Je n'ai rien contre le contact humain. Je n'aime pas être touchée par des étrangers, mais je t'assure que mes amis et ma famille le font souvent.

— Encore une fois, je suis désolé.

Elle me surprit en jetant ses deux bras autour de moi.

— De plus, tu es l'exception à la règle, Joss. Je t'aime beaucoup. D'ailleurs, tout le monde t'adore.

— C'est ce que Knox disait toujours.

Elle acquiesça.

— Eh bien, Knox aura maintenant le temps d'y réfléchir. Il va aller en prison pour meurtre et escroquerie… ou vol ? Je ne sais pas au juste de quoi il sera accusé.

— Moi non plus, soupirai-je. Je me demande combien de temps il restera en prison.

— Si tu veux mon avis, très longtemps. Mais ne t'inquiète pas : il ne peut plus te causer de tort. Tout le monde sait ce qu'il a voulu te faire. Si la société existait encore, tu pourrais leur exiger une sacrée somme.

— C'est étrange de penser que tout va s'arrêter.

— Je suis simplement heureuse d'avoir travaillé pour toi, un homme honnête, et non pour un malpropre. Certaines assistantes vont devoir témoigner contre leurs patrons, passer un interrogatoire et renseigner les dates et heures des différents rendez-vous de l'agenda du patron en question.

Je plaisantai pour alléger l'atmosphère :

— Oui, tu as de la chance que je fasse partie des gentils. À mon avis, se souvenir au jour le jour de mon emploi du temps était une véritable plaie.

— Parfaitement, M. Bordel, je le confirme.

Il était agréable de constater que certaines choses n'avaient pas changé.

AU COURS de ma troisième semaine à Chicago, je me demandai où le temps avait filé aussi vite. Rand avait vu juste : je recevais d'innombrables propositions d'emploi. Pourtant, je me sentais déconnecté, pas vraiment moi-même. Comme il m'était pénible de rappeler ces personnes pour décliner leurs offres, je préférai le faire par e-mail.

Mes conversations avec Rand étaient brèves, parfois tendues. D'abord compréhensif, il était devenu boudeur, puis taciturne. Quand il cessa de répondre au téléphone, je m'adressai à sa mère pour avoir de ses nouvelles. Elle m'informa qu'il était en déplacement professionnel afin d'engager les hommes qui surveilleraient le bétail durant l'hiver. Il ne reviendrait pas au ranch avant une quinzaine de jours. Je m'apprêtai à raccrocher quand May me demanda pourquoi je ne prenais pas les appels de Charlotte.

— C'est juste que je ne veux pas ressasser cette histoire, ni lui expliquer ce qui se passe entre moi et Rand.

— C'est comme tu veux, Stef, mais fais attention : tu risques d'avoir très bientôt une femme enragée sur les bras.

— Oui madame, répondis-je, solennellement.

Je raccrochai quelques minutes plus tard, après que May m'eut rappelé qu'elle m'aimait. Et que je lui eus retourné ces mots.

Comment expliquer à Charlotte que j'étais fou de son frère ? Elle n'avait pas suivi notre histoire, et maintenant, il me fallait la mettre au courant de tout ? Cette simple idée était effrayante. Charlotte n'aimerait pas apprendre que je lui aie caché quelque chose, même pendant ses préparatifs de mariage.

Cette nuit-là, en revenant à pied chez moi, je réalisai que ma meilleure amie n'était pas disponible pour m'aider – pour la première fois depuis ce qui me parut être une éternité. En temps normal, Charlotte était mon roc, mais elle ne pouvait pas m'aider ce soir. Quand mon téléphone sonna, je pris l'appel sans même consulter l'écran.

— Tu es complètement con ou quoi ? hurla-t-elle, déchaînée. Pourquoi ne réponds-tu jamais au téléphone ?

— Désolé.

Elle poussa un grognement.

— C'est la vérité, insistai-je. Je suis désolé.

— J'ai une envie terrible de te taper dessus.

— Viens me voir, et je te laisserai faire.

— D'accord. Abracadabra. Me voilà.

J'étais dans la rue, devant ma brownstone [26]. En levant les yeux, je la vis agiter les bras en haut des marches. Je traversai le trottoir en courant, grimpai les marches deux par deux, et plongeai sur elle. Je la serrai contre moi de toutes mes forces.

Elle se mit à rire.

— Si Mohammed ne va pas boire à la rivière… Attends un peu, s'interrompit-elle, je crois que ce n'est pas la bonne citation. Qu'est-ce qu'on dit au juste ?

Je ne pus que rire, le visage caché contre son épaule, tandis qu'elle s'agrippait à moi. Quand je m'écartai enfin, elle leva le visage et je vis ses fins sourcils se hausser lentement.

— Merde.

Elle grogna.

— Je t'assure, Char, je ne sais pas ce qui s'est passé. J'ai toujours cru qu'il me détestait… ensuite, il prétend que ce n'est pas le cas. Ça me paraît encore complètement irréel.

— Oui, c'est bien beau, mais j'aimerais d'abord que tu me parles de ton patron.

— C'est vrai ?

— Bien sûr, dit-elle, comme si c'était l'évidence même. J'ai entendu parler de coups de feu.

— On dirait les curieux devant un accident.

— Et alors ?

Je poussai une sorte de grognement étouffé, mais elle fit mine de bouder, et je ne pus me taire plus longtemps. Comment résister à une telle moue et à ses yeux de Bambi ?

---

26 Alignement de maisons urbaines identiques, en grès rouge, qui datent du milieu du XIXe siècle, où l'on accède à la porte d'entrée du premier étage par un escalier (NDT).

— Que s'est-il passé ?

Une heure plus tard, au restaurant, Charlotte insistait encore. Je lui avais pourtant tout raconté en détail : mon entrevue avec Knox Bishop, l'incendie.

Après le dîner, nous prîmes un dessert, puis un second. J'avais beaucoup parlé et Charlotte s'était arrangée pour esquiver la moindre allusion à son frère. Elle me raconta sa lune de miel, la façon dont elle était restée enfermée trois heures dans la salle de bain de son hôtel, la poignée de la porte s'étant cassée. Avec un éclat de rire, elle m'apprit que Ben s'était fait piquer le même jour par trois méduses. Enfin, elle m'annonça faire une overdose de sexe. Elle ne rêvait plus que d'une chose : des jeux vidéo devant la télé.

Finalement, à deux heures du matin, alors que nous revenions ensemble chez moi, je n'eus plus rien à lui raconter. Aussi, je la pris par le bras et la forçai à me regarder.

— Qu'est-ce qu'il y a ? s'exclama-t-elle en riant.

— Bon sang, Char, pourquoi ne veux-tu pas savoir ce qui se passe entre moi et Rand ?

— Parce que je sais déjà tout, mon petit chou.

— C'est vrai ?

— Bien sûr.

— Et comment ? Tu en as parlé avec lui ?

Elle eut un grand sourire

— Je n'ai pas besoin d'en parler avec Rand pour tout savoir.

— Je ne comprends pas.

Elle poussa un grand soupir, et posa les deux mains sur mon visage.

— Ouais, c'est ce que je vois. Mon chou, j'ai toujours su que ça arriverait. Ce n'était qu'une question de temps. J'étais certaine qu'un jour, Rand prendrait son courage à deux mains, et t'avouerait enfin ce qu'il ressentait. J'espérais juste que vous seriez enfin ensemble au bon endroit et au bon moment.

J'en restai absolument sidéré.

— Referme la bouche, Stefan, conseilla-t-elle. On dirait une carpe.

Il y eut un claquement sec quand j'obtempérai.

— Ne fais pas cette tête ! continua Charlotte. Je n'ai jamais vu une aussi forte tension sexuelle entre deux personnes ; elle était vraiment palpable. Rand t'a toujours regardé comme s'il voulait te dévorer et te massacrer en même temps. Quant à toi, tu sautais sur le moindre prétexte pour te disputer avec lui. Tu me prends pour une idiote ou quoi ?

— Je… Je pensais qu'il me détestait.

Elle eut un gloussement malicieux.

— Oh, mon pauvre chou, que tu es bête ! Peut-être es-tu tombé sur la tête quand tu étais petit ?

— Charlotte !

Cette fois, elle s'étrangla de rire.

— Char !

— Stefan Joss, mon frère est amoureux de toi : amoureux fou, complètement et absolument. Et c'est le cas depuis ses vingt-et-un ans, le jour où il est entré dans notre appartement, pour tomber sur le plus beau garçon de dix-huit ans qu'il ait jamais vu.

— Je…

— Aujourd'hui, il a trente-et-un ans et tu es toujours l'être le plus beau qu'il connaisse. Heureusement pour toi, d'ailleurs.

— Quoi ?

— Je dis, heureusement que tu es beau, parce que question intellect, tu n'as pas été gâté.

— Char !

Elle se remit à rire.

— Charlotte, tu ferais mieux de reprendre l'avion et de rejoindre ton mari. Il doit déjà m'en vouloir de te garder loin de lui.

— Tu plaisantes ? Nous avons vécu la lune de miel la plus longue de toute l'histoire américaine. Quand je lui ai dit que je venais te voir, il était si content qu'il ne l'a même pas caché. J'ai simplement annoncé : 'je vais voir Stef,' et il m'a répondu : 'génial, il va être ravi !'

— Vous vous parlez déjà comme un vieux couple.

— Ouais, super.

Je passai mon bras autour de ses épaules tandis que nous nous rapprochions de mon appartement.

— Hé, as-tu aussi rencontré l'amant de ta mère ?

— Beurk ! Tu fais exprès de dire 'amant' pour me choquer. C'est nul !

Ce fut à mon tour de rire. Puis je lui annonçai :

— Son fils Tristan m'a fait du gringue.

— Est-ce que Rand lui a tapé dessus ?

— Non, il n'est pas au courant.

— Oh ! Laisse-moi le lui dire. J'aime bien quand il se met en colère : ça fait gonfler les veines de son cou.

— Franchement, Char, tu es horrible.

Elle eut un long soupir.

— Et toi, tu parais en forme. Tant mieux. Je me suis tellement inquiétée. J'ai cru que cette histoire avec Knox t'avait rendu cinglé.

— Non.

— Et pourtant, ma déduction était logique. Parce que… Est-ce que tu as répondu à mes appels ?

— Non.

— Tu vois ! Ce n'est pas la réaction d'un mec normal.

Je la serrai très fort.

— Tu as raison.

— Sur quoi ? Je donne ma langue au chat.

— Je te promets que je ne le ferai plus jamais.

— Tu as intérêt.

Elle était du genre autoritaire, mais je l'adorais.

— Quand repars-tu ? demandai-je.

Elle tourna la tête et ses yeux se rivèrent aux miens.

— La vraie question, c'est : *toi*, quand comptes-tu repartir ?

Effectivement, c'était une question délicate.

— Stef, insista Charlotte. Qu'est-ce que tu fais encore ici ?

Je m'arrêtai de marcher. Figé sur place, je la regardai comme si je la voyais pour la première fois de ma vie.

— Merde, qu'est-ce que je fais encore ici ? répétai-je.

— Tu traînailles.

— Pourquoi ?

— Parce que tu es mort de peur. C'est normal d'avoir peur, mais il faut parfois plonger profond sans avoir peur de se noyer.

— Je l'aime.

Elle hocha la tête.

— Je sais. C'est le seul homme qui ait réussi à te mettre en colère. C'est comme ça que j'ai su. C'est comme ça que j'ai *toujours* su.

— Pourquoi ne m'en as-tu jamais parlé ?

Elle ricana.

— Les hommes, qu'ils soient homos ou hétéros, n'écoutent jamais les femmes, c'est bien connu.

Elle avait raison. Dans mon cas du moins, c'était vrai. Je n'aurais jamais cru que Rand Holloway puisse me désirer, d'une façon ou d'une autre.

— Alors ? insista Charlotte.

Elle m'envoya un coup de coude, assorti de ce sourire que j'aimais tant.

— Je pense que tu devrais rester ici cette nuit, Char, et m'aider à faire mes bagages.

— Excellente idée.

XII

IL EST bien plus difficile qu'il n'y paraît de conduire un pick-up avec un van en remorque. C'est particulièrement flagrant dans un tournant à angle droit. J'avais mal calculé mon coup, et maintenant je devais reculer pour faire un nouvel essai. Je finis par sortir et examinai le van, puis les deux poteaux qui marquaient l'entrée du ranch. J'étais si concentré sur la meilleure façon d'entreprendre la manœuvre que je n'entendis pas le véhicule qui s'arrêtait derrière moi.

— Bordel, mais qu'est-ce que tu fous ? beugla une voix.

Quand je me retournai, j'étais tellement ébahi qu'une simple pichenette m'aurait renversé.

— Rand ?

Il sortit de son pick-up, claqua la portière et fit le tour. Ses bottes grincèrent sur le gravier.

Je fis quelques pas vers lui, mais je n'étais pas certain de savoir quoi faire. Je m'arrêtai à quelques mètres et le regardai. Jamais il ne m'avait paru aussi beau.

— Je répète, aboya-t-il. Qu'est-ce que tu fous, bordel ?

— Eh bien, je viens de déposer Phil au Zoo Éducatif de Winston. En y allant, je n'ai eu aucun problème pour sortir parce que c'était tout droit, mais là…

Je me retournai pour regarder mon van avec une grimace.

— Je n'arrive pas à avancer à cause de cette rigole sur le côté, et avec un angle plus court, ça ne passe pas, alors…

— Mais qu'est-ce que tu fous là ?

Je fronçai les sourcils.

— Je viens d'emmener mon veau au zoo. Tu n'as rien écouté ?

— Quel veau ?

— Le mien.

— Tu n'as pas de veau, assura Rand.

— Plus maintenant, c'est vrai. Je l'ai donné.

— Attends un peu, depuis quand avais-tu un veau ?

— C'était Phil.

— Quoi ?

— Phil, insistai-je. Tu te rappelles ? Le veau que j'ai aidé à naître. Je l'ai amené aujourd'hui dans un zoo éducatif.

— Quoi ?

— Pourquoi as-tu autant de mal à comprendre quelque chose d'aussi simple ?

— Mais tu… Bon Dieu, Stef ! Ce n'était pas ton veau et…

— Tu m'as laissé lui donner un nom, pas vrai ? D'après Tyler, ça voulait dire que c'était mon veau. Et je te signale que Chris et Everett n'ont pas émis d'objections.

— Vraiment ?

Je me rapprochai de lui et humai son odeur virile.

— Parfaitement. Et toi, comment ça s'est passé les embauches ? J'espère que tu as laissé quelqu'un d'autre s'en charger. Il paraît que tu es nul pour juger du caractère d'un homme.

— Nul ? Qu'est-ce que…

— C'est ce que Tyler a dit au sujet de Pete, tu te souviens ? Tu reconnais que tu t'es planté en engageant ce type-là, non ?

— Tu ne l'as jamais rencontré…

— Attends une seconde, je crois savoir comment faire pour entrer…

Sur ce, je lui tournai le dos et fis quelques pas en direction de mon pick-up. Une poigne puissante me retint et me fit pivoter. Une fois de plus, je fis face à Rand Holloway.

— Stef, qu'est-ce que tu fais ici ?

Je le fixai d'un regard intense.

— Je vis ici.

Il écarquilla les yeux.

— Tu… Quoi ?

— N'est-ce pas ce que tu m'avais affirmé vouloir ? J'aurais pourtant juré que tu…

— Je pensais que tu ne reviendrais pas.

— Je n'ai jamais dit ça.

Il poussa un grand soupir. Il posa ensuite la main sur mon visage et écarta de mes yeux une mèche de cheveux.

— J'ai pensé que… J'étais sûr d'avoir tout fait foirer.

Je cessai de respirer et ma gorge s'assécha.

— Quoi ? croassai-je.

— Tu es parti si longtemps, alors je... Et puis, au téléphone, j'ai été si froid. Ce n'est pas ce que je voulais, mais je n'arrivais pas à... m'en empêcher.

— Je t'ai manqué, déclarai-je.

Mon cœur tambourinait si fort qu'il m'assourdissait.

Rand prit mon visage en coupe entre ses deux paumes. Il parla lentement, d'une voix très rauque :

— Il y a dix ans, j'ai raté ma chance avec toi. Je ne veux plus jamais que ça recommence.

Je souris à travers mes larmes alors que je n'avais même pas remarqué que mes yeux s'humidifiaient.

— Tu étais si jeune, Rand. Ne sois pas aussi dur envers toi-même. Nous avions tous les deux besoin de mûrir.

— Je ne pourrais pas supporter de perdre mon amour une deuxième fois, chuchota-t-il. C'était tellement bête.

Sa mâchoire se serra et ses muscles se tendirent.

Son amour ? Je le regardai fixement. Je ne pouvais rien faire d'autre. *Son amour ?*

— Dis quelque chose, insista-t-il.

Je tendis les bras et les nouai autour de son cou pour l'attirer jusqu'à moi. J'avais la sensation d'être glacé : mes dents claquaient et je tremblais. J'étais terrifié que ce moment puisse disparaître. En même temps, j'étais incroyablement heureux de me trouver ici, avec Rand.

Ce ne fut pas un baiser hollywoodien, élégant et chorégraphié. Je m'accrochai à lui et le serrai contre moi ; j'avais les mains agrippées à ses cheveux pour qu'il ne s'échappe pas. Pendant que je l'embrassais, je sentis un gémissement de plaisir jaillir de mes lèvres. Je m'étais si longtemps bridé, pour être fort et indépendant. Je n'avais pas voulu qu'on envisage de me plaindre. Je n'avais pas voulu laisser transparaître la moindre trace de peur ou d'incertitude. Avec une volonté de fer, je m'étais concentré sur mes atouts, et mes objectifs à atteindre.

Rand parla dans mes cheveux, en me serrant fort contre lui.

— Tu m'as si longtemps rendu fou, Stef. Fou de rage et de désir à la fois. Bon sang !

— Tu aurais dû m'en parler, m'entendis-je lui répondre.

Le nez contre sa peau, j'embrassai son cou en buvant ses mots.

Il s'écarta tout à coup, et me tint à bout de bras. Je ne pus m'empêcher de sourire. Il me traitait comme si je lui appartenais, et j'avais la sensation que mon cœur allait jaillir de ma poitrine

— Où sont toutes tes affaires ? demanda-t-il.

— À la maison.

— Et où travailles-tu ?

— À Lubbock, avec le père de Ben.

— Vraiment ?

— Absolument. J'ai un beau bureau, et tout et tout. Ça se passe très bien.

Il grogna.

— Tu vas avoir une sacrée trotte à faire tous les jours, M. Joss.

Je lui adressai un grand sourire béat d'amoureux transi avant de dire :

— Je sais. En plus, ton pick-up consomme un max.

— Ce serait mieux que nous te trouvions un autre véhicule.

— Bonne idée.

Il pensait à toute allure, et je vis diverses émotions se succéder sur son visage. Puis il s'éclaircit la gorge et m'attira à nouveau dans ses bras.

— Alors, c'est sûr, tu veux rester ?

Je soupirai, la joue appuyée contre sa poitrine.

— Absolument. Du moins, si tu veux toujours de moi.

Quand il ne répondit pas pendant plusieurs minutes, je finis par reculer pour l'examiner, même si j'étais terrifié par ce que j'allais découvrir. Je levai les yeux vers son visage. Ses yeux, devenus presque noirs, me fixaient intensément.

— Alors, insistai-je, tu veux de moi ?

— Est-ce que je te veux ? répéta Rand.

J'attendis, sans pouvoir respirer.

Je sentis sur mon visage la caresse de son souffle brûlant avant qu'il ne m'empoigne pour m'embrasser. On aurait cru un homme qui se noyait et qui avait besoin de moi comme d'oxygène. Il avait mis une main dans mes cheveux, profondément enfouie, pour me tirer la tête en arrière. De l'autre, il me caressait les reins. Le baiser devint plus profond, sa bouche agressant la mienne avec voracité. Quand il me pressa contre sa poitrine, je ressentis le frisson qui le traversa.

Je m'écartai soudain, désireux que tout soit clair entre nous.

— Je t'en prie, réponds-moi : est-ce que je peux rester ?

Il leva la tête et offrit son visage au vent qui soufflait en rafales et ses cheveux noirs s'envolèrent, lui découvrant son front. Je le vis prendre une inspiration profonde, puis il me regarda, durement. Je me perdis dans le bleu de ses yeux.

Une prière résonna dans ma tête : *je vous en prie, donnez-moi cet homme. Il m'est destiné. Je ne le mérite pas, c'est vrai, parce que j'ai mal agi, un million de fois. J'ai brisé plus de cœurs que je ne l'aurais dû. Mais je connais la vérité maintenant que je l'ai sous les yeux. Donnez-moi cet homme-là, mon seul amour. Donnez-le-moi, et je le garderai toujours.*

Et tout à coup, Rand sourit – un sourire merveilleux qui illumina ses yeux et me coupa le souffle. Il se pencha sur moi, l'air béat, et déclara :

— Oh, bien sûr que tu vas rester ! Tu crois vraiment que je te laisserais une autre opportunité de te sauver de mon ranch ? Tu es à moi, Stef. Tu m'appartiens, et dorénavant, tu resteras avec moi. Je ne supporterais pas de m'inquiéter à ton sujet une minute de plus. Terminé les conneries ! Tu vas rester ici, avec moi.

J'observai le soulagement qui adoucit peu à peu l'expression de Rand. Je vis ses épaules se détendre, son attitude s'assouplir. Pour la première fois, depuis que je le connaissais, il paraissait serein.

Il tourna la tête et dit :

— Prends mon pick-up. Je m'occupe du tien.

Je m'apprêtai à obéir, mais, au premier pas que je fis pour m'écarter, il m'agrippa et me reprit dans ses bras.

— Quoi ?

Il resta silencieux en me fixant d'un regard intense.

Tout à coup, je compris ce qu'il avait besoin d'entendre.

— Je t'aime, Rand.

— Je t'aime aussi, Stef.

Je haussai un sourcil, ce qui le fit rire, mais il me libéra enfin. Je riais librement en allant jusqu'à son pick-up.

À voir Rand manœuvrer, on aurait vraiment cru que c'était simple. J'en fus vexé. Les sourcils froncés, je le suivis jusqu'au ranch où il se gara. Quand il émergea du véhicule, son petit sourire m'indiqua qu'il était parfaitement conscient de ma mauvaise humeur.

— Tu t'amélioreras avec le temps, dit-il en montant les marches.

— Peuh ! grognai-je. Ce n'est pas le genre de qualifications que je tiens à avoir sur mon CV.

Je pénétrai avant lui dans la maison et fis claquer derrière moi l'écran moustiquaire. J'entendis le grincement de la porte qui se rouvrait. Rand se jeta sur moi, me fit pivoter, et m'écrasa contre sa poitrine. Je nouai bras et jambes autour de lui, prenant le chapeau de cowboy noir pour le mettre sur ma tête tandis qu'il me portait dans l'escalier, ses mains sous mes fesses.

— Je vais t'acheter un chapeau de cowboy, dit-il. Ça te va très bien. Ça met en valeur tes cheveux blonds.

— Tu es juste dans cet état parce qu'il s'agit de *ton* chapeau sur *ma* tête, Holloway. C'est aussi simple que ça.

Avec un grondement, il se pencha et heurta du nez mon menton. Il voulait que je renverse la tête, pour avoir accès à mon cou.

Je souris tandis qu'il le mordillait et le léchait. Qu'il était possessif ! Je savais qu'il aimait laisser des marques sur moi. Je l'embrassai partout : sur le visage, les yeux, les tempes, le menton, le cou. Finalement, j'arrivai à sa bouche. Il eut un sourire qui lui enflamma les yeux, et je ne manquai pas le fait qu'il paraissait incapable de le retenir.

Une fois dans sa chambre, je me débattis pour me libérer, puis je repoussai Rand contre le mur et m'occupai rapidement de détacher sa boucle de ceinture. Je l'enlevai et fis descendre la fermeture de son jean. Je libérai un sexe déjà rigide et humide de désir – une vision magnifique. Je traçai de la langue la veine renflée qui courait tout du long avant de poser mes lèvres dessus. Je humai avec délice cette odeur musquée qui n'appartenait qu'à Rand : elle évoquait en même temps la pluie et la fumée.

— Bon Dieu, Stef, ne me fais pas… languir, je… Oh.

Pour le punir de sa remarque, je venais de l'engloutir complètement. Il tressauta sous l'assaut avec un gémissement rauque. Je m'écartai et humectai tout son sexe de salive, avant de le sucer de plus en plus vite, sans manquer le moindre millimètre de peau.

— Stef… Je ne peux pas… supporter…

Il avait du mal à parler.

— Arrête, sinon je vais jouir.

Pour mieux le caresser, je resserrai ma main humide autour de lui tandis que ma langue s'activait avec une énergie renouvelée sur le gland renflé et sensible.

— Et merde ! rugit Rand.

Il m'empoigna, me souleva d'un mouvement fluide, et me jeta sur le lit.

Je le regardai avidement exécuter un strip-tease ultrarapide. Incapable de le quitter des yeux, je buvais du regard la peau dorée et les muscles durs qu'il découvrait peu à peu. Désormais, cet homme magnifique m'appartenait. Exclusivement.

Il me tomba dessus avec un grondement sauvage. Je fus très satisfait d'avoir provoqué cette réaction primitive, viscérale. Je le rendais fou ? Tant mieux.

— Déshabille-toi et enroule tes jambes autour de moi.

Je n'avais même pas pensé à enlever mon jean et mon tee-shirt, ce que je fis rapidement. En quelques secondes, j'étais nu sous l'homme de mes rêves. Il prit le tube de lubrifiant, s'en badigeonna les doigts, et sonda l'orée de mon corps. Dès qu'il me pénétra, je m'empalai sur son doigt.

Il gronda d'un ton menaçant :

— Si tu fais ça, je vais t'en mettre un deuxième.

— Fais-le.

Il en perdit le souffle, puis en inséra un deuxième, et un troisième. Frissonnant de désir, je soulevai les reins pour mieux m'offrir.

— Stef, grogna Rand, que tu es beau !

— Prends-moi.

— Merde, je ne vais pas pouvoir… pas pouvoir aller…

— … doucement ? demandai-je, avec un sourire.

— Oui. Je ne peux pas. Tu m'as trop manqué. Alors…

Mon regard attentif se fixa sur lui.

— J'ai compris, cowboy. Vas-y. Baise-moi. Donne tout ce que tu peux.

Avec un grondement d'animal en rut, il enleva ses doigts, empoigna mes cuisses et les ouvrit au maximum. Il passa aussi les bras sous mes genoux qu'il releva, pour que je sois entièrement à sa merci.

Je sentis son sexe m'effleurer. À la seconde suivante, il m'avait pénétré jusqu'à la garde, d'un mouvement puissant et inexorable. Je me cambrai sous lui mais, déjà, il me martelait. J'eus la sensation que jamais il ne m'avait pris aussi profondément.

— Bordel, Stef !

Je m'agrippai à lui à l'aide de mes bras et de mes jambes. Il avait un rythme rapide, penché sur moi, une main crispée sur ma queue. De l'autre bras, il supportait son poids pour ne pas m'écraser. Il modifia tout à coup l'angle de sa pénétration, ce qui lui faisait heurter ma prostate à chacun de ses mouvements.

Je n'avais que ce moyen de lui démontrer ce que je ressentais. Je le désirais – il m'était nécessaire – je l'aimais et voulais rester avec lui, à jamais. Les mots ne comptaient pas devant une telle démonstration de passion.

— Bon Dieu, Stef, que c'est bon !

Il me remplissait, comme peu d'hommes pouvaient le faire, et tout mon corps se resserrait autour de ce sexe épais. Son va-et-vient brûlant créait une friction de plus en plus insoutenable... la jouissance montait le long de mon échine, prête à exploser.

— Vas-y, jouis, chuchota-t-il, me caressant l'oreille de son souffle chaud et humide.

Je m'entendis hurler, le dos arqué. Pendant une seconde, je crus mourir de plaisir, chacune de mes cellules se dispersant autour de moi. Mon orgasme resserra tous les muscles de mon corps et Rand ne put y résister. Il me pénétra une dernière fois, et je sentis les jets liquides de sa jouissance m'inonder et dégouliner sur mes cuisses. Il retomba sur moi de tout son poids, m'écrasant sur le matelas.

— Embrasse-moi.

Je relevai la tête à sa demande et reçus un baiser brûlant. Il mordit, suça et dévora ma bouche, sa langue caressant fiévreusement la mienne. Je lui rendis la moindre de ses caresses. Je n'étais pas du genre à rester passif, et je savais qu'il adorait ça.

Il se pencha vers moi, le souffle court, ses yeux turquoise scrutant mon visage.

— Tu es fait pour moi, haleta-t-il. Rien que pour moi. Tous les deux, c'est pour la vie, Stef. Rien que toi et moi.

— Rien que toi et moi, répétai-je, en lui offrant mon cœur. Je ne partirai plus. Je n'en ai pas envie. Je resterai aussi longtemps que tu me voudras.

— Dans ce cas, tu es foutu. Comme je viens de te le dire, je te veux pour la vie.

— J'essaierai de ne pas te rendre fou.

— Ne dis pas ça. Je ne veux pas que tu changes, Stef. Tu me plais exactement comme tu es.

Il s'écarta de moi et roula sur le dos en m'attirant contre lui. Je me pelotonnai à ses côtés.

— J'aime ton ranch, Rand.

Il me serra plus fort encore, juste contre son cœur.

— Je sais. C'est une des nombreuses raisons qui font que je ne peux plus vivre sans toi.

Ses mots, ses actions, m'emplirent de sérénité. C'était tellement agréable d'être de retour à la maison.

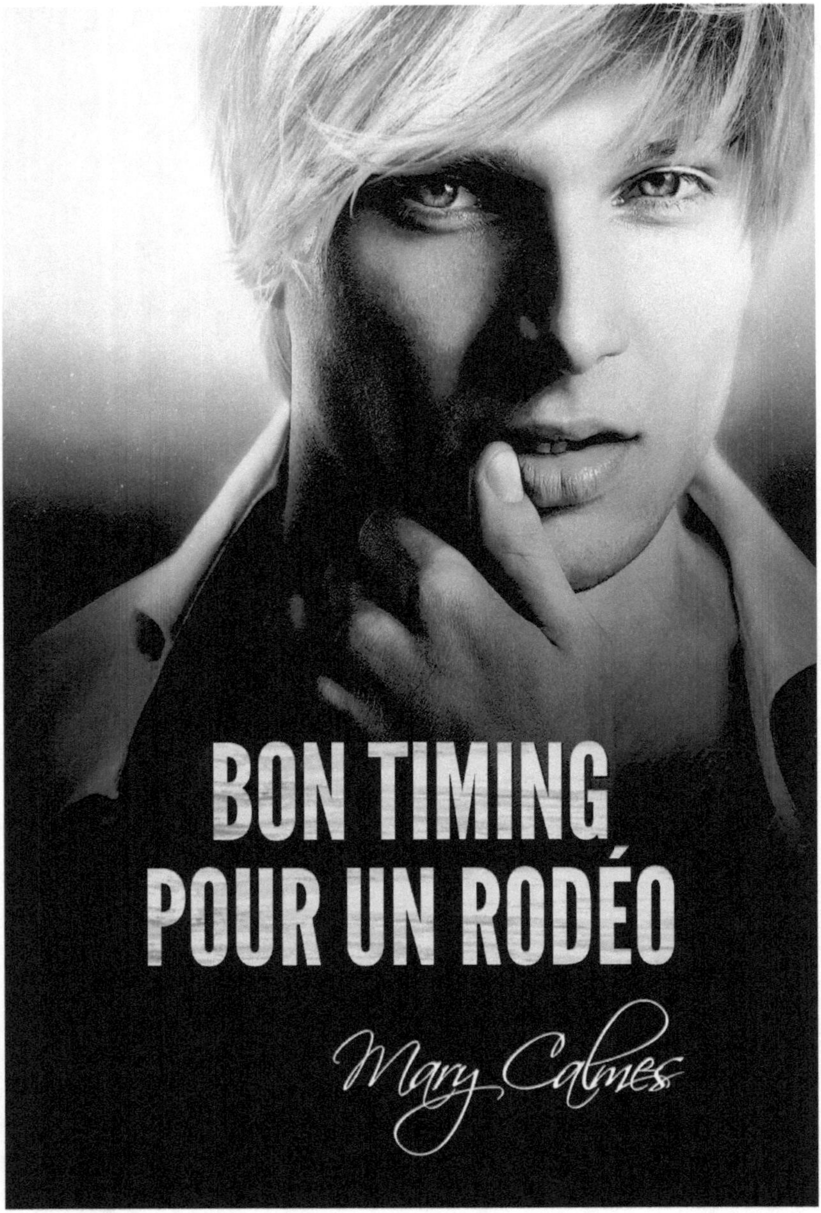
BON TIMING
POUR UN RODÉO
Mary Calmes

Suite de *Mauvais timing*

Deux ans après s'être installé dans le ranch que possède Rand Holloway, Stefan Joss a réussi à trouver un équilibre dans sa nouvelle vie, il est professeur à l'université locale. Mais le grand amour n'a rien d'un long fleuve tranquille. Rand le voudrait à la maison, au ranch, tandis que Stef tient à garder son autonomie au cas où son cow-boy le flanque à la porte. Réalisant soudain que ses doutes sont injustes, il s'engage totalement, ce qui rend Rand fou de joie.

Le jour où Stef voit sa chance de prouver son dévouement, il n'hésite pas, malgré les risques qu'il court. Et Rand profite de l'occasion pour démontrer que parfois, le meilleur de la vie surgit à l'impromptu.

www.dramspinner-fr.com

La vie de Jude Shea se retrouve complètement bouleversée lorsqu'il vient au secours d'un chien qu'il nomme Joe. Même si Jude a déjà pas mal de problèmes pour s'occuper de lui-même – il n'a plus de travail – il ne peut pas résister à l'animal qui a besoin de lui. Surtout lorsqu'une nuit, un homme se présente à sa porte pour réclamer son nouveau compagnon. Alors qu'ils échappent de justesse à une attaque surprise, Jude va comprendre que « Joe » n'est pas tout à fait ce qu'il semble être.

Dans une dimension alternative, Eoin Thral est un Gardien et une fois qu'il laisse Jude traverser le voile qui sépare leurs deux mondes, il se transforme en un homme magnifique connu pour ses compétences au combat mais pas pour sa capacité à aimer. Immergé dans le monde d'Eoin, Jude devra faire face au combat le plus difficile de toute sa vie pour leur garantir une fin heureuse à tous les deux.

www.dreamspinner-fr.com

CŒUR SAUVAGE
Mary Calmes

Le Clan des Panthères, tome 1

Jin Rayne est un jeune homme – mi-homme mi-panthère de surcroit – qui n'aspire qu'à une vie des plus ordinaires. Il a fui son passé pour prendre un nouveau départ, mais on ne se débarrasse pas si facilement d'aussi lourds secrets. Son arrivée dans une nouvelle ville l'amène à rencontrer le leader d'une tribu d'homme-panthères. Cette rencontre avec Logan Chruch, bel homme envoûtant, s'avère être un choc pour Jin qui panique à l'idée qu'il puisse s'agir de celui à qui il est destiné, c'est à dire l'amour de sa vie. Jin refuse de vivre selon les rites des hommes-panthères et se donner à son destiné le contraindrait à s'y soumettre.

Jin est pourtant bel et bien le compagnon dont Logan a besoin pour diriger sa tribu et il ne renoncera pas si facilement. Il aura besoin de temps et de se sentir en confiance pour découvrir le bonheur d'appartenir à Logan et apprendre à l'aimer sans borne.

www.dreamspinnerpress.com

Cœur CONFIANT

Mary Calmes

Suite de *Cœur Sauvage*
Le Clan des Panthères, tome 2

Jin Rayne a bien du mal à se faire à sa nouvelle vie, qu'il est pourtant censé adorer. Au lieu d'apprécier simplement d'être le compagnon du chef de tribu Logan Church, il ne parvient pas à accepter le fait que son amant ait été hétéro avant de le rencontrer. Il a trouvé le bonheur en se livrant entièrement à Logan, mais reste terrorisé à l'idée que sa nouvelle vie puisse disparaître du jour au lendemain, malgré l'affirmation catégorique de Logan que leur relation est pour la vie.

Jin veut vraiment croire Logan, mais ce souhait va être mis à rude épreuve par le chef d'une tribu rivale, mais aussi par une révélation cruciale concernant son existence même. C'est la vie de Jin et son rang dans la tribu qui seront en jeu. S'il veut survivre à cette épreuve et retrouver Logan, il lui faudra se défaire de ses craintes et accepter pleinement leur lien sacré, condition sine qua non pour qu'il puisse lui faire pleinement confiance.

www.dreamspinner-fr.com

MARY CALMES

QUESTION
DE TEMPS

TOME 1

Question de temps tome 1

Jory Keyes mène une vie normale comme assistant d'un architecte jusqu'à ce qu'il soit témoin d'un assassinat brutal. Bien qu'initialement sauvé par l'inspecteur de police Sam Kage, Jory refuse la détention préventive – il a une vie qu'il aime et à laquelle il ne renoncera pas, peu importe qui est après lui. Mais la vie de Jory est réellement en danger, surtout après qu'il accepte de témoigner à propos de ce qu'il a vu.

Alors qu'il jongle avec les tentatives de meurtre dont il est l'objet, des amis bien intentionnés qui veulent le voir heureux, un patron trop protecteur et un mystère qui se dévoile lentement et qui est beaucoup plus sinistre que ce qu'il aurait pu imaginer, le jeune homosexuel se retrouve impliqué avec Sam, l'inspecteur en conflit avec lui-même et dans le placard. Et si Jory a une chance de survivre au danger, il ne peut pas survivre à un cœur brisé.

www.dreamspinner-fr.com

MARY CALMES vit à Lexington, dans l'État du Kentucky, avec son époux et ses deux enfants.

Elle aime toutes les saisons, sauf l'été.

Elle a fait ses études à l'Université du Pacifique, à Stockton, en Californie, où elle a obtenu une licence de littérature anglaise. Vu qu'il s'agit de littérature, et non de grammaire, ne lui demandez pas de vous décortiquer un texte, elle ne le fera pas.

Elle aime écrire, et s'absorbe complètement dans son travail lorsqu'elle commence un livre. Elle est même capable de décrire l'odeur corporelle de ses personnages.

Elle achète de nombreux ouvrages, et apprécie les colloques où elle peut rencontrer ses fans.

Par MARY CALMES

L'ange gardien
De nouveau
La grenouille du prince

LE CLAN DES PANTHÈRES
Cœur Sauvage
Cœur confiant
Cœur et honneur

DANS LES TEMPS
Mauvais timing
Bon timing pour un rodéo

LES GARDIENS DES ABYSSES
Son foyer
Bec et ongles
Le cœur sur la main

QUESTION DE TEMPS
Question de temps, tome 1
Question de temps, tome 2

Publié par Dreamspinner Press
www.dreamspinner-fr.com